DER LUSTIGE TEIL

KYLIE GILMORE

Übersetzt von
ANNA DRAGO

Übersetzt von
KATRIN DOLLE

1

———

Mackenzie

Meine Cousine Harper und ich liefern uns einen kleinen Ringkampf. *Uff! Aua!* Hoffentlich sieht uns niemand. Wir stehen direkt vor dem Veranstaltungsort des Valentinstagstanzes in Clover Park, mitten in der klirrenden Kälte eines Connecticut-Winters.

Harpers Finger krallen sich wie Adlerklauen in meine Oberarme. Auch ich habe sie an den Oberarmen gepackt, und wir wackeln hin und her, ziemlich gleich stark und gleich groß.

Ohne diese acht Zentimeter hohen Absätze könnte ich sie locker kleinkriegen.

Sie blockiert die Tür!

„Hör einfach zu!", ruft Harper, windet ihre Arme aus meinem Griff und packt mich an den Schultern.

„Was!"

„Wie lange ist es bei dir her? Ehrlich!"

Ich schnaube. Das ist ihre Art zu sagen, dass wir den Tanz sausen lassen sollten. Ich verstehe ihren Punkt, aber jetzt aussteigen? Zu spät. Ihr Problem ist, dass da drin hauptsächlich Familie und Freunde auf uns warten, mit denen wir aufgewachsen sind. Zu Deutsch: keine interessanten Single-Typen.

Ich schüttle ihren Griff ab. „Irrelevant."

„Sehr relevant."

Ich ziehe meinen dünnen weißen Mantel enger um mich. „Mir ist eiskalt. Können wir bitte reingehen?"

Wenn rohe Gewalt nicht funktioniert, probier's mit Höflichkeit. Gute Manieren sind Teil von „Benimm dich wie eine Lady 101", das mir meine ehemalige Schönheitskönigin-Mom seit meiner Geburt eingetrichtert hat.

Ich sehe Harper mit zusammengekniffenen Augen an. Mein Outfit ist nicht für einen längeren Ringkampf im Freien gemacht, aber es war der einzige Mantel, der zu meinem kurzen roten Kleid passte, das ich unbedingt tragen musste, um meine metallic-roten Stilettos mit Riemchen zur Geltung zu bringen. Die Schuhe waren mein Valentinstagsgeschenk an mich selbst.

Ich überlege, ob ich sie beiseite stoßen soll – aber dabei würde ich riskieren, meine neuen Schuhe zu ruinieren. Harper ist eine Kämpferin. Woher ich das weiß? Wir sind zusammen aufgewachsen, im Abstand von nur drei Monaten auf die Welt gekommen. Ich bin die Ältere, Reifere, mit meinen sechsundzwanzig Jahren. Unsere Dads sind eineiige Zwillinge, darum sehen wir einander ähnlich – mittelgroß, glatte braune Haare, eine Nase, mit einem Stups am Ende. Nur habe ich blaue Augen, ihre sind haselnussbraun.

Harper schüttelt den Kopf. „Du brauchst das hier dringender als ich. Ich hatte erst vor zwei Monaten ein richtig heißes Sex-Date."

Angeben, angeben, angeben. Na und, was soll's, wenn es bei mir ein klitzekleines bisschen über acht Monate her ist? Ich war mit Arbeit und so beschäftigt.

„Wir steigen nicht aus", sage ich entschieden. „Dads Restaurant hat das Catering gemacht, und alle erwarten uns. Es ist Masons und Mays Verlobungsfeier, vorausgesetzt, sie hat Ja gesagt. Und die beiden können jeden Moment hier sein!"

Sie wirft mir einen harten Blick zu, den ich mit entschieden zusammengebissenen Zähnen erwidere. Jetzt aussteigen ist keine Option, und ich gehe auf keinen Fall ohne sie als Single zu einer Pärchenveranstaltung. Ich war schon bei genügend Hochzeiten als Single-Brautjungfer, um meine Grenzen zu kennen.

Sie stößt einen genervten Seufzer aus. „Willst du nicht einen großen, dunklen, gut aussehenden Typen kennenlernen?"

Ich schnaube. „Groß, dunkel, gut aussehend? Du siehst zu viele alte Schwarz-Weiß-Filme." Das ist was Neues bei ihr. Ich begreife das nicht. Früher war sie genauso pragmatisch wie ich.

Ihre Augen blitzen. „Diese alten Filme haben was, das uns heutzutage fehlt. Funken, die sprühen, langsames Herantasten, leidenschaftliche Liebe. Lass mir doch meine Fantasie."

Fantasie, genau. Sie und Mom gleichen sich mittlerweile wie ein Ei dem anderen. Mom ist Hailey Campbell, Clover Parks beste Hochzeitsplanerin und Kupplerin par excellence (ihre Worte). Sie lebt und atmet die Romantik-Fantasie. Ich? Ich bin Realistin. Habe ich auf die harte Tour gelernt – mit einem betrügenden Ex und zu vielen Überraschungsdates von Mom. Oh, diese Demütigung! Die Peinlichkeit! Die brodelnde Wut!

Eine Zeit lang war Mom zurückhaltend. Nur ein paar Kommentare hier und da. „Rick hat einen tollen Sinn für Humor", sagte sie. „Sehr wichtig bei einem Partner." Oder: „Man kann viel daran ablesen, wie ein Mann seine Schwestern behandelt. Matthew hat vier jüngere Schwestern, die ihn wirklich zu mögen scheinen." Oder bei einer meiner vielen Brautjungfern-Auftritte: „Falls du ein Date für die Hochzeit brauchst: Ich kenne den perfekten Typen." Alles Sachen, bei denen ich nicken, lächeln und weitergehen konnte. Das änderte sich nach meiner ersten großen Beziehung mit dreiundzwanzig.

Shawn war mein einziger fester Freund. Der erste Typ, bei dem mein Herz schneller schlug, sobald ich ihn auf der anderen Seite des Raums sah. Er war liebevoll, witzig, schlau. Und dann fand ich heraus, dass Shawn die ganze Zeit eine langjährige Freundin in seiner Heimatstadt hatte, *während er mit mir zusammen war*! Die beiden sind jetzt verheiratet. Ich wünsche ihm alles *Schlechte*.

Jetzt lebe ich nach dem Motto: *Spaß, aber keine Erwartungen*. Warum mir selbst das Herz brechen lassen?

Mom hatte andere Pläne. Als ich vierundzwanzig wurde, lud sie einen Überraschungsgast zu meiner Geburtstagsparty ein, der mir ein Geburtstagslied sang. Blaise war ein Typ Ende zwanzig, der frühzeitig eine Glatze bekommen hatte, eine rote Fliege und Hosenträger trug. Bei diesem Outfit dachte ich, er wäre ein Bote mit einem gesungenen Telegramm, bis das Lied in eine schräge Serenade überging: *Mackenzie wird vierundzwanzig Jahr', auch wenn wir uns nie zuvor sah'n, sie ist klug, sie ist schön, und hier, hoff' ich, wird sie Zeit verbringen, mit mi-i-i-ir.*

Äh, nein.

Als mein fünfundzwanzigster Geburtstag kam, war ich misstrauisch, aber nichts passierte. Eine Woche später, während Dad mit seinen Jungs auf einem Campingausflug war, bat Mom mich, mich für unser übliches Sonntagsfamilienessen schick zu machen. Ich weiß, das hätte ein Warnsignal sein sollen, aber sie ist eine Fashionista mit einem unglaublichen Kleiderschrank, den sie selten nutzen kann, also dachte ich, sie will das Sonntagsessen einfach aufpeppen. Dad ist eher der Typ für Flanell und Jeans.

Ich komme also an, und der Tisch ist edel gedeckt – weiße Tischdecke, Kerzen, Wein und drei Gedecke. Meine Brüder fehlen. Es sind nur Mom und ich und Colin, ein Mann, den ich noch nie gesehen habe. Er sah aus wie Mitte dreißig und lächelte ununterbrochen. Wie sich herausstellte, war er kurz zuvor Trauzeuge bei einer Hochzeit gewesen, die Mom geplant hatte. Er gestand sofort, eine gute katholische Frau zu suchen, um so schnell wie möglich zu heiraten und Kinder zu bekommen. Das war mein Stichwort, schreiend zum nächsten Ausgang zu rennen.

Aber ich tat es nicht, denn ich. Bin. Eine. Lady. Und Ladys rennen nicht schreiend von einem Familienessen davon, selbst wenn sich herausstellt, dass die eigene Mutter die Stunde vor deiner Ankunft damit verbracht hat, mit einem Fremden Familienfotoalben durchzublättern und zu viel über dich preiszugeben. Das weiß ich nur, weil er mir vertraulich erzählte, dass auch er mal einen schrecklichen Haarschnitt vor dem Schulfototag bekommen hatte.

Diese Pixie-Schnitt-Bilder hätten verbrannt werden sollen!

Mom verbrachte fast das ganze Essen damit, Colin Fragen zu stellen und seine Antworten zu loben. Ich fühlte mich wie in einer peinlichen Quizshow. Was wird sie als Nächstes gewinnen? Einen neuen Mann!

Er rührte den Wein nicht an und sprach ausführlich darüber, wie überflüssig Schimpfwörter seien. Ich fragte mich schon, ob er ein alter Mann war, im Körper eines Dreißigjährigen gefangen, aber dann kam die Stunde der Wahrheit – beim Dessert.

Da kamen nämlich Colins Eltern herein und begrüßten mich, als wäre ich die Antwort auf ihre Gebete. Offenbar war ich ihre letzte Hoffnung auf Enkelkinder, bevor Colin sein Keuschheitsgelübde ablegte, um Priester zu werden.

Richtig, Mom wollte mich mit einem Fast-Priester verkuppeln, um dessen Genpool zu retten.

Colin wurde Priester. Mom und ich haben uns unterhalten. Ich habe sogar ein paar Schimpfwörter benutzt, verdammt, was sie und Colin beide hassen.

Mom meint es gut, sagt sie zumindest. Dad griff nach dem Priester-Desaster ein und ließ Mom schwören, ihre Kuppelversuche für mich einzustellen. Er sagte mir, sie habe ein feierliches Gelübde abgelegt. Trotzdem bleibe ich wachsam. Der Valentinstag könnte ihre Kuppelinstinkte reaktivieren.

Ich richte meine Aufmerksamkeit wieder auf Harper, die immer noch die Tür blockiert. Ich glaube, ich weiß, warum sie sich das mit dem Tanz anders überlegt hat. Der Typ, den sie zu hassen liebt, Nathan Brooks, ist hier mit einem Date. Harper würde natürlich lieber selbst mit einem Date auftauchen, um ihm eins auszuwischen. Es ist so eine komische Rivalität zwischen ihnen, die ich nicht zu verstehen vorgebe. Ich arbeite mit Nathan zusammen, und er ist super.

Ich lege eine Hand auf ihren Arm. „Nathan wird sich auf sein Date konzentrieren, also musst du dir keine Sorgen machen, dass er dich nervt. Können wir jetzt reingehen?"

Sie hebt das Kinn und verschränkt die Arme. „Als ob es mich interessiert, was er macht."

Ich nutze ihre veränderte Haltung, quetsche mich zwischen sie und die Tür. Zum Glück folgt sie mir hinein. Der Tanz findet in einem coolen Tanzstudio statt, mit einer kleinen Bühne hinter der Tanzfläche, wo eine Jazzband sich gerade aufwärmt. Sie haben den Pausenraum zu einer großen Küche erweitert, um Veranstaltungen wie diese mit Catering zu ermöglichen. In einer Kleinstadt wird man kreativ mit Mehrzweckgebäuden.

Wir gehen zum Garderobenraum und hängen unsere Mäntel auf.

„Ich mag es, Single zu sein", sage ich, eine fröhliche Erinnerung für uns beide. „Ich habe meine Zwanziger dem unverbindlichen Spaß gewidmet." Mit dreißig wird die zukünftige Mackenzie ihre Haltung überdenken.

Harper wuschelt ihre Haare auf und versucht, die Wellen zu betonen, die sie mit einem Lockenstab gemacht hat. Die Schwerkraft hat schon ihren Tribut gefordert. „Ja, ja. Aber wann hattest du das letzte Mal wirklich unverbindlichen Spaß?"

„Ach, halt die Klappe!"

„Du hast nach Shawn komplett auf Beziehungen verzichtet."

Ich marschiere zügig auf die Menge aus Familie und Freunden zu, die sich auf der Tanzfläche versammelt haben und mit Blick auf die Türen nach den Ehrengästen Ausschau halten. Die Jazzband wartet, während leise Musik aus den Lautsprechern läuft.

„Ist ja nicht so, als hätte ich seit ihm niemanden gesehen", werfe ich über die Schulter.

Sie eilt mir hinterher. „Die Kuppelversuche deiner Mom zählen nicht."

Ich beiße die Zähne zusammen, mag die Erinnerung nicht. „Erinnerst du dich an den Anwalt?"

„Das hat eine Stunde gehalten. Er hat dich zu Tode gelangweilt."

„Ja, also gehe ich Anwälten jetzt aus dem Weg. Siehst du? Ich lerne dazu."

Wir mischen uns unter die Menge, umarmen und begrüßen alle, während wir warten. Mein Cousin Mason müsste inzwischen seinen Antrag gemacht haben; der Plan war, danach hierherzukommen, um mit allen zu feiern. Das große Tanzstudio mit Spiegeln an zwei Wänden ist mit Luftschlangen und „Herzlichen Glückwunsch!"-Ballons dekoriert. Offenbar ist meine Familie voller optimistischer Romantiker. Eine Prüfung, die ich ertragen muss.

Harper packt meinen Arm. „Moment mal. Ich sehe groß, dunkel und gut aussehend, und er ist *nicht* mit uns verwandt." Sie deutet mit dem Ellbogen auf einen geheimnisvollen Typen.

Ich sehe hin und schnappe nach Luft. *Umwerfend. Sexy. Herausragend.* Er ist wie ein Athlet gebaut – groß, breite Schultern, schmale Hüften. Ich schätze, Anfang dreißig. Er trägt ein weißes Hemd mit grauen Hosen. Sein dunkelbraunes Haar ist sanft gewellt, und ich wette, es fühlt sich an wie Seide. Dunkle Augen, getrimmter Bart. *Ja, bitte!*

Sein Blick trifft meinen. Mein Herz rast, und Hitze schießt von meinen Wangen durch meinen ganzen Körper. Ich wende den Blick von dem umwerfenden Typen ab, als mir plötzlich klar wird, dass er mit meiner kupplerischen Mom spricht. *Nicht heute, Mom.* Ein Blind Date, das meine Mom für den Valentinstag geplant hat, ist nicht das, was ich mir für heute Abend vorgestellt habe.

Ich bin eine erwachsene Frau, ich kann meinen eigenen Mann finden!

Ich bin *nicht* so verzweifelt!

Mason steckt den Kopf zur Tür herein, sein Lächeln riesig.

„Sie hat Ja gesagt!" Seine neue Verlobte May und deren sechsjährige Tochter Sophie kommen herein, strahlen.

„Yeah!", rufe ich. Alle jubeln, pfeifen und johlen. Ich mag May sehr. Sie wohnt gegenüber von mir, ist Besitzerin des neuen Serenity Inn.

„Leute!", ruft May und legt eine Hand aufs Herz. Ihr Diamantring funkelt im Licht. „Ich kann nicht glauben, dass ihr das alles ohne mein Wissen geplant habt!"

Mason küsst sie. Sie sehen einander anbetungsvoll an, während Sophie ihre Beine umarmt. Für einen Moment bin ich so erfüllt von Sehnsucht, dass ich kaum atmen kann. Was für ein wunderschöner Moment für diese glückliche kleine Familie!

Dann erinnere ich mich, dass ich mein Leben genau so mag, wie es ist. Leicht und unbeschwert.

Die Jazzband beginnt zu spielen. Rechts stehen ein Buffet und ein Getränketisch, Catering von Dads Restaurant und Bar, dem Happy Endings. Er hat es nach Moms Liebesroman-Buchclub benannt, dem Happy End Buchclub, wo sie als Kupplerin angefangen hat. Sie trägt die volle Verantwortung für jedes Mitglied, das sein Happy End gefunden hat. Ich bin sicher, es war nur Glück und das richtige Timing. Liebe kann man *nicht* erzwingen. Wenn jemand bereit ist zu heiraten, findet er jemanden, der auch bereit ist, und dann macht es Klick, weil beide dasselbe wollen. Darum suche ich nach Typen, die nur unverbindlichen Spaß wollen.

Harper und ich gehen hinüber, um dem glücklichen Paar zu gratulieren. Mein Blick fällt auf Mom, die mit dem geheimnisvollen Typen näherkommt. Ich schwöre, wenn das ein Kuppelversuch ist, bin ich so was von sauer.

Ich setze eine neutrale Miene auf, als Mom ankommt und ihr strahlendes Lächeln zeigt. Kein Grund, einen schlechten ersten Eindruck zu machen für den Fall, dass sie nicht kuppelt. Wem mache ich eigentlich was vor? Natürlich tut sie das.

Mom ist jetzt in ihren Fünfzigern, immer noch auffallend schön – langes, rotblondes Haar, hellblaue Augen, makellose

Haut und eine perfekte Sanduhrfigur. Warum musste ich nach Dads Seite der Familie kommen? Ugh. Flache Brust, kaum Kurven irgendwo. Schlichtes, braunes Haar. Wenigstens bin ich athletisch wie Dad. Mom ist grottenschlecht in den meisten Sportarten. Sie hat Angst vor dem Ball.

Mom deutet auf den geheimnisvollen Typen. „Das ist Cal Davis, der neue Anwalt in der Stadt. Er war früher Minor-League-Baseballspieler für die Triple-A Iowa Cubs. Stimmt das?"

„Ja, Ma'am." Seine Stimme ist tief und warm, wie schmelzende Schokolade. *Mir läuft das Wasser im Mund zusammen.*

Vielleicht muss ich doch nicht *allen* Anwälten aus dem Weg gehen.

Mom kichert. „Bitte nenn mich Hailey." Sie stellt uns nacheinander vor. Als sie bei mir ankommt, überrascht mich die Tiefe in seinen dunkelbraunen Augen. Intelligent und forschend, als wollte er in meine Seele blicken.

Ich zwinge mich, den Blick zu senken, lande auf seiner Brust und dann, ups! Zu tief. Zurück zu seiner Brust. Ich bin ein Hochofen in diesem dünnen Kleid. Plötzlich klingt die Winterluft erfrischend.

Harper flüstert mir ins Ohr: „Gefällt dir, was Mom dir mitgebracht hat?"

Ich würde ihr am liebsten einen Ellbogen in die Nieren rammen.

„Welche Position hast du gespielt?", fragt Mason Cal.

„Catcher. Zu hart für meine Knie. Die sind ruiniert."

Mom ergänzt den Rest seines Lebenslaufs. „Dann hat er Jura studiert, Erfahrungen in der City gesammelt und übernimmt jetzt Gabe Reynolds' Kanzlei in der Stadt." Die City bedeutet für Einheimische New York City.

„Von der City ins kleine Clover Park?", frage ich. „Das muss ein Kulturschock sein."

Sein Blick trifft meinen, und mir stockt der Atem, jede Nervenfaser in Alarmbereitschaft. „Ich mag Kleinstädte. Ich komme aus einer Kleinstadt in Minnesota."

Mom wedelt mit dem Finger vor Harper und mir. „Schlagt

euch den neuen Single-Typen in der Stadt aus dem Kopf. Er ist nicht der Typ zum Heiraten."

Also genau mein Typ!

Cal wirkt peinlich berührt und richtet seine Aufmerksamkeit auf den Raum. Wahrscheinlich sucht er nach einem Ausweg. Offenbar ist das hier doch kein Kuppelversuch.

Mom zieht mich beiseite und flüstert: „Seine Freundin, mit der er zusammengewohnt hat, hat sich heute Morgen von ihm getrennt, weil er sich nicht auf eine Ehe einlassen wollte. Besser, das früh zu wissen, wenn die Erwartungen nicht passen."

Ich sehe Cal an, der die gegenüberliegende Wand studiert. Ich frage mich, ob er das gehört hat.

Mom lächelt ihn strahlend an. „Komm, Cal. Ich stelle dich noch mehr Leuten vor."

Ich habe Mitleid mit dem Mann. Die Wunde ist noch frisch für den armen, sexy Typen.

„Ich kann das übernehmen, Mom", sage ich und versuche, so zu wirken, als wäre ich überhaupt nicht an ihm als umwerfendem Mann interessiert, der zufällig auch ein Bindungs-phobiker ist.

Acht lange Monate!

Mom lächelt angespannt. „Ich habe versprochen, ihm zu helfen, sich in seiner neuen Heimatstadt einzuleben. Wir kommen klar. Stimmt's, Cal?"

Ich halte meine Stimme unbeschwert. „Ich stelle ihn der Unter-Vierzig-Meute vor, da er offensichtlich unter vierzig ist."

Ihre Augen werden schmal. Sie glaubt fest daran, dass Alter nur eine Zahl ist, wie sie jedem sagt, der das Älter-werden erwähnt. Cal schaut von mir zu Mom, scheint unsi-cher, was er tun soll.

Die Musik wechselt zu einem langsamen Song, Etta James' „At Last".

Mom seufzt dramatisch. „Okay, Mackenzie, aber was auch immer du tust, tanz nicht zu langsamer Musik mit ihm. Das Letzte, was ich brauche, ist, dass meine Tochter sich von einem weiteren Playboy einwickeln lässt. Nichts für ungut, Cal."

Ja, das hat sie gesagt. Mom hat keinen Filter, wenn es darum geht, ihre Kinder zu schützen. Sie glaubt, ich lasse mich ständig von „Playboys" einwickeln, weil sie über den Kleinstadttratsch hört, dass ich mit einem Typen unterwegs war, und wenn sie nachhakt, zerstöre ich ihre romantischen Hoffnungen, indem ich sage, dass wir uns nicht mehr sehen. Sie glaubt nie, dass ich diejenige bin, die es unverbindlich hält. Ihre Liebesbrille lässt sie nicht klar sehen.

„Eher ein Baseballplayer", murmelt Cal. Klar will niemand als Playboy abgestempelt werden, aber ein Typ, der gerade aus einer festen Beziehung wegen Bindungsproblemen raus ist, will sicher nicht gleich wieder dasselbe. Er ist perfekt.

Ich nicke in Richtung Tanzfläche. Er folgt mir wortlos.

Ein paar Augenblicke später lege ich meine Arme um seinen Hals, lasse gerade genug Abstand zwischen uns für den Anstand. Er strahlt Hitze und Pheromone aus. Mmm, er riecht so gut! Ein sauberer, frischer Duft. Parfüm? Er selbst? Ich weiß es nicht, und es ist mir egal. Cal ist der perfekte Mann, um diese verdammte Durststrecke zu beenden.

Andererseits hat er gerade eine große Trennung hinter sich.

Ist er überhaupt an mir interessiert?

Bis zum Ende der Party werde ich es wissen.

Cal

Dank Hailey habe ich schon viele Leute in der Stadt kennengelernt, was für den Aufbau einer Mandantenliste entscheidend ist, und jetzt tanze ich mit ihrer sexy Tochter. Mackenzie ist mir sofort aufgefallen. Als sich unsere Blicke begegneten, hat mich gleich völlig überraschend ein Blitz der Lust getroffen, vor allem nach diesem Tag, den ich hinter mir habe.

Sie ist etwa einen Kopf kleiner als ich, sogar mit ihren Stilettos. Ihr Kleid schmiegt sich an ihren athletischen Körper und endet auf halber Höhe ihres Oberschenkels. Ich schlucke. Es ist nur ein Tanz. Ein Tanz, um höflich zu sein.

Hätte mir jemand gesagt, dass ich heute erst Gesetzbüchern ausweiche und dann mit einer sexy Fremden tanzen würde, hätte ich ihn für verrückt erklärt. Richtig, Gesetzbüchern. An meinen Kopf geworfen.

Auf Raynas Forderung nach einer Ehe sagte ich in meinem vernünftigsten Ton: „Warum

die Eile?"

Junge, war das das Falsche! Sie ist explodiert, sagte, wir seien beide in unseren Dreißigern, und das sei, was normale Leute tun. Dann hat sie meine Aktentasche und Gesetzbücher nach mir geworfen. Und das alles ist noch vor Mittag passiert. Sie war mit großen Erwartungen aufgewacht, und es ging den Bach runter. Ich bin mehr erleichtert als traurig, was wohl viel über unsere Beziehung aussagt.

Bevor sie bei mir eingezogen ist, war Rayna cool und locker. Es war einfach zwischen uns. Dann ist mein Mitbewohner ausgezogen, Raynas Mietvertrag ausgelaufen, und sie hat mich gefragt, ob sie bei mir wohnen könne, solange sie eine neue Wohnung sucht. Mieten in der City sind nicht billig, und Wohnungen sind schnell weg. Trotzdem habe ich nach einem neuen männlichen Mitbewohner gesucht und sie gebeten, ihr weitreichendes Netzwerk zu nutzen, um eine Wohnung für sich zu finden. Nichts hat geklappt, also hab' ich ihr meine Wohnung als *Übergangs*lösung angeboten.

Ich war sehr bestimmt – maximal sechs Monate, damit sie eine neue Wohnung findet und ich Zeit hätte, einen neuen Mitbewohner zu finden. Sie hat zugestimmt. Ehrlich, ich habe sie sehr gemocht. Ich hatte nur nicht tiefergehende Gefühle. Hab' ich nie. Nicht seit … egal. Jedenfalls, nachdem sie eingezogen war, hat Rayna mit dem Pärchenkram losgelegt. Candle-Light-Dinner, kleine Geschenke und Liebesbotschaften in der Wohnung, neue Verabredungen mit ihren verheirateten Pärchenfreunden, sogar ein Urlaub nur für

Paare. Es ging so weit, dass ich mich zu Hause nicht mehr entspannen konnte und die meiste Zeit im Büro verbracht habe.

Sie schwankte zwischen Liebesentzug und Brüllen. Ich wusste, dass ich sie enttäuschte, aber ich konnte in unserem gemeinsamen Raum kaum atmen. Sie hatte kein Glück bei der Wohnungssuche, und ich beschloss insgeheim, ihr meinen Mietvertrag zu überlassen, wenn er ausliefe, und woanders hinzuziehen. Ich wartete nur auf den richtigen Moment, es ihr zu sagen. Ich hoffte, wir könnten uns weiter sehen, auch wenn wir nicht zusammenwohnen. Es hatte schließlich nur eine Übergangslösung sein sollen.

Aber dann fing sie an, Zeit mit ihrem Ex zu verbringen. Sie sagte, es sei platonisch, er sei wieder ihr bester Freund, und ich sei zu verschlossen, um ihre emotionalen Bedürfnisse zu erfüllen.

Ich war nicht begeistert von all der Zeit, die sie zusammen verbrachten, aber ich wusste, dass er eine Freundin hatte. Als er sich verlobte, war Rayna aufgewühlt. Darum wollte sie plötzlich, dass wir heiraten. Nicht meinetwegen, seinetwegen! Ich schätze, der Valentinstag hat die Einsätze erhöht.

„Willkommen in Clover Park", sagt Mackenzie nahe an meinem Ohr und holt mich zurück in die Gegenwart.

„Danke", sage ich höflich und rücke ein wenig zurück. Da ist diese unglaubliche Hitze, die von ihrem Körper ausstrahlt. Oder ist das die Hitze zwischen unseren Körpern? Sie ist so sexy, und ich kann kaum glauben, dass mir das nach der heutigen Trennung auffällt. Das ist klassische Verdrängung.

Ihre blauen Augen treffen meine, und mein Mund wird trocken. „Ich weiß, das ist jetzt höchst unwahrscheinlich, aber kennst du Sutton Davis? Sie kommt auch aus Minnesota, und, na ja, gleicher Nachname."

Ein Mundwinkel hebt sich. „Klar, ich kenne jeden im großartigen Staat Minnesota."

„Schlaumeier."

Ich grinse. „Sutton ist meine kleine Schwester. So habe ich von Clover Park und davon erfahren, dass Gabe Reynolds jemanden sucht, der seine Kanzlei übernimmt. Sie abonniert den *Clover Park Record*." Meine Schwester ist ein Sonnenschein, immer strahlend und enthusiastisch. Sie ist virtuelle Vollzeit-Assistentin bei Brooks Campbell Security hier in Clover Park.

„Sie arbeitet für mich!"

Plötzlich macht es Klick. Mackenzies Mom ist Hailey Campbell. „Du bist die außergewöhnliche Mackenzie Campbell?"

Sie lacht. „Ja! Und sie ist auch außergewöhnlich. Ihre Recherchefähigkeiten sind unglaublich. Sie kann technische Spezifikationen aus jeder Branche nehmen und in einen Bericht umwandeln, der die Basis für jedes Angebot ist, das wir zusammenstellen. Und sie ist schnell!"

„Sie schwärmt von dir. Mackenzie ist so klug. Mackenzie leitet alles mit selbstbewusster Autorität. Mackenzie kann alles."

Sie wirft die Haare zurück. „Schön, einen Fan zu haben."

Ich scheine den Blick nicht von ihren funkelnden blauen Augen abwenden zu können. Diese Frau liebt Spaß, und wann hatte ich das letzte Mal Spaß? Rayna war Aktivistin, immer wütend und aufgebracht über irgendeine Sache. Und dann war da mein Job. Unternehmensrecht ist nicht gerade ein Vergnügungstrip. Nur meine Pro-Bono-Arbeit für das Frauenhaus hat mir Zufriedenheit gebracht.

„Könntest du sie vielleicht dazu bringen, hierherzuziehen?", fragt sie. „Ich habe sie mehr als einmal gefragt, aber sie weicht immer aus. Vielleicht jetzt, wo ihr Bruder in der Stadt ist …"

„Ich wünschte, sie würde. Sie ist seit der Highschool mit ihrem miesen Freund zusammen, und der geht nirgendwohin."

Sie hält inne und tritt zurück, um mich anzusehen. „Warum ist ihr Freund mies?"

„Er schätzt sie nicht so, wie er sollte. Sutton ist besonders."

Sie schenkt mir ein sanftes Lächeln. „Das ist so süß. Was

für ein netter Bruder du bist." Sie kommt wieder näher. Ein unpassender Schub roher Lust trifft mich.

„Nur die Wahrheit."

Wäre es so schlimm, ein bisschen Spaß zu haben?

Ja.

Ich habe keine zwanglosen Sex-Dates. Ich hatte eine Reihe von Beziehungen, die alle … schlecht ausgegangen sind. Hm, vielleicht Zeit, was zu ändern?

Was denke ich da überhaupt? Ich weiß, dass man nach einer Trennung nicht direkt in eine neue Beziehung springt. Außerdem ist es beruflich ein schlechter Schachzug. Ich bin gerade erst hier angekommen. Vertrauen und ein guter Ruf sind alles in einer Kleinstadt wie Clover Park. Das waren Gabe Reynolds' genaue Worte, als er mich eingestellt hat. Ich schulde es ihm, den erstklassigen Ruf seiner Kanzlei intakt zu halten.

Die Musik muss irgendwann zu einem weiteren langsamen Song gewechselt haben. Und ich habe es nicht bemerkt. Ich sehe ihre Eltern, Josh und Hailey, tanzen. Sie reden, während sie eng tanzen, ein natürlicher Rhythmus zwischen ihnen. Erinnert mich an meine Eltern, als ich ein Kind war. Sie haben immer den Wohnzimmerteppich zurückgerollt, um zu tanzen, und ließen es richtig krachen. Als Kind wusste ich nicht, wie selten ihr Glück war. Ich fand sie einfach peinlich. Kein Wunder, dass Dad nie über sie hinweggekommen ist.

„Was hat Sutton noch über mich gesagt?", fragt Mackenzie mit einem frechen Grinsen.

„Sie sagt, wenn sie näher wohnen würde, würde sie gern mit dir abhängen." Ich verziehe das Gesicht. „Ich bin mir nicht sicher, ob ich das hätte verraten sollen."

Ihre Hand hebt sich an ihre Brust. „Nein, das ist nett! Ich habe immer dasselbe gedacht. Komisch, dass sie dich nie erwähnt hat."

„Natürlich vergöttert sie mich."

„Ha! Ich würde sie gern in einer größeren Rolle einsetzen, wenn sie näher wohnen würde."

Ich hebe die Brauen. „Okay, wenn ich ihr das sage?"

„Ich mache das. Glaubst du, sie wird den Typen heiraten?"

„Nicht so bald. Er stößt sich immer noch die Hörner ab."

Sie tritt zurück, sieht empört aus. „Weiß sie, dass er sie betrügt?"

„Sie weiß es, will es aber nicht wissen. Er hat immer irgendwelche Erklärungen für verdächtige Aktivitäten. Ich habe versucht, mit ihr darüber zu reden, aber dann geht sie immer in die Defensive."

„Hm …"

„Ja."

Sie kommt wieder näher. Ich halte sie steif an der Taille, verhindere weitere Nähe. Fühlt sich so einfach sicherer an.

Sie schenkt mir ein süßes Lächeln. „Ich mag es, mit dir zu tanzen."

Ich räuspere mich. *Sei einfach höflich.* „Ja, ich auch."

Wir sind für den Rest des Tanzes still, aber irgendwie macht das alles nur schlimmer. Ihre Hand gleitet von meiner Schulter zu meinem Ellbogen in einer warmen Bahn und lockert meinen steifen Griff um ihre Taille, bis sie so nah ist, dass sich unsere Körper beim Wiegen berühren; ihre Brust streift meine, ihr Kinn berührt meine Schulter. Es wäre unhöflich, sie wegzuschieben.

Die Hitze zwischen uns wächst, eine knisternde Spannung, als würden unsere Körper auf einer urtümlichen Ebene kommunizieren. Das ist schlecht. Sobald der Song endet, bin ich hier raus.

Der Song endet, und sie greift nach meiner Hand. „Komm, ich stelle dich allen vor."

Ich folge ihr.

2

─────────

Mackenzie

Nachdem ich Cal durch den Raum geschleift habe, um ihm alle vorzustellen, wobei er erstaunlich entspannt und freundlich war, beschließe ich, mutig zu sein und ihm einen Wink zu geben, um zu sehen, ob er an unverbindlichem Spaß interessiert ist. Klar, auf der Tanzfläche hat es geknistert, aber er wurde heute erst abserviert. Es ist ein bisschen seltsam, wie ungerührt er nach einer so großen Trennung wirkt. Ich meine, die beiden haben immerhin zusammengewohnt! Wenn ich mich von jemandem trennen würde, mit dem ich zusammenlebe, wäre ich am Boden zerstört.

Andererseits strahlt er keinerlei Mönchsvibes aus. Vielleicht ist unverbindlicher Spaß das, was wir beide brauchen, um Stress abzubauen.

Mom und Dad kommen gegen Ende der Tanzveranstaltung auf mich zu, schon in ihren Mänteln. „Dad und ich haben Pläne", zwitschert Mom.

Ich nicke mit neutralem Gesichtsausdruck. *Keine Details, bitte.* Es ist spät am Valentinstag, und sagen wir einfach, die beiden sind immer noch heiß aufeinander.

Dad legt einen Arm um Moms Schultern. Er hat ein bisschen Grau in seinem dunkelbraunen Haar, ist aber ansonsten topfit. Er ist ein ehemaliger Soldat mit einem schelmischen

Zug, der legendär ist, besonders wegen des eskalierenden Streichekriegs, den er und Mom vor ihrer Hochzeit geführt haben. Die Leute in der Stadt reden immer noch darüber.

„Könnt ihr, du und Harper, das Catering-Geschirr zurück ins Happy Endings bringen?", fragt Dad. „Es ist alles gespült und bereit."

Ich lächle. „Klar, kein Problem."

Ich umarme sie zum Abschied. Sie gehen Hand in Hand hinaus und werfen sich verstohlen Blicke zu, als könnten sie es kaum erwarten, allein zu sein. Und genau darum habe ich es nicht eilig, mich zu binden. Die beiden haben die Messlatte ziemlich hoch gelegt. Ich habe bis dreiundzwanzig nicht mal eine Beziehung versucht, und Shawn war eine riesige Enttäuschung. Jetzt verstehe ich, dass das, was meine Eltern haben, selten ist. Es ist nur logisch, unverbindlich zu bleiben, wenn diese Art von Beziehung nicht oft vorkommt.

Ich sehe mich nach Cal um. Er spricht gerade mit meinem jüngeren Bruder Cooper und dessen Verlobter Rowan. Cooper kann mit jedem reden. Er ist Barkeeper im Happy Endings und bald Mitinhaber. Ich weiß, warum meine Eltern mich und Harper gebeten haben, das Catering-Geschirr zu übernehmen, und nicht Cooper. Wir sind die Einzigen, die an diesem romantischsten aller Abende nichts vorhaben. Obwohl sich das ändern könnte.

Ich gehe gerade zu Cal, Cooper und Rowan, als Harper barfuß herüberkommt, ihre High Heels an den Riemchen haltend. „Hey, ihr alle." Sie wendet sich an mich. „Ich bin erledigt. Lass uns gehen."

„Dad hat gefragt, ob wir das Catering-Geschirr zum Happy Endings bringen können."

Sie stöhnt. „Weil wir die einzigen Singles hier sind. Das ist wie eine Doppelstrafe. Single am Valentinstag zu sein *und* Überstunden."

Cal hebt eine Hand. „Ich kann helfen, wenn du nach Hause willst, Harper."

Das war einfach. Vielleicht will er auch Zeit allein mit mir.

Harper wirft mir einen fragenden Seitenblick zu, den ich mit einem telepathischen *Verdammt, ja!* beantworte.

„Das wäre super", sage ich fröhlich.

Harper dreht sich zu Cooper. „Kann ich mit dir und Rowan nach Hause fahren?"

Er wedelt imaginäre Dämpfe vor seinem Gesicht weg. „Nur, wenn du deine Schuhe wieder anziehst."

Zur Strafe wedelt sie vor seinem Gesicht damit. Cooper und Rowan springen zurück. „So schlimm sind die nicht!" Sie zieht ihre High Heels wieder an, verzieht das Gesicht und winkt mir zu. „Tschüss, viel Spaß mit deinem Valentin nach Mitternacht."

Mein Magen kribbelt vor Aufregung, aber ich schaffe es, lässig zu klingen. „Tschüss, Leute."

Die drei ziehen ab.

Ich sehe Cal an. „Wo steht dein Auto?"

„Ich hab' am Ludbury House geparkt. Deine Mom wollte mich dort treffen, damit wir Zeit haben, uns auf der Fahrt hierher kennenzulernen."

„Klingt typisch. Ludbury House ist nur einen Block von meinem Haus entfernt, das macht es einfach. Ich setze dich nach dem Happy Endings bei deinem Auto ab. Lass mich einen Wagen holen."

Wir gehen in den hinteren Raum, mein Kopf schon drei Schritte voraus – Happy Endings, allein in einem Bereich, zu dem nur Mitarbeiter Zutritt haben. Nein, wir gehen in sein Hotel. Viel mehr Platz zum Manövrieren im Bett; dann setze ich ihn auf dem Parkplatz ab. Ich mach' das. Jetzt oder nie.

„Deine Füße müssen dich in diesen Absätzen umbringen", sagt er. Lustig, die meisten Typen denken nicht ansatzweise an meinen Komfort. Na ja, er hat eine Schwester. Er kennt sich wohl mit den Beschwerden über Damenmode aus.

„Nein. Ich übe seit dem Kindergarten, in Absätzen zu laufen. Mom hat eine umfangreiche Schuhsammlung. Außerdem war das mein Valentinstagsgeschenk."

„Aha." Er schaut mich an. „Von wem?"

„Von mir."

Er grinst. „Wusste nicht, dass das ein Ding ist. Frauen, die sich am Valentinstag selbst beschenken."

„Ich weiß am besten, was ich mag, also warum nicht?"

Ich schnappe mir einen Servierwagen und rolle ihn zum Tisch mit dem großen, abgedeckten Edelstahlgeschirr. Cal nimmt eine Schüssel an den Griffen und stellt sie auf den unteren Boden des Wagens. Er bückt sich langsam, als wäre er vorsichtig mit seinen Knien. Ich wette, Baseball aufzugeben war hart für ihn.

Wir arbeiten zusammen und erledigen die Aufgabe schnell.

„Passen die in dein Auto?", fragt er, während er den Wagen zum Ausgang schiebt.

„Das fragst du mich *jetzt*?", frage ich zum Scherz.

„Ja, richtig."

„Der Kofferraum ist geräumig, und die Rücksitze lassen sich umklappen. Kein Ding. Ich hab' das schon oft gemacht."

Der Parkplatz ist bis auf meinen Honda Accord leer. Ich habe dieses Auto wegen seiner Zuverlässigkeit gewählt, weil ich lieber Geld für süße Schuhe ausgebe als für ein teures Auto. Außerdem kann ich mir ein teures Auto auch gar nicht leisten. Ha-ha.

Wir beladen das Auto und steigen ein. Ich blicke zu ihm auf dem Beifahrersitz hinüber. Seine Knie sind weit hochgezogen, weil er keinen Platz für seine Beine hat. „Du kannst den Sitz mit dem Hebel an der Seite weiter zurückschieben." Ich starte den Motor und fahre rückwärts aus der Parklücke.

Er stellt den Sitz ein und sieht nur minimal weniger eingequetscht aus.

Ich lege den Gang ein und fahre los. „Die haben das Auto wohl nicht für große Leute gemacht."

„Ich bin nicht mal so groß. Eins zweiundneunzig."

„Groß für mich. Wenn du zwei oder zweieinhalb Meter groß wärst, müsstest du in einem Van herumfahren."

„In einem Van? Wohl eher in einem maßgefertigten Auto. Das machen die Profi-Basketballer."

„Hast du mal an Basketball gedacht?"

„Hab' ich in der Highschool gespielt, aber Baseball war immer mein Favorit."

Als ich an einer roten Ampel halte, drehe ich mich zu ihm und komme direkt zur Sache. „Was hältst du von unverbindlichem Spaß mit mir heute Abend?"

Er räuspert sich. „Ich bin dafür."

Ich schmunzle. „Hervorragend. Nachdem wir das Geschirr abgeladen haben."

Er schweigt. Ich hoffe, das bedeutet, dass er sich all die schmutzigen Dinge vorstellt, die wir miteinander anstellen können. Ich jedenfalls tue es.

Cal

Ich habe Mühe, zu begreifen, dass ich heute Morgen noch mit Rayna zusammengewohnt habe, dann auf einem Valentinstagstanz war (mein erstes Mal) und jetzt mit einer unglaublich sexy Frau zusammen bin, die Wärme und Freundlichkeit ausstrahlt. Etwas, das in meinem Leben schmerzhaft fehlt.

Als sie mich ihrer Familie und Freunden vorgestellt hat, war klar, wie sehr sie sie liebt. Sie hat sich an die neuesten Neuigkeiten von allen erinnert, Komplimente wie Bonbons verteilt und mich als den neuen Anwalt von Clover Park angepriesen, obwohl sie so gut wie nichts über mich weiß. Ich schätze, Suttons älterer Bruder zu sein, verleiht mir eine gewisse Glaubwürdigkeit.

Sie hat die eine Sache ausgelassen, die die meisten Leute an mir interessant finden: dass ich Baseballspieler war. Vielleicht findet sie das nicht spannend. Es war eine Erleichterung, nicht immer wieder erzählen zu müssen, wie ich meine Knie ruiniert habe und dass ich aufhören musste. Ich werde wahrscheinlich irgendwann Knieprothesen brauchen, aber ich schiebe das so lange wie möglich hinaus. Nicht mein Lieblingsthema.

Kurz gesagt: Sie ist unwiderstehlich, und ich will ihr alles geben, was dieses strahlende Lächeln auf ihrem Gesicht hält.

Ich folge ihr durch die Hintertür des Happy Endings, einen Stapel Catering-Geschirr auf dem Arm, durch eine Küche mit drei Mitarbeitern, in eine große Abstellkammer. Sie schaltet das Licht ein und stellt ihr Geschirr auf ein hinteres Regal. Ich stelle meins daneben.

Dann dreht sie sich um, schließt die Tür hinter uns ab und flüstert: „Küss mich."

Ich zupfe am Kragen meines Hemds. „Hier? Wir machen das hier? Da sind Küchenangestellte und ist das nicht das Restaurant deiner Familie?"

Sie schlingt die Arme um meinen Hals und presst ihren Körper an meinen. Ich bin augenblicklich steinhart. „Ist doch nur ein Kuss." Sie stellt sich auf die Zehenspitzen, erreicht mich aber nicht ganz.

Ich beuge mich hinunter und gebe ihr einen sanften Kuss. Sie öffnet sich für mich, ihre Zunge neckt mich und schickt Blitze mein Rückgrat hinunter. Der Kuss wird animalisch. Sie versucht, an meinem Körper hochzuklettern, ihr Bein schlingt sich um meines, sucht Kontakt mit vor Verlangen schmerzenden Stellen. Ich hebe sie an der Taille hoch, und sie schlingt ihre Beine um mich. Rohes Begehren verschlingt mich. Es ist mir egal, dass direkt vor der Tür Leute sind. Ich drücke sie gegen die Tür, verloren in Empfindungen. Oh Gott, sie schmeckt so gut, nach Minze und Sex. Ich brauche mehr.

Sie lehnt sich zurück, um mich anzusehen, fährt mit dem Finger an meinem Kinn entlang. „Du hast den Kusstest bestanden."

Mein Verstand verdrängt diesen seltsamen Kommentar zugunsten eines weiteren Kusses. Sie legt die Hand an meine Brust und drückt. Ich hebe den Kopf. „Ja?"

Sie lässt die Beine sinken und gleitet an meinem vollkommen erregten Körper herunter. Ich unterdrücke ein Stöhnen. Sie nimmt meine Hand. „Cal, ich will, dass das ganz klar ist: Das hier ist eine einmalige Sache. Nur unverbindlicher Spaß. Einverstanden?"

Ich starre auf ihre sinnlichen Lippen, so weich. *Mehr, mehr, mehr!*

„Okay, Cal? Nichts Ernstes.“

Ich richte mich auf. „Ich habe bis heute mit jemandem zusammengewohnt. Ich werde dir nicht gerade nach dem Kennenlernen gleich einen Antrag machen.“

„Das ist perfekt, weil ich nicht an die Liebe glaube. Zumindest nicht in dieser Phase meines Lebens.“

„Klar“, murmle ich, streiche ihr Haar aus dem Gesicht und beuge mich hinunter, um entlang ihres Halses zu küssen. Sie legt den Kopf mit einem Seufzer in den Nacken.

Es klopft an der Tür. Ich zucke zurück.

Eine männliche Stimme ruft: „Mackenzie, wir schließen gleich!“

„Bin in einer Sekunde draußen.“ Sie atmet tief durch, dann öffnet sie die Tür. Die Angestellten räumen die Küche auf. „Macht's gut!“

„Hi, wie geht's?“, sage ich zu den Typen, sorgfältig darauf bedacht, Mackenzie vor mir zu halten, um das Offensichtliche zu verbergen.

„Wusste nicht, dass du da drin Gesellschaft hattest“, sagt ein Mann mittleren Alters mit Kochmütze.

„Muss auch niemand wissen, Pete“, erwidert sie.

Er hebt die Hände. „Ich sag' nichts.“

Sie zieht mich fast rennend zur Hintertür, lachend, und raus auf den Parkplatz, auf dem sie geparkt hat. Pure Euphorie schießt durch mich hindurch. Es macht irgendwie Spaß, sich rauszuschleichen und zum nächsten geheimen Ort zu fahren. Sie betätigt den Knopf ihres Autoschlüssels, um die Zentralverriegelung zu öffnen, und steigt auf der Fahrerseite ein, während ich mich auf den Beifahrersitz setze.

Wir sind noch nicht mal vom Parkplatz runter, als sie fragt: „Tun dir die Knie bei verschiedenen, äh, Aktivitäten weh?“

Fragt sie nach Sexstellungen?

Ich habe das Gefühl, bei Mackenzie bekommt man, was man sieht. Ich mag diese direkte Ehrlichkeit, auch wenn es unangenehm ist, vor dem Bett mit dem Sexgespräch anzufangen.

Bevor ich antworten kann, rast sie so schnell vom Parkplatz, dass mein Kopf gegen die Kopfstütze knallt. Sie sagt: „Ich hab' eine Mitbewohnerin. Wo wohnst du?"

„Etwa zwanzig Minuten von hier im Ethan Allen Hotel."

„Verstanden. Also, zurück zu deinen Knien: Machen sie dir Schwierigkeiten an Regentagen oder in bestimmten Stellungen?" Sie lacht leise. „Du hast mich hochgehoben, und ich bin kein Leichtgewicht. Will nur sicherstellen, dass niemand verletzt wird."

„Für mich bist du leicht."

Sie schnaubt. „Okay. Wie schlimm sind deine Knie? Heute Abend dreht sich alles um die Lust."

Ich rutsche unbehaglich hin und her, meine Erektion geht nirgendwohin. Zu spät merke ich, dass sie schon aus der Stadt rast und ich sie wahrscheinlich mit meinem Auto am Hotel hätte treffen sollen. „Grundsätzlich, solange ich keine Kniebeugen mache oder lange knie, komme ich gut zurecht. Der Rest von mir ist noch in Topform."

Sie wirft mir einen Blick zu. „Ist mir aufgefallen."

„Du bist mir auch aufgefallen."

„Meine sportliche Figur?"

„Deine sexy Figur."

„Gott, ich will dich."

Mein Magen zieht sich zusammen, als Verlangen durch mich lodert. „Gegenseitig", krächze ich.

Sie drückt meinen Arm. „Ich habe Kondome in meiner Handtasche, also keine Sorge."

Hitze kriecht meinen Hals hoch. Ich habe noch nie so offen mit einer Frau gesprochen, bevor wir nackt waren. „Super!"

Sie lächelt, schaut mich an und zuckt zusammen. „Wirst du rot?"

„Die Straßenlaternen werfen komische Schatten."

„Das wird so viel Spaß machen!"

Mackenzie

In dem Moment, in dem wir in Cals Hotelzimmer ankommen, prallen wir in einem leidenschaftlichen Kuss zusammen. Alles mein Werk, weil ich mich auf ihn stürze. Ich habe diese Leidenschaft in meinem Leben vermisst. Ich knöpfe sein Hemd auf und ziehe es ihm aus. Dann winde ich mich aus meinem Kleid und stehe in meinem roten Spitzenhöschen und passendem BH da. Auch er zieht sich blitzschnell aus, seine Augen verschlingen mich, während ich BH und Höschen ausziehe.

Ich schlage die Decke zurück und hüpfe ins Bett. Er kommt dazu, rollt mich auf die Seite, sodass wir Brust an Brust liegen. Seine große Hand hält mein Kinn, als er mich wieder küsst, diesmal jedoch zärtlicher. Nein, zärtlich ist für Liebende. Das hier ist nur Sex. Ich beiße in seine Unterlippe. Er zuckt zusammen, aber dann ist er voll dabei. Drängend und grob, der Kuss wird wild, seine Hände wandern überall über mich.

Ja, ja, ja! Das selbstbewusste Geschick in seinen Händen sagt mir, dass er weiß, was er tut. Ich bin bereit für ihn. Jetzt.

Ich drücke ihn auf den Rücken und klettere auf ihn. Seine dunklen Augen sehen glasig aus, fast wie voller Schock und Ehrfurcht, als wäre diese Erfahrung neu für ihn. Aber das kann nicht sein. Haben gut aussehende Baseballspieler nicht die freie Auswahl bei Frauen?

Er streicht mir das Haar aus dem Gesicht, seine Stimme heiser. „Sowas habe ich noch nie gemacht. Kennenlernen und direkt ins Bett hüpfen."

„Ich auch nicht", lüge ich. Ich schätze, der Bindungsphobiker wartet auf das zweite oder dritte Date, aber ich sage: Warum das Vergnügen aufschieben? Ich bin wählerisch bei Männern, aber ich weiß, wenn jemand gut zu mir passt."

Ich küsse ihn, genieße seine sinnlichen Lippen, seinen sauberen Duft und den kraftvollen Körper unter meinem. Ich greife nach meiner Handtasche, um ein Kondom rauszuholen, als er mich aufhält.

„Whoa, langsam. Wenn ich nur eine Nacht bekomme, will ich, dass sie nicht so schnell endet."

„Oh, richtig. Ich will mich nur vorbereiten."

Er wartet, bis ich ein Kondom auf den Nachttisch lege, und rollt mich dann auf den Rücken. Seine Arme stützen sich neben mir ab, tragen sein Gewicht. Er streift die leichtesten Küsse auf meine Mundwinkel und dann einen weiteren leichten Kuss in die Mitte.

Er küsst mich, als hätte er die ganze Nacht Zeit. Ich bin unruhig unter ihm, gewöhnt an einen schnellen Ritt, aber innerhalb von wenigen Augenblicken schmelze ich in die Matratze. Seine Finger gleiten meinen Hals entlang, bringen ein Schaudern.

Süß, langsam und leicht. Das ist Cals Ding. Und ich fühle mich zu gut, um die Dinge voranzutreiben.

Er hebt den Kopf, seine tiefe Stimme ist rau und kratzt an meinem Inneren. „Ich bekomme nicht genug von dir."

Meine Lippen öffnen sich. Ich bin kurz benommen. Er küsst mein Kinn, meine Wangen, die empfindliche Stelle unter meinem Ohr. Und dann gibt es nur noch sanfte Seufzer, während er meinen Körper erkundet, Lust aus jedem Teil von mir hervorlockt, von Kopf bis Fuß, wobei er lange genug an meinen Lieblingsstellen verweilt, um mir ein Stöhnen und völlige Hingabe zu entlocken. Mein Höhepunkt trifft mich hart, eine Kaskade von Empfindungen, die mich vollkommen erschöpft.

Als er endlich mit mir verschmilzt, treffen sich unsere Blicke, und ein Schwall von Emotionen überrollt mich. Ich schließe die Augen. Ich kenne ihn nicht gut genug, um so viel zu fühlen. Wie ein Zusammentreffen von Seelen. Es liegt nur daran, dass er zu langsam gemacht hat.

Beunruhigt treibe ich ihn an, stoße gegen ihn, küsse ihn leidenschaftlich, gebe alles, um mich im Körperlichen zu verlieren. Er berührt mein Kinn, küsst mich dringend, während er in mich stößt. *Ja, genau da!* Ich zerfalle, weiß glühende Lust verschlingt mich. Er folgt mir wenige Augenblicke später, sein Atem rau an meinem Ohr.

Ich starre blind auf die Kurve seiner Schulter. Heilige Scheiße! Bester Sex meines Lebens, ohne Frage. Sein Gewicht auf mir fühlt sich wahnsinnig gut an. Ich will ihn irgendwie umarmen und ihm für sein spektakuläres *Alles* danken.

Er schmiegt sich an meinen Hals, und ich seufze. *Nein, kein Seufzen.* Dieses Nach-Sex-Schmusen ist völlig gegen die Regeln. Ich weiß es, er weiß es. Ich muss hier raus, bevor ich mich hineinziehen lasse. Und was war das mit dem Blickkontakt? Das war *nicht*, was wir vereinbart hatten. Jemand muss die Grenzen klarstellen.

Ich drücke gegen seine Brust. Er versteht den Hinweis, rollt auf die Seite und zieht mich nah an sich. Haut an Haut, die Körperwärme zwischen uns ist unglaublich. Meine Augen werden schwer. Ich bin so warm und befriedigt und sicher.

Meine Augen öffnen sich alarmiert. Sicher? Ich habe den Typen gerade erst kennengelernt. Was stimmt nicht mit mir? Ich springe eilig aus dem Bett und fange an, mich anzuziehen.

Er stützt sich auf einen Ellbogen. „Wohin gehst du? Bleib über Nacht."

„Geht nicht. Ich habe früh einen Termin." *Mit meinem gemütlichen Bett.* „Zieh dich an. Ich fahr' dich zu deinem Auto."

„Zu müde."

Ich wackle mein Kleid über die Hüften und schalte das Deckenlicht ein. Er kneift die Augen gegen das grelle Licht zusammen. „Ich muss dich zurück zum Ludbury House fahren, damit du dein Auto holen kannst. Mom wird es bemerken. Das ist ihr Arbeitsplatz. Sie hat morgen vielleicht eine Hochzeit."

„Ich lasse mich morgen früh hinfahren. Nacht."

Und im grellen Licht des Hotelzimmers schläft dieser Mann mit dem zerzausten braunen Haar und dem Körperbau eines Sportlers prompt ein.

Ich muss gehen. Unverbindlich funktioniert nur mit klaren Grenzen. Es gibt absolut keinen Grund, zu bleiben.

Er ist so schön.

Ich ziehe die Decke über ihn, bin versucht, sein Haar zu

glätten, widerstehe aber. Ich schalte das Licht aus und gehe schnell und leise, bleibe im Flur jedoch stehen für ein paar tiefe, beruhigende Atemzüge.

Irgendeine geheimnisvolle Kraft bringt mich dazu, mich herumzudrehen und auf seine Hoteltür zu starren, ich stelle mir vor, wie er sie öffnet und mich zurück in seine Arme nimmt. Ich schnappe nach Luft. Das ist so gar nicht meine Art.

So läuft das nicht.

Ich straffe die Schultern und gehe zum Aufzug, drücke den Knopf, ignoriere den Stich des Bedauerns. Ich kenne die Regeln.

Ich trete in den Aufzug und betätige mehrmals schnell den „Tür schließen"-Knopf, bis sie sich endlich schließt. Ich stoße einen Atem aus. Cal und ich sind fertig, für immer und ewig. Es sei denn, Gott bewahre, ich brauche einen Anwalt.

3

———

Mackenzie

Ich sitze in der Küche und esse unschuldig meinen üblichen riesigen Salat zum Mittag, als meine Gedanken plötzlich zu Cal zurückkehren – zu ihm über mir, seinem eindringlichen Blick, dem Schwall unerwünschter Gefühle. Ich schüttle den Kopf, kehre in die Gegenwart zurück und finde meinen Kater Felix, der mich von der anderen Seite des Raumes aus anstarrt.

„Ich habe keinen Thunfisch", teile ich ihm mit. „Später. Nach dem Einkaufen."

Er ist ein Smoking-Kater, grau, mit einem weißen Schnurrbart und weißer Brust. Früher hat Felix nur mich geliebt, aber als Coopers Verlobte Rowan kurzzeitig mit mir und Harper hier wohnte, hat er sich auch ihr verschrieben. Um genau zu sein, sie war damals eine verlassene Braut, und mein Junge hier spürt Herzschmerz. Nicht, dass ich einen Herzschmerz hätte. Ich hatte einen amüsanten, seltsam intimen One-Night-Stand. Wirklich kein Problem.

Ich weiche Felix' Blick aus und verbanne die Gedanken an Cal. Die Erinnerung an letzte Nacht kam sofort zurück, als ich aufgewacht bin, dann nochmal beim Joggen, unter der Dusche. Ich spieße eine Gurkenscheibe auf. Vielleicht sollte ich noch eine Runde laufen, um den Kopf freizubekommen.

Felix reibt sich mit zitterndem Schwanz an meinem Bein. Er freut sich, in meiner Nähe zu sein, und hofft ständig auf Thunfisch. Ich streichle seine Wange und kraule ihm den Kopf.

„Hal-lo", trällert Harper, als sie mit einem fröhlichen Blumenstrauß und einer Einkaufstasche in die Küche kommt. Wir wohnen in einem Haus, das von unserer guten Freundin Shayla Adler bezahlt wird. Sie ist ein Filmstar wie Harpers Mom. Ich weiß, wir haben solch ein Glück! Shayla hat hier auch kurz gewohnt, mit ihrer Assistentin, aber dann ist sie wieder mit ihrer lange verlorenen Liebe, Harpers älterem Bruder Owen, zusammengekommen. Wenigstens muss ich mir keine Sorgen machen, dass Harper oder ich wegen eines Typen ausziehen. Keine von uns will in dieser Phase unseres Lebens Männerkomplikationen.

„Da hat wohl jemand einen Verehrer", sagt sie und wirft mir einen verschmitzten Blick zu. „Die lagen auf der Veranda. Also-o-o, wie war's gestern Abend?"

Mein Herz hämmert. „Die sind für mich?" Ich dachte, die Blumen wären einer ihrer Spontankäufe. Sie ist der Typ, der für eine Sache in einen Laden geht und mit drei weiteren zurückkommt. Ich gehe mit einer Liste. Was soll ich sagen, ich hatte Buchhaltung im Hauptfach. Ich mag Regeln, Ordnung und exakte Zahlen. Ich bin auch eine ausgezeichnete Sparerin.

Sie pflückt die Karte aus dem Strauß und versucht, sie mir zu reichen, aber ich weiche geschickt aus. „Auf der Karte steht dein Name."

Wir hatten eine einfache Regel, Cal! Unverbindlich. Das muss von ihm sein, sonst würde Harper das nicht so genießen. Ich mag Regeln, verdammt!

Ich verschränke die Arme. „Behalt sie. Nein, schmeiß sie weg."

Sie greift nach meiner Hand und drückt mir den kleinen Umschlag hinein. „Sei nicht komisch. Die sind für dich. Also, wie war's mit dem Baseballer? Es war gut, oder? Du strahlst."

„Ich strahle nicht. Ich habe einfach viel geschlafen und bin heute Morgen joggen gegangen."

„Du gehst immer joggen und kommst völlig erledigt zurück."

„Na, vielen Dank."

„Es ist mir ein Rätsel, warum du dich mit dem Laufen quälst."

Ich kann den Blick nicht von den Blumen abwenden. Es sind keine billigen Nach-Valentinstags-Rosen. Es ist ein hübsches Arrangement aus rosa Tulpen, weißen Nelken, Schleierkraut und Gänseblümchen. Ich streiche mein Haar aus dem Nacken. Es ist unerträglich heiß hier drin.

Ich stecke die Notiz zurück in die Blumen, die sie noch hält. „Behalt sie. Stell sie in dein Zimmer, okay?"

„Was ist los?"

„Nichts. Ich mag einfach keine Nelken."

„Mac."

„Mac ist ein Truck. Ich bin Mackenzie."

„Du *bist* ein Truck." Sie öffnet den kleinen Umschlag und zieht die Karte heraus, lächelt. „Süß." Ich wette, sie hat sie schon auf der Veranda gelesen. Sie steckt die Karte zurück in den Umschlag. „Willst du wissen, was drinsteht?" Ihre Augen funkeln schelmisch. Als wäre das hier ein lustiges Spiel. Ist es nicht. *Jemand* hat die Grenze überschritten, nachdem wir ausdrücklich Regeln für ein Treffen ohne Reue festgelegt haben.

„Die sind von Cal", sagt sie, als wüsste ich das nicht.

Felix stellt sich auf mein Bein, und ich hebe ihn hoch, reibe mein Kinn an seinem weichen Kopf.

Harper seufzt und legt den Strauß auf die Theke. „Stell sie wenigstens in eine Vase. Die sind besser als die, die man im Supermarkt bekommt."

„Gut, aber sie kommen in dein Zimmer."

Sie zuckt die Schultern und leert ihre Tasche auf die Theke – runtergesetzte Valentinstags-Pralinen, eine Haarbürste, Klammern und Lipgloss. Sie war ursprünglich wegen der Süßigkeiten losgegangen.

Ich esse weiter, meine Hände zittern leicht. Warum schickt Cal mir Blumen? Wir waren uns einig, dass letzte Nacht das Ende war, und das aus gutem Grund. Er kommt aus einer Beziehung, und er ist ein Bindungsphobiker. Das Letzte, was ich will, ist der Herzschmerz einer unbefriedigenden Beziehung, und genau das wäre es mit ihm. Klassische Rebound-Situation.

Und ich hasse es, das überhaupt meine Gedanken beeinflussen zu lassen, aber Mom hat mir gesagt, ich soll mich von ihm fernhalten, und sie liegt bei Menschen *nie* falsch. Deswegen ist sie so gut im Netzwerken und beim Aufbau einer Kundenliste.

Was könnte Cal in dieser Notiz geschrieben haben, dass Harper „süß" sagt?

Ich hatte gehofft, dass ich, wenn er in einem Hotel außerhalb der Stadt wohnt und seine Kanzlei in einer Seitenstraße liegt, die ich leicht meiden kann, keine Erinnerungen an ihn hätte. Zumindest lange genug, bis ich nicht mehr an ihn denke. Wenn die Erinnerung nicht mehr so frisch ist.

Woher wusste er, wo ich wohne? Er muss mich nachgeschlagen haben. Das ist so falsch. Schlimmer als falsch. Eigentlich bin ich sauer. Sauer mit einem großen S. Ich habe gerade ein friedliches Mittagessen mit meinem fordernden Kater genossen, der mich anstarrt, und jetzt das.

Ich schiebe den Stuhl zurück, marschiere zu dem anstößigen Strauß und werfe ihn in den Müll.

Harper wirft mir einen Seitenblick zu. „Ist das, weil deine Mom dir gesagt hat, du sollst dich von ihm fernhalten, und du hast es nicht getan, und jetzt fühlst du dich schuldig?"

Ich schnaube. „Das hat nichts mit Mom zu tun. Cal und ich waren uns aus vielen legitimen Gründen einig, dass es eine einmalige Sache bleiben würde."

„Weil du Angst vor der Liebe hast."

„Ich habe keine Angst." Ich starre sie an. „Ich meine, mich daran zu erinnern, dass Nathan dir letztes Halloween aus heiterem Himmel Blumen geschickt hat –"

„Wer schickt Halloween-Blumen?"

„Und *du* bist ausgeflippt. Nathan wollte die Wogen glätten, obwohl er keine Ahnung hat, was er getan hat, dass du ihn so hasst." Nathan ist mein Geschäftspartner, ein loyaler, solider Typ. Er war als Kind Harpers Nachbar, und sie haben sich mal sehr nahegestanden.

„Oh, er weiß, was er getan hat", sagt Harper grimmig.

„Was hat er getan?"

Sie fischt den Strauß aus dem Mülleimer unter der Spüle. „Gut, dass du den Müll gerade geleert hast. Das wäre eklig gewesen." Sie holt eine Vase aus dem Schrank und füllt sie mit Wasser.

Ich beiße die Zähne zusammen. „Siehst du denn nicht, dass Cal Spielregeln bricht? Ich hätte nie mit ihm geschlafen, wenn ich gewusst hätte, dass er die Grenzen, die wir zu Beginn gesetzt haben, völlig ignoriert. Es gibt Regeln. Aus gutem Grund."

„M-hm."

Sie pflückt die Karte aus dem Strauß und legt sie mir auf den Kopf. Ich lasse sie zu Boden fallen. Felix schlägt sie, und sie trifft die Fußleiste beim Waschbecken. Ich starre auf die geheimnisvolle Karte, hin- und hergerissen zwischen Wegwerfen und Lesen.

Verdammt, Anwälte wie Cal sollten Regeln befolgen, nicht über die Stränge schlagen. Ich bin mal mit einem Anwalt ausgegangen, und er mag mich ja zu Tode gelangweilt haben, aber er war definitiv ein Regelbefolger.

Ich schnaube. „Cal muss ein schrecklicher Anwalt sein. Ich wette, er hat Kriminelle verteidigt."

„Irgendwer muss das ja tun." Sie stellt die Blumen in die Vase und arrangiert sie ein wenig. Sie sind hübsch. „Und erinnerst du dich nicht, dass er gesagt hat, er habe Unternehmensrecht gemacht, oder warst du zu sehr damit beschäftigt, seinen großen, dunklen, gut aussehenden Anblick zu bewundern?"

„Es war Spaß. Ende der Geschichte."

Sie schnappt sich die Karte vom Boden. „Mir scheint, du protestierst zu sehr."

„Tue ich nicht!" *Seine dunklen, seelenvollen Augen, als wir verschmolzen.*

„Mmm-hmm." Sie nimmt die Notiz aus dem Umschlag, heftet sie mit einem Magneten an den Kühlschrank und verstaut die Klammern. Ich starre sie an, weigere mich, die Notiz zu lesen. Sie benutzt den Lipgloss, steckt ihn in ihre Handtasche, öffnet dann die Tüte mit Schokoladenpralinen, wickelt eine aus und steckt sie sich in den Mund. „Willst du eine?", fragt sie mit vollem Mund.

„Nicht, bis ich mit dem Mittagessen fertig bin. Danke."

„Ist das eine Regel, die deine Mom dir beigebracht hat? Das hier ist unser Haus. Keine Regeln, Baby."

Ich schnappe mir eine Praline aus der Tüte.

Sie schnaubt. „So leicht. Oh! Felix leckt an deinem Salat. War da Thunfisch drin?"

„Felix! Nein! Das war ein übrig gebliebenes Schweine-kotelett."

„Sieht aus, als bräuchtest du einen frischen Salat aus dem Kühlschrank." Sie klingt selbstgefällig. Sie geht und wedelt mit ihrer Haarbürste.

Ich hebe Felix vom Tisch. „Du verdienst keinen Thun-fisch." Ich setze ihn auf den Boden, und er putzt sich zierlich mit einer Pfote das Gesicht, sieht zufrieden mit sich aus.

Ich kippe den Salat in den Müll, und mein Blick fällt auf den Strauß in seiner vollen Pracht in einer Glasvase auf der Theke. Ugh, Harper sollte ihn doch mitnehmen.

Ich hole einen frischen Teller und drehe mich zum Kühl-schrank. Siehst du, genau darum hat Harper die Notiz hier hingehängt. Sie wusste, der Hunger würde über moralische Prinzipien siegen. Ich wappne mich gegen jedes noch so kleine süße Gefühl.

Hoffe, wir können uns wieder treffen.
Cal

Ich schlucke schwer. Vielleicht meinte er, er hofft auf weiteren Sex. Mein Magen zieht sich zusammen, ein Schmerz als Erinnerung an die unglaubliche Lust. Langsame Hände, endlose Küsse, die Hitze. Mein Gott, die Hitze!

Wäre es so schlimm, noch eine Nacht zu haben?

Ich schnappe mir die Karte vom Kühlschrank und werfe sie in den Müll.

Bei Brooks Campbell Security gibt es montagnachmittags regelmäßig ein Meeting in unserem Büro in der Stadt. Unsere Firma besteht aus drei gleichberechtigten Partnern – Nathan Brooks, Owen Campbell (mein Cousin) und mir. Nathans Name steht an erster Stelle, weil er das meiste Geld zur Gründung der Firma beigesteuert hat. Ich kümmere mich um die Buchhaltung, das Marketing und die Logistik, damit alles reibungslos läuft. Nathan und Owen arbeiten vor Ort mit unseren Kunden an Hightech-Sicherheitssystemen und Cybersicherheit.

Das Geschäft läuft viel besser als letztes Jahr um diese Zeit. Wir haben Kunden aus der Unterhaltungsbranche hinzugewonnen, dank Owens Verbindungen über seine Frau Shayla, und Nathan steht kurz vor einem Deal mit dem Finanzsektor in der City. Und das alles zu den Aufträgen, die wir bereits bei Pharma- und Technologieunternehmen an Land gezogen haben.

Für den kurzen Fußweg zu unserem Büro an der Main Street packe ich mich warm ein mit meiner Mütze und der schwarzen Daunenjacke. Wir sind in einer umgebauten Wohnung über dem Something's Brewing Café. Ich habe genug Zeit eingeplant, um mir noch eine Latte zu holen. Es ist schön, aus dem Haus zu kommen und sich auf die Arbeit zu konzentrieren.

Ich mache einen Schritt auf unsere Veranda, sehe Cal Davis auf der anderen Straßenseite, der aus irgendeinem Grund Schnee schaufelt, und mache eine Kehrtwende, springe praktisch zurück ins Haus. Ich schließe die Tür und lehne mich dagegen, mein Herz in der Kehle. *Okay. Tief durchatmen.*

Sehen wir uns das logisch an. Cal schaufelt Schnee vom

Gehweg vor dem Serenity Inn. Entweder ist er ein wirklich schlechter Anwalt, der einen Nebenjob braucht, oder er hilft aus, während er im Inn wohnt, direkt gegenüber von mir. Warum konnte er nicht in dem schönen Hotel außerhalb der Stadt bleiben?

Ich gebe offen zu, dass der Sex ein Fehler war und komplett von mir ausging. Lektion gelernt. Spring nicht mit einem Typen mit seelenvollen Augen ins Bett. Das verdreht dich, bis du nicht mehr weißt, was Spaß ist und was echt.

Harper kommt mit ihrem Laptop in unser Wohnzimmer und lässt sich auf das gemütliche rote Samtsofa fallen. Sie arbeitet hauptsächlich von zu Hause als Grafikdesignerin. „Warum lehnst du dich gegen die Tür? Hast du nicht ein Meeting?"

Ich stelle meine Tasche ab und spähe aus dem Vorderfenster. Ja. Immer noch da. „Cal schaufelt Schnee am Inn. Direkt vorn."

Sie kommt zu mir ans Fenster. „Er hilft wahrscheinlich nur aus. Mason hat heute Morgen geschaufelt, aber seit er zur Arbeit gegangen ist, hat es weiter geschneit."

„Okay, neuer Plan. Ich fahre zur Arbeit."

Ihre Brauen heben sich. „Ernsthaft?"

Ich verhalte mich lächerlich. Mein Büro ist einen halben Block entfernt, an der Main Street. Egal. Ich brauche einen sicheren Abstand zu Cal.

Sie wirft mir einen genervten Blick zu. „Du wirst irgendwann mit ihm klarkommen müssen, jetzt, wo er in der Stadt arbeitet. Ich habe gehört, seine Wohnung ist erst ab dem ersten März bezugsfertig." Neuigkeiten verbreiten sich schnell in einer Kleinstadt.

„Stimmt, okay. Ist ja nicht so, als würde er meinetwegen auf der anderen Straßenseite wohnen. Vielleicht wollte er nach seiner Trennung sofort mit der Arbeit loslegen, und das hat nichts mit mir zu tun. Er will wahrscheinlich sein neues Büro organisieren. Richtig? Das würde ich machen."

Harper wirft mir einen Seitenblick zu. „Richtig." Sie geht zurück zu ihrem Laptop.

„Und May freut sich sicher, einen zahlenden Gast zu haben. Es ist schwer, wenn man ein neues Geschäft startet." May ist eine alleinerziehende Mutter und hatte den Mut, das Inn zu eröffnen, um ihrem Traum zu folgen. Na ja, sie war alleinerziehend. Bald mit Mason verheiratet.

„Genau. Ich bin sicher, Cal hat dich völlig vergessen. Mackenzie wer?"

Ich starre sie an, aber sie ist zu sehr mit ihrem Laptop beschäftigt, um es zu bemerken. Es sind erst drei Tage seit Cal und ich, äh, miteinander zu tun hatten. Ich drehe mich zurück zum Vorderfenster, um Mays ersten zahlenden Gast im Auge zu behalten. „Natürlich freue ich mich für sie."

Als ob Cal mein Starren spürt, dreht er sich um, begegnet meinem Blick und winkt. Peinlich berührt, beim Starren erwischt worden zu sein, hebe ich eine Hand und trete vom Fenster zurück.

Mein Herz rast. Ich kann jetzt nicht das Haus verlassen. Es sieht aus, als hätte ich ihm nachspioniert.

Ich drehe mich verzweifelt zu Harper um. „Er hat gewinkt."

Sie keucht in gespieltem Entsetzen. „Wie intim."

Ich knabbere an meiner Unterlippe. Muss ich jetzt jedes Mal, wenn ich das Haus verlasse, so tun, als hätte ich diesen Mann nicht in seiner nackten Pracht gesehen?

Ich reiße meine Mütze herunter und drehe mich zu Harper. Sie sieht so gelassen aus, während sie arbeitet, dass es mich noch nervöser macht. „Das Hotel außerhalb der Stadt war auch schön. Ich weiß nicht, warum er die Unterkunft wechseln wollte."

„Ich wette, May gibt ihm einen guten Langzeittarif. Wenn er es natürlich noch günstiger will, könnten wir einen Mitbewohner brauchen." Sie grinst. „Wir könnten ihn Schnee schaufeln, den Müll rausbringen und Käfer töten lassen."

Mein Rücken versteift sich. „Wir brauchen keinen Mann für diese blöden Aufgaben. Ich kann blöde Aufgaben genauso gut wie jeder Mann."

„Super. Die gehören alle dir."

Ich klappe den Mund zu. In die Falle bin ich ganz allein gelaufen.

Bei einem Blick auf die Uhr fange ich an zu schwitzen in meiner Winterjacke. Ich muss los.

Ich schiebe mich lässig zum Sofa und achte darauf, nicht durchs Vorderfenster gesehen zu werden. „Ist er noch da?"

Sie schaut nicht auf. „Du hast gesagt, es bedeutet nichts."

„Nicht nichts. Ich hatte nur vor, weiterzumachen."

„Dann sag' Hallo zu unserem neuen Nachbarn und geh zur Arbeit. Er wird sehen, dass du ganz gut weiterlebst."

Ich setze meine Mütze schwungvoll wieder auf. „Vielleicht tue ich das."

„Gut. Denn ich will sicher nicht die nächsten zwei Wochen deinem Gejammer über deinen unverbindlichen Flirt zuhören. Der Mann muss schließlich irgendwo wohnen."

Cal

Nachdem ich den Gehweg freigeschaufelt habe, streue ich etwas Steinsalz, um das Eis fernzuhalten. Als jemand aus Minnesota liegt mir der Umgang mit Schnee und Eis in der Natur. Ich bin gerade fertig, als mein Blick auf Mackenzie fällt, die direkt auf mich zumarschiert. Sie sieht nicht glücklich aus. Waren die Blumen zu viel? Ich wollte ihr nur ein Geschenk machen, so wie sie mir, weil sie meinen Tag umgekrempelt hat. Und wenn sie offen dafür ist, hätte ich nichts gegen eine weitere Nacht wie diese.

Ich gehe ihr entgegen. „Hi."

„Hi", sagt sie angespannt und schaut überallhin, nur nicht zu mir. „Ich wohne da drüben." Sie sticht mit dem Finger in Richtung ihres Hauses.

„Ich weiß. Ich habe deine Adresse für die Blumen nachgeschlagen. Haben sie dir gefallen?"

Sie wedelt das weg und sieht mir endlich mit einem harten Ausdruck in die Augen. Verdammt, wenn ich mich nicht wieder hingezogen fühle. Wütend, glücklich, im Rausch der Lust, egal. Sie ist die schönste Frau, die ich je getroffen habe. Ihre hellgraue Strickmütze umrahmt ihr Gesicht – ihre Wangen sind gerötet, ihre himmelblauen Augen leuchten, ihre Lippen sind rosa. Ihr langes dunkles Haar ist genauso weich, wie es aussieht.

„Hör auf, mich so anzusehen", faucht sie.

„Wie denn?"

„Na, du weißt schon."

Ich tue unschuldig. „Ich weiß nicht."

Sie presst die Lippen zu einer flachen Linie. „Cal, lass mich das klarstellen: kein Kontakt mehr zwischen uns außer einem freundlichen Winken aus der Ferne. Nenn es das Gesetz des One-Night-Stands."

Ich unterdrücke ein Lachen. „Das Gesetz des One-Night-Stands, hm? Das muss ich im Jurastudium verpasst haben."

Sie verschränkt die Arme. „Offenbar."

Ich trete näher, senke meine Stimme. „Ich hatte viel Spaß in dieser Nacht. Ich –"

„Erinnerst du dich, worüber wir vor unserer Hotelzeit gesprochen haben? Ich nämlich schon. Ich suche in dieser Phase meines Lebens nichts Ernstes, und du bist gerade aus einer Zusammenwohn-Beziehung raus, weil du dich nicht binden konntest, was *okay* ist. Sogar super. Darum bin ich überhaupt mit dir weitergegangen, aber ich habe das deutliche Gefühl –"

„Hey, entspann dich. Es hat Spaß gemacht."

Sie zieht flauschige weiße Handschuhe aus ihren Taschen, und einer fällt auf den Boden. Ich hebe ihn auf und reiche ihn ihr. Sie ignoriert mich und zieht den anderen an. „Genau. Es hat Spaß gemacht. Vergangenheit. Gut, dass wir uns verstehen."

Ich nehme ihre Hand und ziehe ihr vorsichtig den Handschuh über. Sie starrt auf meine Finger. Sobald der Handschuh dran ist, halte ich ihre kleinere Hand in meiner und senke den Kopf, um ihrem Blick zu begegnen. „Wenn wir beide uns einig sind, dass es nichts Ernstes ist, wo ist dann das Problem, wenn wir es wiederholen?"

Sie entzieht mir ihre Hand und sieht mich misstrauisch an. „Wie eine Freunde-mit-gewissen-Vorzügen-Sache?"

Ich beuge mich hinunter, meine Lippen einen Hauch von ihren entfernt. „Ohne den Freunde-Teil."

Ihr Atem stockt in Erwartung. Ich kann sie nicht enttäuschen. Ich küsse sie, zart und dann tiefer. Sie erwidert den Kuss mit völliger Hingabe, ihre Arme schlingen sich um meinen Hals. Diese Art von lustvollem Eifer ist selten. Ich liebe es verdammt nochmal.

Sie löst sich abrupt, scheint peinlich berührt. „Ich habe ein Arbeitsmeeting."

„Komm heute Abend vorbei."

„Vielleicht." Sie schüttelt den Kopf. „Ich weiß nicht."

Ich schnappe sie am Bund ihrer Jacke und ziehe sie für einen letzten, langen Kuss an mich. „Überleg's dir."

Ihr Ausdruck ist vorsichtig, mit einem Hauch von Sehnsucht und darunter, ganz tief, verletzlich. Weiß sie, wie sich ihre Emotionen auf ihrem Gesicht zeigen? Sie wäre schrecklich beim Poker. Ich sehe zu, wie sie weggeht, der süße Bommel an ihrer Mütze wippt im Takt ihrer schnellen Schritte.

Ich hoffe, die Sehnsucht siegt, denn ich kann die Nacht, die wir zusammen hatten, nicht vergessen. Vielleicht schlage ich Strip-Poker vor. Ha!

4

———

Mackenzie

Wir treffen uns um Mitternacht. Ich schleiche auf Zehenspitzen in sein Zimmer, vorsichtig, damit niemand, den ich kenne, im Inn meine Anwesenheit bemerkt. Sagen wir einfach –

Ja.

Und ja!

Und ja, ja, ja!

Der Mann ist dominant im Schlafzimmer. Je schneller ich mich ergebe, desto größer die Belohnung. So heiß!

Jede Nacht ist besser als die vorherige.

Niemand muss es wissen.

$$5$$

Cal

Zeit für einen Kaffee. Ich pfeife, während ich die Catoonah Street in Richtung Main Street entlangschlendere. Ich hatte ein paar lange Nächte mit Mackenzie. Keine Klagen. Da Gabe, der angehende Ruheständler, auf seiner dritten Hochzeitsreise ist (ich wusste nicht, dass das ein Ding ist), beginnt die Arbeit erst in einer Woche. Mackenzie kommt jede Nacht von sich aus, schreibt mir, ob die Luft rein ist. Sie ist ein Wunder – offen, enthusiastisch, sinnlich. Clover Park war bisher *sehr* einladend für mich.

Für eine Kleinstadt hat sie wirklich alles. Alle Wege führen zur Main Street. Meine Lieblingsorte bisher sind die Buchhandlung, das Something's Brewing Café mit dem besten Kaffee der Welt, die Eisdiele, die Pizzeria – und Happy Endings, eine Bar und ein Restaurant. Abseits des Hauptgeschäftsviertels gibt es ein paar Kirchen und Ludbury House, das historische Herrenhaus, wo Hailey als Hochzeitsplanerin arbeitet. Nette Frau. Sie hat mir heute Morgen geschrieben, ob ich irgendwas brauche.

Ich habe ihr gesagt, dass ihre sexy Tochter bereits all meine Bedürfnisse stillt, danke. War nur ein Scherz!

Mackenzie hat mich zur Geheimhaltung unserer Treffen verpflichtet, besonders vor ihrer Mutter, die ihr gesagt hat, sie solle mir aus dem Weg gehen, weil ich ein Bindungsphobiker sei. Das stimmt nicht ganz. Ich war ein Jahr lang mit Rayna zusammen. Sie störte sich nicht an meinem beruflichen Ehrgeiz, da sie selbst mit Leidenschaft ihre eigene Karriere verfolgte. Es funktionierte. Bis es das plötzlich nicht mehr tat.

Obwohl Rayna sich oft beschwert hat, ich sei nicht ausdrucksstark genug, oder war es offen genug? Ich höre oft von Frauen, dass ich emotional distanziert bin. Vielleicht habe ich keine tiefen Gefühle mehr. Ich musste sie abschalten, um nicht darin zu ertrinken. Das hieß sie oder ich.

Tiefe, wahre Liebe ist das Risiko nicht wert. Dad hat den Verlust von meiner Mom nie überwunden. Sein Leben endete an dem Tag, als sie an Eierstockkrebs starb. Er verlor seinen Job als Architekt, weil er sich nicht mehr konzentrieren konnte. Jetzt verlässt er das Haus nur noch für die Arbeit in einem Lager. Keine Freunde, kein Leben.

Ich war im ersten Jahr am College, als Mom starb. Ich verlor sie, den Dad, den ich kannte, und ein Jahr später meine feste Freundin Brenda. Autounfall. Ich musste all diese Trauer in eine kleine Kiste packen, um mich später damit zu befassen, damit ich funktionieren konnte. Und es hat funktioniert. Ich machte meinen College-Abschluss, während ich auf Höchstniveau spielte, was dazu führte, dass Minor-League-Scouts auf mich aufmerksam wurden.

Und jetzt, nach dieser letzten in einer Reihe von Beziehungen, die damit endeten, dass ich eine Frau in der Abteilung emotionale Verfügbarkeit enttäuscht habe, bin ich wohl an einem Punkt in meinem Leben, an dem ich akzeptieren kann, allein zu sein.

Das ist das Tolle an dieser unverbindlichen Sache mit Mackenzie – kein Druck, keine Erwartungen. Eine Frau, die nur den spaßigen Teil will. Unglaublich. Ich weiß nicht, warum ich überhaupt Beziehungen versucht habe. So läuft das.

Ich öffne die Tür und atme den köstlichen Duft frisch gerösteten Kaffees ein. Hailey hat mir gesagt, dass man freitags im Something's Brewing Café doppelte Punkte auf der Bonuskarte bekommt, aber nur bis zehn Uhr morgens, also bin ich herge-kommen, sobald ich mich aus dem Bett schleppen konnte.

Das Café ist ein warmer, gemütlicher Raum mit dunklen Holztischen, tiefroten Wänden und goldenen Schirmen um hängende Lampen. Ich stelle mich in die Schlange und mustere die Gebäckstücke in der Auslage, während ich warte – Scones, Bananenbrot, Schokocroissants und einige verlo-ckende Keksriegel mit Schokolade und Kirsche. Ich bin nicht mehr so streng mit meiner Ernährung, jetzt, wo ich nicht mehr in sportlicher Topform sein muss.

Ein paar Minuten später nehme ich meinen Cappuccino und das Bananenbrot (hey, da ist Obst drin) und drehe mich um, um einen Tisch zu finden. Ich erstarre. Mackenzie sitzt mit einem Typen zusammen, der wie ein verdammter Film-star aussieht. Ihre Lippen öffnen sich überrascht. Wir haben nie besprochen, was wir bei einer zufälligen Begegnung in der Öffentlichkeit machen sollen.

Vielleicht ist er ein Filmstar. Kurzes dunkles Haar, stechend blaue Augen, markanter Kiefer. Hailey hat mir erzählt, dass Mackenzies Tante Claire Jordan ist und Mackenzie eng mit Shayla Adler befreundet ist. Klar hat sie Hollywood-Kontakte.

Ich beiße die Zähne zusammen, meine Füße wie festge-froren am Boden. Mackenzie kann Kaffee trinken, mit wem sie will. Wir sind die Definition von unverbindlich.

Nicken und weitergehen –

Zu ihrem Tisch.

„Musst du heute nicht arbeiten?" Nicht meine glatteste Begrüßung, aber *komm schon.*

Sie schenkt mir ein strahlendes Lächeln. „Oh, Hi, Cal. Wir kennen uns doch vom Valentinstagstanz. Wie läuft's mit dem Anwaltsleben?"

So spielen wir das also, hm?

Der Typ reicht mir die Hand. „Falls du dich nicht erin-nerst: Ich bin Nathan. Ich bin sicher, Hailey und Mackenzie haben dir an dem Abend eine Menge Leute vorgestellt."

Ich entspanne mich. Jetzt fällt es mir ein. Er war dort mit einem Date, nicht mit Mackenzie. „Stimmt. Schade, dass nicht alle Namensschilder für mich getragen haben."

Er lächelt. Mackenzie stößt ein hohes Lachen aus, als wäre sie nervös. Hat sie Angst, ich verrate unser schmutziges kleines Geheimnis? Ich würde nie intime Dinge erzählen. Nathan wirft ihr einen seltsamen Blick zu.

Ich neige den Kopf. „Schön, euch beide zu sehen."

„Setz dich doch", sagt Nathan und schiebt den Stuhl gegenüber mit dem Fuß heraus. „Wir haben gerade unser Meeting beendet."

„Cool." Ich setze mich. Beide starren mich an. Nathan ist entspannt, aber Mackenzie sieht aus, als würde sie gleich abhauen. „War es ein geschäftliches oder ein privates Meeting?"

Bei Mackenzies geweiteten Augen füge ich schnell hinzu: „Geht mich nichts an."

„Neuer Kundenauftrag", sagt Nathan. „Wir betreiben Brooks Campbell Security zusammen mit Owen Campbell, aber Mackenzie hier ist der Kleber, der uns zusammenhält. Wir haben eine komplexe Arbeitssituation mit zwei Kunden –"

Mackenzie unterbricht ihn. „Er will nichts über Arbeitskram hören. Apropos Arbeit, ich sollte gehen. Viel zu tun." Sie steht auf.

„Bleib noch einen Moment mit uns hier sitzen; dann begleite ich dich", sagt Nathan. „Ich habe ein paar Papiere, die ich dir im Büro zurückgeben muss."

„Sag' mir einfach, wo sie sind."

„Warum die Eile?"

Ich. Ich bin der Grund für die Eile. Ich nippe an meinem Kaffee und beobachte Mackenzie über den Rand meines Bechers. Ihre Wangen sind gerötet, und das lässt mich an letzte Nacht denken, ihr lustvolles Seufzen, wie sie nach mir gegriffen hat, begierig darauf, sich zu verbinden.

Ich wende den Blick ab, ringe die Lust nieder. Mein

Nacken fühlt sich heiß an. Nathan starrt mich an. Mackenzie setzt sich, und er starrt auch sie an.

„Läuft da was zwischen euch beiden?", fragt Nathan.

„Nein", sage ich gleichzeitig, als Mackenzie ruft: „Sei nicht albern! Wir haben uns gerade erst kennengelernt!"

Die Frau ist nicht entspannt. Sie könnte genauso gut laut verkünden, dass wir Sex hatten!

Nathan neigt den Kopf. „Moment mal. Hat deine Mom versucht, dich mit dem neuen Single-Typen in der Stadt zu verkuppeln?"

„Ganz im Gegenteil", sage ich. „Sie hat sie vor dem Frauenschwarm mit Bindungsproblemen gewarnt."

Nathan lacht. „Sind wir das nicht alle? Hey, wie war es, Triple-A-Baseball zu spielen? War es so cool, wie es klingt?"

„Als Job deinen Lieblingssport zu spielen? Besser geht's nicht."

„Ich habe früher die Hartford Yard Goats verfolgt."

Ich grinse über den lustigen Namen. „Die Goats. Ein Kumpel von mir hat Shortstop für sie gespielt, bevor er hoch gerufen wurde."

Wir fangen an, über Baseball zu reden. Das geht so lange, dass ich meinen Kaffee austrinke und plötzlich merke, dass Mackenzie im Sitzen einschläft. Ihr Kopf ruht auf ihrer Hand, ihre Augen schließen sich für längere Momente. Sieht aus, als holen unsere späten Nächte sie ein.

„Ich lasse euch zurück zur Arbeit." Ich stehe auf, fische meine Visitenkarte aus meiner Brieftasche und reiche sie Nathan. „Ab dem ersten März geöffnet. Ich habe Erfahrung im Unternehmensrecht, aber ich habe auch Gabes Fälle studiert, um mich in der Stadt nützlicher zu machen."

„Cool. Danke."

Mackenzie wacht auf. „Ich hoffe, wir brauchen keinen Anwalt. Nichts für ungut."

Mein Blick verweilt auf Mackenzies schönem Gesicht. Da ist etwas in ihren Augen – Intelligenz leuchtet dort, aber auch Temperament. Ein Puls schlägt an ihrem Hals. Ich liebe es, sie dort zu küssen und ihren süßen Duft einzuatmen. Ich schüttle es mental ab und setze eine neutrale Miene auf. „Ich nehme nie Anstoß, wenn jemand ‚nichts für ungut' sagt."

Nathan lacht. Mackenzie kämpft mit einem Lächeln.

Ich hebe eine Hand. „Schön, euch beide wiederzusehen."

Mackenzie schenkt mir ein strahlendes Lächeln. „Tschüss! Viel Glück mit allem." Sie sagt es, als wäre ich nur der neue Typ in der Stadt. Keine besondere, nackte Verbindung.

Ich gehe, die kalte Winterluft eine Erleichterung nach dieser seltsamen Begegnung. Auf keinen Fall können wir dieses Ding in einer Kleinstadt lange geheim halten, und das war die einzige Bedingung, unter der sie überhaupt irgendwas zugelassen hat. Hauptsächlich, weil ihre Mom sie vor mir gewarnt hat, weil ich ein Frauenschwarm sei, und Mackenzie will nicht mit dem „Ich hab's dir ja gesagt" ihrer Mutter klarkommen, obwohl ich nie ein Typ für lockeren Sex war, bis Mackenzie auf mich zukam! Das ist so verkorkst. Ich trotte zurück zum Inn.

„Cal!", ruft eine vertraute weibliche Stimme.

Ich drehe mich um, mein Magen zieht sich zusammen, als ich Mackenzie auf mich zurennen sehe. Ich will sie halb in meine Arme schließen. „Hey", sage ich warm. Jetzt wird sie sich entschuldigen, dass sie so getan hat, als würde sie mich kaum kennen.

„Du hast dein Bananenbrot vergessen." Sie drückt es mir in die Hand. „Tschüss!"

„Danke", sage ich zu niemandem. Sie ist schon weggesprintet.

Ich gehe weiter zum Inn, ein unbehagliches Gefühl nagt an mir. Ich habe keinen Anspruch auf sie, also warum stört es mich, dass sie so tut, als wäre ich irgendein neuer Typ? Nur weil wir unglaublichen Sex hatten, gefolgt von fünf weiteren unglaublichen Nächten?

Es ist nur, dass ich weiß, wie ich sie zum Stöhnen bringe, und verdammt, es ist mein Name, den sie immer wieder sagt. Ich weiß nicht, warum das wichtig ist, aber es ist so.

Ich versuche, es abzuschütteln. Wir werden das wahrscheinlich nur noch eine Woche fortsetzen. Dann fange ich mit der Arbeit an. Bessere Zeitplanung, um sie zu vergessen. Zwei Wochen zählen immer noch als unverbindlich.

Mein Handy piept mit einer SMS.

Mackenzie: Das war zu seltsam. Lass uns diesen Wahnsinn beenden, bevor es kompliziert wird.

Ich atme scharf aus. Kompliziert? Wie kann es kompliziert werden, wenn wir uns einig sind, dass es unverbindlich ist? Es ist ja nicht so, als würde es was mit jemand anderem verkomplizieren, da ich hier kaum jemanden kenne. Das ist nur zwischen mir und ihr, genau das, was ich ihr schreibe.

Ich habe halb Lust, umzudrehen, zurück ins Café zu gehen und es ihr ins Gesicht zu sagen.

Warum rege ich mich so auf? Das ist nichts, ein spaßiges Irgendwas. Ich stecke mein Handy in die Tasche und ignoriere die Piepser neuer Nachrichten, die reinkommen. Sie kann den ganzen Tag ihre lahmen Ausreden schreiben, was mich betrifft. Wir beide wissen, dass sie auch heute um Mitternacht auftauchen wird.

Mackenzie

Tag drei, an dem ich nicht bei Cal übernachte. Letzte Nacht hat wirklich an meinen Nerven gezerrt. Es ist so verlockend, wenn er direkt gegenüber wohnt und mein verräterischer Körper sich nur an das endlose Vergnügen erinnert. Der Mann hat Fähigkeiten, das muss ich ihm lassen.

Aber ‚unverbindlich' hat seine Grenzen, richtig? Fünf Nächte in einer Woche waren schon viel mehr, als ich je für einen lockeren Flirt gewagt habe. Außerdem, als ich Cal geschrieben habe, dass wir die Sache beenden müssen, gefolgt von vielen sehr guten Gründen, war seine Antwort ein dickes fettes Nichts. Das Mindeste, was er tun könnte, ist „OK" zurückzuschreiben. Hätte es ihn umgebracht zu sagen, dass er mich vermissen wird, aber es ist besser so? Das kann man ja wohl erwarten!

Ich nippe an meinem Wein und lasse das Gespräch um

mich herum fließen, höre nur halb zu bei unserem regelmäßigen Sonntagsfamilienessen bei meinen Eltern. Es ist schön, gemütliche Familienzeit zu haben, wo ich an niemanden außer meine geliebten Familienmitglieder denken muss – Mom, Dad, Finn, Cooper und jetzt Rowan, Coopers Verlobte. Rowan ist klug und fleißig. Ihr karamellbraunes Haar fällt glänzend wie Seide auf ihre Schultern. Es ist ihre natürliche Farbe.

Wie auch immer, ich mag Rowan. Sie passt perfekt in unsere Familie. So gut, dass Mom sie zur Partnerin in ihrem Hochzeitsplanungsgeschäft gemacht hat. Irgendwann hoffte Mom, das wäre ich, und jetzt ist diese Tür für immer geschlossen. Mom hat mich nicht mal gefragt, ob das okay für mich ist.

Ich versuche wirklich, damit klarzukommen. Ein Teil von mir fühlt sich übergangen. Ich schiebe das unangenehme Gefühl herunter, nicht Moms Erwartungen zu entsprechen, das mich schon mein ganzes Leben begleitet.

„Es ist schön, dass Cal sich in der Stadt einlebt", zwitschert Mom und stört meine friedliche Cal-freie Zeit. „Ich habe ihn heute Abend zum Essen eingeladen –"

„Was?" Adrenalin schießt durch mich hindurch. Ich bin nicht vorbereitet. Ich habe nicht mal Make-up aufgetragen. Ich muss aussehen, als wäre ich völlig okay damit, weiterzumachen und nicht an ihn zu denken!

Mom seufzt. „Aber er konnte nicht kommen."

Ich atme langsam und tief durch.

Sie fährt fort: „Ich wollte kein so heikles Thema ansprechen, aber ich hoffe, seine Ex, Rayna, war nicht so gemein, seine Sachen zu nehmen, bevor er die Chance hatte, seine Wohnung auszuräumen."

Rayna. Ich habe so viele Fragen zu der Frau, mit der er zusammengewohnt hat. Ich habe noch nie mit einem Mann zusammengewohnt. Ich müsste ernsthaft an ihm interessiert sein, um das überhaupt in Betracht zu ziehen, denn die Sachen zu trennen, wenn es vorbei ist, ist mehr Schmerz, als ich unterschreiben will.

Ich spieße eine grüne Bohne auf. „Würde sie das tun?"

Mom kaut ein Stück Roastbeef fertig und tupft sich den Mund mit einer Serviette ab. „Trennungen können kompliziert sein, und eine verschmähte Frau und so. Sie hat ein Jahr ihrer Dreißiger investiert, nur um mit nicht passenden Erwartungen enttäuscht zu werden. Ich denke, wenn man beschließt, mit jemandem zusammenzuleben, sollte klar sein, ob es eine Bequemlichkeitssituation ist, wie Miete sparen, oder ein Schritt auf dem Bindungszug."

Ich erstarre, überrascht zu hören, dass Cal und Rayna ein Jahr zusammen waren. Das klingt nicht nach einem Bindungsphobiker für mich. Wenn ich darüber nachdenke, müssen sie eine Weile zusammen gewesen sein, damit sie am Valentinstag einen Antrag erwartet. Er hat sich überraschend schnell erholt. Beunruhigend.

Cooper formt mit den Lippen „Bindungszug" zu mir. Ich unterdrücke ein Lachen. Mom benutzt immer lustiges, altmodisches Vokabular. Ich glaube, das liegt daran, dass sie sich zu viele Schwarz-Weiß-Liebeskomödien ansieht. Cooper meint, das ist ihre natürliche Persönlichkeit.

Mom fährt fort und schneidet ein weiteres Stück Roastbeef ab. „Wäre es nicht einfacher, wenn Paare gleich zu Beginn sagten, was sie von einer Beziehung wollen?"

„Wie du und ich?", fragt Dad, seine braunen Augen tanzen vor Belustigung.

Mom wirft ihm einen finsteren Blick zu. Sie waren am Anfang alles andere als offene Kommunikatoren. Irgendwann in ihrer Ehe sind sie zur Paarberatung gegangen, um besser im Kommunizieren zu werden. Sie waren sehr offen darüber mit uns Kindern. Dad neckt sie immer noch gerne, obwohl, um fair zu sein, er ist so mit jedem. Das ist seine Art.

„Absolut", sagt Rowan auf Moms Frage zu Paaren und ihren Erwartungen. Rowans blaue Augen landen voller Anbetung auf Cooper. „So war ich von Anfang an mit Cooper. Offen und ehrlich."

Cooper neigt den Kopf, weder zustimmend noch widersprechend. Ich erinnere mich nicht, dass sie so klar miteinander waren. Gab es nicht ein riesiges Problem damit, dass Rowan sich als sitzengelassene Braut von Cooper hat „retten" lassen? Ich meine, mich an viele Unebenheiten auf dieser Fahrt zu erinnern.

„Danke, Rowan", sagt Mom.

Wir essen ein paar Minuten schweigend. Dad ist ein großartiger Koch.

Finn schiebt sein braunes Haar aus den Augen, während er mit starker, sicherer Stimme erklärt: „Ich war mit Olivia klar über Erwartungen und alles." Außer, dass sie nur E-Mail-Freunde sind. Olivia lebt in L.A. und reist mit meiner berühmten Freundin Shayla Adler als ihre rechte Hand. Finn ist zu jung für Olivia. Er ist noch im College, aber er kümmert sich nicht um ihren vierjährigen Altersunterschied. Er traf sie letztes Jahr, und sein romantisches Dichterherz war sofort hingerissen. Olivia hingegen war baff, was in aller Welt er von ihr wollte. Ich wette, er schreibt ihr Gedichte, und sie erzählt ihm von ihrem vollen Terminkalender.

„Du meinst für eure E-Mail-Beziehung?", fragt Cooper Finn.

Finn zeigt mit seinem Brot auf Cooper. „Dinge können sich entwickeln."

Mom lächelt. Sie und Finn teilen die gleichen romantischen Neigungen.

Cooper grinst. „Schreib ihr weiter deine Gedichte per E-Mail. Ich bin sicher, du kommst ans Ziel."

Rowan stößt Cooper mit dem Ellbogen an.

„Au!"

Dann schenkt sie Finn ein süßes Lächeln. „Ich bin sicher, Olivia schätzt es, von dir zu hören."

Nach dem Abendessen tauschen Mom und Dad eine stille Kommunikation aus, die mich aufrechter sitzen lässt. Irgendwas ist im Busch.

„Euer Dad und ich müssen euch was sagen", verkündet Mom. „Wir machen im April eine Zeremonie zur Erneuerung unseres Ehegelübdes, und ihr seid alle eingeladen."

„Wie eine Hochzeit?", frage ich.

„Etwas entspannter", sagt Dad. „Es ist eine romantische Art, die Beziehung zu bekräftigen."

Mom hat ihn definitiv darauf gedrillt. Ich sterbe fast vor unterdrücktem Lachen. Cooper kann sich nicht beherrschen, und Dad wirft eine grüne Bohne nach ihm.

„Ja", schwärmt Mom. „Was könnte romantischer sein, als zu sagen, ich würde dich wieder heiraten? Stimmt's, Kriegerbestie?"

„Stimmt, Kriegerprinzessin", sagt Dad, und sein warmer Blick strahlt Liebe aus. Sie legen die Messlatte ziemlich hoch. Okay, ihre Spitznamen sind komisch, aber das sind einfach sie.

Mom wendet sich an Rowan. „Und es könnte ein wunderbares Add-on für unser Geschäft sein."

Rowan springt enthusiastisch ein. „Hochzeiten, Sologamie-Zeremonien und Zeremonien zur Erneuerung von Ehegelübden. Wir können alle Generationen abdecken. Ich liebe es."

Sologamie ist eine Zeremonie, bei der eine Frau sich selbst heiratet und sich zu Selbstfürsorge und Liebe verpflichtet. Männer können es auch tun, aber bisher hat es keiner. Das ist was, das Moms frühere Geschäftspartnerin Ally eingeführt hat, und jetzt ist es Teil ihres Geschäfts.

Mom strahlt. „Apropos Sologamie, Mackenzie, Rowan, wie wäre es mit einer Sologamie-Zeremonie? Vielleicht mit ein paar Freundinnen? Ich bin sicher, Harper wäre dabei."

„Ich würde liebend gern", sagt Rowan.

Mom klatscht.

„Klar", murmle ich. Rowan macht es, und es würde komisch aussehen, wenn ich Nein sage. Ich will Moms, na ja, jetzt ihr gemeinsames Geschäft unterstützen, auch wenn es nicht wirklich mein Ding ist, mich für eine Zeremonie in einem Veranstaltungsort für Hochzeiten aufzubrezeln.

Rowan lächelt. „Ich sollte all unsere Geschäftsoptionen ausprobieren."

„Wir müssen erst heiraten, bevor wir eine solche Zeremonie machen können", sagt Cooper.

Rowan berührt sein Kinn und küsst ihn. „Ich freue mich darauf." Sie planen diesen Sommer eine einfache Hochzeit im Standesamt. Manche finden das vielleicht seltsam, angesichts der Tatsache, dass sie für Hochzeiten am besten Ort der Gegend arbeitet, aber es ist auch der Ort, an dem ihre erste Hochzeit hätte stattfinden sollen, also verständlich, dass sie nicht zum Tatort zurückwill.

„Ich bin mir nicht sicher wegen Harper", sage ich. Ich kann mir nicht vorstellen, dass meine Cousine etwas so Gefühlsduseliges wie eine Sologamie-Zeremonie macht.

„Natürlich Harper", sagt Mom. „Sie ist glücklich als Single wie du. Das würde das nur bekräftigen. Du bist doch ein glücklicher Single, oder?"

Ich versteife mich, spüre gefährliches Terrain. Wenn Mom anfängt, über meinen Single-Status zu reden, ziehe ich eine Mauer hoch. „Ja, natürlich. Absolut."

Ich schenke Mom und dann mir mehr Wein ein. „Apropos Add-ons bei der Arbeit, wir haben diese Situation mit zwei Kunden, die ein Interessenkonflikt sein könnte. Owen meint, wir sollten einen von ihnen fallen lassen, aber ich sage, warum den Umsatz verlieren? Es muss eine Möglichkeit geben."

„Ich bin sicher, du findest eine gerechte Lösung", sagt Mom. „Ich habe Vertrauen in dich."

„Danke, Mom."

„Tritt ein paar Leuten in die Ärsche", sagt Dad.

„Josh!", ruft Mom. Sie mag keine Schimpfwörter, nennt sie unfein. Ihre Mutter hat sie mit all den Lady-Regeln echt fertiggemacht. Ich passe sie an, um sie mir anzueignen.

Dads Mundwinkel hebt sich. „Was?"

„Ihre Arbeit ist kein Karatestudio, und wir sagen dieses Wort nicht bei Tisch."

Dad unterdrückt ein Lachen. Er hat dafür gesorgt, dass wir alle schwarze Gürtel sind, weil er wollte, dass wir anderen in den Arsch treten können, wenn nötig. Mom hat es nie über den gelben Gürtel (die erste Stufe) hinausgeschafft, weil sie nicht mit anderen Leuten kämpfen wollte. Sie hatte Angst, sie zu verletzen. Ha. Eher umgekehrt.

„Ich glaube auch an dich", sagt Dad zu mir. Dann zeigt er nacheinander auf Cooper, Finn und Rowan. „An euch alle."

Wir danken ihm. Er überrascht einen manchmal mit seiner süßen Seite.

Mom strahlt. „Ich auch. An euch alle. Mackenzie, ich könnte wirklich deine Hilfe beim Clover Park Frühlingsfest dieses Jahr gebrauchen. Wir haben am Donnerstag ein Treffen mit der Handelskammer darüber. Denkst du, du könntest Zeit dafür finden?"

Mein Unternehmen ist genau genommen Teil der Handelskammer, aber wir verkaufen nicht direkt an die Öffentlichkeit. Das wäre nicht wirklich ein guter Einsatz unserer Ressourcen.

„Wir versuchen, die jüngere Generation mehr einzubinden", sagt sie. „Die Zukunft der Stadt liegt in euren Händen. Cooper und Rowan werden da sein."

Schuldgefühle drücken mich nieder – Mom-Schuld, die Zukunft der Stadt, die ich liebe, Rowan, die ein Neuankömmling ist und die einspringt, um zu helfen, was mich schlecht aussehen lässt, wenn ich es nicht tue. Wie viele Dinge werde ich unterschreiben, weil Rowan es tut? Sie könnte doch nie meinen Platz als Lieblings- (und einzige) Tochter einnehmen. Richtig? Richtig?!

„Ich bin dabei", sage ich und setze ein Lächeln auf.

Mom strahlt. „Hervorragend! Das wird Spaß machen."

Mackenzie

Ich betrete das Treffen der Clover Park Handelskammer und bemerke zwei Dinge gleichzeitig – Mom, die mir Zeichen macht, ich solle den Platz neben ihr nehmen, und Cal, der ihr gegenübersitzt. Er wirkt entspannt und so, als fühlte er sich gut bei dem, was wohl sein erstes Meeting ist. *Sei vorsichtig!* Ich darf mir nicht anmerken lassen, dass Cal und ich einen kleinen Flirt hatten.

Und ich kann einfach nicht aufhören, daran zu denken.

Ich lächle und grüße alle, aber die meisten bemerken es nicht einmal, weil sie schon über das Frühlingsfest streiten, dabei hat das Treffen noch nicht einmal offiziell begonnen. Da sind Rachel und Shane O'Hare, denen die Buchhandlung, das Café und die Eisdiele in der Stadt gehören, Barry Furnukle, der Besitzer des Frozen-Yogurt-Ladens, Tino Garcia, der Pizzeria-Besitzer, Fran Wilson, die den Spielzeugladen hat – und Armand, der Eigentümer des Schönheitssalons. Armand ist sein Nachname, und er verrät seinen Vornamen nicht, also fragen Sie erst gar nicht. Ich wette, es ist sowas wie Lionel oder George, und das passt nicht zu seinem coolen Salon-Vibe.

Rowan und Cooper sind nicht da, wie Mom gesagt hat. Ich habe das Gefühl, reingelegt worden zu sein.

Cals Blick trifft meinen, ein Hauch von Lächeln umspielt seine Lippen. Mein Herz schlägt kräftiger. Er steht auf und geht zum Nebentisch, um sich Kaffee zu holen.

Ich lasse mich auf den Sitz neben Mom fallen und flüstere: „Wo sind Cooper und Rowan?"

„Coop musste eine Schicht im Happy Endings übernehmen, und Rowan ist länger geblieben, um unsere Jahresabschlussbuchhaltung fertig zu machen. Sie ist ein Genie mit Zahlen und Marketing. Ich weiß nicht, wie ich ohne sie klargekommen bin."

Ich bin ein Genie mit Zahlen und Marketing. Der kleine Stich des Verrats ist meiner Stimme anzuhören. „Ich habe dir gesagt, ich sehe mir deine Buchhaltung an, schließlich habe ich einen Abschluss darin."

Sie tätschelt meinen Arm. „Du hast dein eigenes Unternehmen, um das du dich kümmern musst."

Nicht das, was ich erwartet habe.

Ich richte meine Aufmerksamkeit auf Cal, wie er Sahne in seinen Kaffee gibt, einen Schluck trinkt und noch mehr hinzufügt.

Ich halte meine Stimme leise. „Warum ist ein Anwalt hier?" *Kuppelst du schon wieder?*

„Ignorier ihn, aber sei höflich."

„Wenn er nicht gut genug ist, warum lädst du ihn dann ständig ein?"

Sie lächelt gelassen und nimmt einen Stift und einen kleinen Notizblock aus ihrer Handtasche. „Weil ich ihm beim Netzwerken helfe."

„Aber du hast ihn auch zum Sonntagsessen eingeladen."

„Das war auch Netzwerken. Dad und ich sind sehr gut vernetzt."

Hm … gute Ausreden. Vielleicht doch kein Kuppelversuch?

Cal nimmt seinen Platz ein. Mom lächelt ihn an, ihre Augen funkeln, als fände sie ihn toll. Das ist definitiv eine Falle.

Shane schlägt zweimal mit dem Hammer, und alle beruhigen sich. Trotz seines Alters, er ist in seinen Sechzigern, ist sein Haar immer noch rot, nur an den Seiten leicht grau. „Die Rennen und Veranstaltungen letztes Jahr haben einen schönen Schub fürs Geschäft gebracht. Dieses Jahr wollen wir nicht nur Einheimische, sondern Leute aus dem ganzen Staat anlocken. Dafür schlage ich vor, dem Fest einen Namen zu geben, der was mit dem Staat Connecticut zu tun hat."

„Größer als Clover Park", sagt Mom, „aber zentriert in Clover Park. Tolle Idee!"

Shane neigt den Kopf.

„Na ja, es ist der Muskatnuss-Staat", sage ich. „Wie wäre es mit einem Muskatnuss-Festival?"

„Guter Gedanke, aber das macht schon eine andere Stadt", sagt Shane.

„Wie wäre es mit einem Muskatnusskuchen-Festival?", fragt Barry. Sagen wir einfach, Barry hat oft ausgefallene Ideen. Sein Frozen-Yogurt-Laden heißt The Dancing Cow, und er ist dafür bekannt, dass er ein Kuhkostüm anzieht und für Kunden tanzt. Früher, als Kind, hatte ich Mitleid mit seiner Tochter Violet – wenigstens hatten meine Eltern den Anstand, in normalen Klamotten zu tanzen –, aber jetzt, wo sie erwachsen ist, macht sie manchmal mit.

„Gibt es das?", fragt Rachel. „Muskatnusskuchen?"

„Kann man Muskatnusskuchen überhaupt essen?", fragt Mom. „Ist Muskatnuss nicht in großen Mengen tödlich?"

Barry zeigt auf Mom. „Du denkst an Mandeln. Cyanid."

Moms Augen weiten sich. „Das kann nicht stimmen. Ich esse ständig Mandeln."

Barry zückt sein Handy. „Faktenprüfung!"

„Die Faktenprüfung muss warten", sagt Shane.

Barry legt sein Handy hin. „Connecticuts Staatsvogel ist das Amerikanische Rotkehlchen." Er ist ganz verrückt nach Vögeln. Er macht sogar extra Urlaube, um Vögel zu beobachten. „Unser Frühlingsfest könnte ein Amerikanisches-Rotkehlchen-Festival sein. Das würde Vogelbeobachter von der ganzen Ostküste anlocken."

„Das Problem mit einem Vogelfestival ist …" Ich spreche nicht weiter, denn ich spüre Cals intensiven Blick. Eigentlich ist es mehr ein glühender Blick, als würde er sich an mich im Schlafzimmer erinnern. Diskret ziehe ich die Bluse ein Stück von meiner überhitzten Haut weg, aber es hilft nichts. Mein Körper gerät bei diesen sexy Erinnerungen in eine regelrechte Kernschmelze, begleitet von einem Kribbeln, das in dieser Gesellschaft nichts zu suchen hat.

„Geht's dir gut, Mackenzie?", fragt Cal mit tiefer Stimme, wie als er im Bett in mein Ohr gesprochen hat, während er immer mehr Lust aus mir hervorlockte.

„Das war eine schlechte Idee", sage ich viel lauter, als ich es beabsichtigt habe. Ich blicke zu Mom, die mich ausdruckslos anstarrt. Oh, sie ist gut. Versucht, ihre Freude darüber zu verbergen, dass dieser Mann, den sie mir in den Weg gestellt hat, eine solche Wirkung auf mich hat.

Nicht heute, Mom!

Ich stehe auf. „Ich brauche frische Luft."

„Aber jeder liebt Vögel", sagt Barry, als ich hinausgehe. „Violet hat diese coole Vogelbeobachtungs-App entwickelt."

Ich verlasse das Rathaus und gehe zügig die Straße hinunter. Ich habe meinen Mantel vergessen, aber die kühle Nachtluft fühlt sich gut an nach der heißen Enge des Besprechungsraums. Viel zu viele Leute in dem Raum. Ich bin einen Block entfernt, als eine vertraute Stimme ruft: „Warte mal!"

Die Versuchung folgt mir. Natürlich.

Ich drehe mich um und sehe Cal näherkommen, meinen Mantel und die Handtasche in der Hand. „Du hast was vergessen."

„Ich wollte zurückkommen."

„Wolltest du?" Er hilft mir, meinen Mantel anzuziehen, was völlig unnötig, aber irgendwie nett ist.

Ich stelle mich ihm gegenüber, entschlossen, dieses kleine öffentliche Treffen durchzustehen, ohne meine Sehnsucht, nein, meine Lust nach ihm zu verraten.

Er steht da und mustert meinen Ausdruck.

Ich ziehe mein Haar unter dem Kragen meines Mantels hervor. „Was?"

„Was stimmt nicht?"

„Nichts. Ich habe nur frische Luft gebraucht. Es war stickig da drin."

„Ich fand es ganz angenehm."

„Okay, na dann, bis gleich da drin."

„Ich gehe mit dir zurück."

Es würde wahrscheinlich komisch aussehen, wenn ich vor ihm lossprinte. Wir treten den Rückweg an.

„Willst du mal was trinken gehen?", fragt er.

Ich schlucke schwer. „Das halte ich für keine gute Idee."

„Warum?"

„Weil." *„Weil du frisch aus einer Trennung kommst. Weil ich den Herzschmerz nicht ertragen kann. Weil Mom heimlich versucht, mein Liebesleben zu steuern. Da bin ich mir fast sicher.*

„Weil was?"

Ich bleibe stehen und sehe ihn im Mondlicht an – seine aufrichtigen Augen, die vertraute bärtige Linie seines Kiefers, das weiche Gewirr seiner Haare. Es ist schwer, mich zu erinnern, warum irgendwelche Regeln wichtig sind. „Das sollte eine einmalige Sache sein."

„Das war eine sechsmalige Sache. Na ja, kommt wahrscheinlich darauf an, was du mit Sache meinst. Genau genommen –"

„Lass uns einfach gehen."

„Ich vermisse dein Gesicht."

Ich starre ihn ausdruckslos an. „Du vermisst mein Gesicht?"

Er gestikuliert um mein Gesicht herum, nahe, aber ohne es zu berühren. „Die Kurve deiner Wange, wenn du lächelst, wie deine Augen irgendwie aufleuchten, wie deine Lippen sich öffnen, wenn du überrascht bist, so wie jetzt."

„Cal, so poetisch das ist, ich glaube, du verwechselst mich mit einer Romantikerin. Bin ich nicht. Darum funktionieren Regeln und Grenzen für mich. Blumen und nette Worte nicht so sehr."

Er beugt sich vor und bringt einen heißen Schub von

Verlangen, der mich fast dazu bringt, ihn packen zu wollen. „Ist das so?"

„Ja und ..." Meine Stimme ist nicht ganz fest. „Wir hatten unseren Spaß. Dieser Teil ist vorbei."

Er neigt den Kopf und spricht mit rauer Stimme nahe an meinem Ohr. „Der lustige Teil fängt gerade erst an."

Ein heißer Schauer rast mein Rückgrat hinunter. „Cal."

Er kommt näher, sein warmer Atem ein Streicheln auf meinen Lippen. „Küss mich und sag' mir, dass du nichts fühlst."

Ich greife nach seinem Mantelrevers, nicht sicher, ob ich ihn wegstoßen oder näher ziehen werde.

Er starrt auf meinen Mund. Mir wird schwindlig, all meine weiblichen Teile erwachen kribbelnd zum Leben. Ich weiß, wie gut sich das anfühlen würde.

Ich schließe die Distanz mit einem sanften Kuss, um ihm zu zeigen, wie falsch er liegt. Seine Hand schiebt sich in mein Haar, zieht mich an ihn, während sein Mund über meinen gleitet, mich beansprucht. Meine Finger krallen sich in seinen Mantel, mein Körper schmiegt sich näher, braucht mehr. Oh Gott, das habe ich vermisst.

Eine Sirene heult in der Ferne los und bringt mich zurück in die Realität. Ich lasse seinen Mantel los und nehme mir einen Moment, um zu Atem zu kommen. „Ich habe nichts gefühlt."

„Genau. Ich auch nicht."

„Wir sollten zurück zum Meeting." Sobald meine Beine aufhören zu zittern.

Er hebt mein Kinn. „Bye, Mackenzie." Ist das Sehnsucht in seinem Ton?

Ich schlage die entgegengesetzte Richtung ein, sage mir, dass ich das Richtige tue. Ich gehe einmal, zweimal um den Block. Ich darf nicht mit ihm da reinkommen.

Als ich wieder beim Besprechungsraum bin, packen alle schon zusammen. Ich stehe benommen da. Cal ist nicht hier. Ist das alles? Abschied für immer?

Mom schaut mich besorgt an. „Geht's dir gut?"

Ich blinzle. „Okay. Was haben wir beschlossen?"

„Wir nehmen die Staatsblume als Thema, also wird es das Berglorbeer-Festival, veranstaltet von Clover Park. Wir machen einen Verkauf von Blumenzwiebeln und Blumen. Ich erwarte, dass wir Gärtner aus dem ganzen Staat anlocken. Sie haben gefragt, ob du ein paar Profigärtner und die landwirtschaftliche Beratungsstelle kontaktieren kannst. Ich schicke dir die Liste per Mail."

„Super", sage ich und wende mich zum Gehen.

„Frühling ist die Zeit für Neuanfänge", sagt sie.

Cals tiefe Stimme hallt in meinem Kopf wider. *Der lustige Teil fängt gerade erst an.*

Ich setze eine neutrale Miene auf, obwohl ich sterbe vor Neugier, Cal finden und ihn fragen will, was genau er damit gemeint hat. Freunde mit gewissen Vorzügen oder mehr? Ich war in dem Moment zu aufgewühlt, um überhaupt zu überlegen, was er da vorschlug. Ich drehe mich um und winke Mom zum Abschied.

„Und der Frühling ist gleich um die Ecke", zwitschert Mom und wirft mir ein süßes Lächeln zu.

Sie benimmt sich definitiv komisch.

Cal

Ich bin mir nicht sicher, warum ich bei der Abschiedsparty für Ally in der Happy Endings Bar bin. Ally ist Haileys frühere Geschäftspartnerin, und sie wird bald mit ihrem Mann um die Welt kreuzen. Ich meine, klar, Hailey hat mich aus Networking-Gründen eingeladen, aber ich war schon bei ein paar dieser Networking-Veranstaltungen, und ich habe eine kleine Mandantenliste von Gabe. Hier sind viele aus Mackenzies Familie und Ehrenfamilie.

Die Wahrheit ist, ich kann nicht aufhören, an diesen Kuss vor zwei Tagen zu denken. Sie ist nicht hier. Was zum Teufel mache ich denn? Sehne mich nach einer Frau, obwohl ich weiß, dass es damit enden wird, dass sie verletzt ist. Ich bin nicht für Beziehungen gemacht, und sie hat sehr deutlich gemacht, dass sie nur was Lockeres will. Aber heißt das, dass ‚locker' so schnell enden muss?

Das ist ein gegenseitiges Problem. Sobald wir einander aus dem System haben, kehre ich in den Arbeitsmodus zurück, und sie kann dasselbe tun.

Es gibt ein paar Tische voller Vorspeisen und einen Abschiedskuchen mit einem Kreuzfahrtschiff aus Zucker. Ich bleibe, bis sie den Kuchen anschneiden, und dann wird das die letzte Einladung von Hailey gewesen sein, die ich angenommen habe. Zu viele Erinnerungen an –

Mackenzie. Das Blut rauscht durch meine Adern. Alle Geräusche und Bilder der Party verblassen in den Hintergrund. Sie zeigt ihr warmes Lächeln, während sie mit einem ihrer vielen Cousins spricht und ihren Mantel auszieht.

Ihr langes braunes Haar fällt in weichen Wellen über ihre Schultern, ihre Haut glüht, ihre Lippen sind voll und rosa. Ihre Kleidung passt zu ihrer Persönlichkeit – ein weicher, flauschiger rosa Pullover und eine Lederhose. Weich und süß, aber tough. Stark. So sexy.

Ich hebe eine Hand zu einer lässigen Begrüßung, die sie nicht sieht. Ein weiterer ihrer vielen Cousins tritt vor sie. Ich blicke bei dieser Familie nicht durch. Es gibt biologische und Ehren-Tanten, Onkel und Cousins sowie zwei jüngere Brüder. Man sollte ja meinen, es sei leicht, sie auseinanderzuhalten, aber die Familienähnlichkeit ist groß, da ihr Dad und ihr Onkel eineiige Zwillinge sind.

Mein Blick folgt ihr, während sie Leute begrüßt. Unsere gemeinsamen Nächte waren ein Nervenkitzel, gleichauf mit einem Homerun. Sie zu sehen, lässt mein Adrenalin steigen, als stünde ich am Schlag, alle Augen auf mich gerichtet. Die Aufregung – wird es der Nervenkitzel eines Treffers oder das Zischen eines Fehlschlags?

Es ist nicht einseitig. Dieser Kuss hat sie in mich hineinschmelzen lassen. Ich fahre mir durchs Haar. Was braucht es, um sie aus meinem System zu bekommen?

Sie ist jetzt an der Bar. Der Barkeeper lächelt und scherzt

mit ihr. Das ist Cooper, ihr jüngerer Bruder und designierter Erbe der Happy Endings Bar. Ich bahne mir meinen Weg durch die Menge zu ihr.

Ich bin fast da, als ein Mann meinen Weg blockiert. Ich habe ihn nicht mal kommen hören. Jetzt heißt es: Tarnmodus. Es ist Mackenzies Dad, Josh. Sein dunkles Haar ist zerzaust, Kleidung lässig, aber seine Haltung ist alles andere als das. Der Mann sieht tödlich aus. Hat Hailey nicht erwähnt, dass Josh Fallschirmjäger in der Army war? Diese Typen sind im Nahkampf trainiert.

„Wie läuft's?", fragt er.

Ich richte mich auf. „Gut." Ich kann nicht anders, ich blicke über seine Schulter, als Mackenzie jemanden mit einer Umarmung begrüßt.

„Augen hierher!", befiehlt er. „Gewöhnst du dich in deinem neuen Job ein?"

Ich begegne seinem Blick. „Ja, danke." Sein Ton versetzt mich in Alarmbereitschaft, als wäre ich in gefährlichem Terrain, aber ich habe keine Ahnung, wie ich da gelandet bin.

„Was läuft zwischen dir und meiner Tochter?"

Hat Mackenzie was über mich gesagt?

„Äh …"

„Meine Frau hat euch während des Handelskammer-Meetings auf der Straße gesehen."

Hailey hat unseren Kuss gesehen? Oder war es das intensive Gespräch davor?

Ich schlucke schwer und hebe die Hände. „Nur Freunde."

„Danke für die Info."

Ich salutiere fast, aber ich fürchte, er würde es in den falschen Hals bekommen und mich zu Boden strecken. War das eine Warnung, oder war er nur im ‚überbeschützerischer Dad'-Modus?

Ich drehe mich um und finde eine lächelnde Hailey hinter mir. Hat sie das alles gehört?

„Wie läuft's?", fragt sie fröhlich.

„Könnte nicht besser sein", sagt Josh, seine ganze Haltung ändert sich, als er sich seiner Frau zuwendet.

„Ich gehe dann mal", sage ich.

„Oh, noch nicht", sagt Hailey. „Ich möchte dir meine Schwägerin Mad Shaw vorstellen. Sie ist ein richtiger Immobilienmogul, hauptsächlich im Wohnbereich, aber sie möchte in Gewerbeimmobilien einsteigen. Ich denke, ihr könntet euch gegenseitig helfen. Verkäufe und Rechtsverträge passen zusammen."

Scheinbar will Hailey wirklich, dass ich mit meiner neuen Anwaltspraxis Erfolg habe. Das schätze ich. Ich folge ihr zu Mad, einer Frau mit kurzen braunen Haaren und einem wilden Ausdruck, der mich an Josh erinnert. Sie muss seine Schwester sein. Bevor ich mich vorstellen kann, sagt Mad zu Hailey: „Also das ist der Typ?"

„Das ist er", sagt Hailey stolz.

In meinem Kopf dreht sich alles. *Bin ich der Feind oder der Held in dieser seltsamen Familie?*

Mad mustert mich. „Ich verstehe. Auch noch Jura in Harvard. Nicht schlecht. Was machst du in einer Kleinstadt wie dieser?"

Ich gebe meine übliche Antwort, in einer Kleinstadt aufgewachsen, der Stadt überdrüssig. Ich spüre jemanden starren und fange Mackenzies Blick ein. Sie winkt mir kurz zu. Erleichterung durchströmt mich. Sie geht mir nach unserem Kuss auf der Straße nicht aus dem Weg. Ich weiß nicht, was über mich gekommen ist, als ich das getan habe. Sie ist wie ein heißer Pitch, den ich fangen und zurückschlagen muss und … sie schaut mich besorgt an.

Ich hebe eine Hand.

Sie formt mit den Lippen: „Sorry."

Sorry, dass ihr Dad mich überfallen hat? Sorry, dass sie die Sache beendet hat, obwohl da eindeutig noch Chemie ist? Irgendwann wird es verpuffen, aber im Moment ist es wie ein lebendiges, atmendes Ding zwischen uns.

Sie zückt ihr Handy und schreibt. Das Handy vibriert in meiner Tasche. Ich sterbe vor Neugier, es zu checken, aber Mad und Hailey reden mit mir. Moment mal, es ist still. Haben sie eine Frage gestellt?

„Könntet ihr das wiederholen?", frage ich.

„Ich glaube nicht, dass er es ernst meint", sagt Mad.

Hailey lächelt und tätschelt meinen Arm. „Er ist nur ein bisschen abgelenkt. Es ist eine Party."

„Ich meine es ernst", sage ich. „Worum ging's?"

Mad klärt mich auf. „Ich will der Stadt helfen, das alte Fagan-Grundstück zu kaufen und in ein Gemeindezentrum zu verwandeln. Der alte Mann lebt jetzt im Haus seines Sohnes, auf halber Strecke quer durchs Land, also ist er dabei. Würdest du je einen Elternteil bei dir aufnehmen?"

Ich bin kurz aus dem Konzept durch den plötzlichen Themenwechsel. Ich räuspere mich. „Mom starb, als ich im ersten Jahr am College war. Dad will niemals das Haus verlassen, wo sie zusammengelebt haben, also würde ich sagen, nein. Würde wahrscheinlich nicht zur Debatte stehen." Ich schiebe die Trauer zurück in ihre Kiste, tief in mir vergraben.

„Oh nein, das tut mir so leid", sagt Hailey. „Ich hoffe, sie hat nicht gelitten. Was ist passiert?"

„Das kannst du doch nicht fragen", sagt Mad.

„Warum nicht?", fragt Hailey.

„Weil es persönlich ist", sagt Mad durch die Zähne.

Hailey dreht sich zu mir. „Cal und ich haben einander ziemlich gut kennengelernt, richtig, Cal?"

„Du hast viel erzählt", sage ich diplomatisch.

„Siehst du?", sagt Mad. „Du hast erzählt. Nicht er. Zurück zum Geschäft."

Mackenzie kommt und legt eine Hand auf meinen Arm. Wärme steigt von der kleinen Berührung auf und breitet sich in mir aus. Ich vermisse ihre Berührung wirklich. „Kann ich ihn kurz entführen?"

Mad und Hailey tauschen einen Blick aus, den ich nicht deuten kann.

„Mad, ich helfe gern bei allen Rechtsverträgen", sage ich. „Nett, dich kennengelernt zu haben."

Ich folge Mackenzie in den hinteren Raum des Restaurants. Sie bleibt an einer Jukebox stehen, wirft eine Münze ein und fährt mit dem Finger über die Auswahl.

„Danke für die Rettung", sage ich.

Sie hält die Augen auf die Jukebox gerichtet. „Du sahst in die Ecke gedrängt aus."

„Sie haben nach meiner verstorbenen Mutter gefragt."

Sie dreht sich mit großen Augen zu mir. „O mein Gott. Inakzeptabel. Und es tut mir leid. Sutton hat es vorhin erwähnt. Ich verstehe, wie schwer das sein muss." Ihre Lippen formen eine flache Linie. „Weißt du was? Ich werde mit ihnen reden. War es Mom oder Tante Mad, die es angesprochen hat?"

„Ich will dir keinen Ärger machen."

„Das ist schon mein Ärger." Sie drückt einen Knopf, und ein Tom-Petty-Song beginnt. Sie wendet sich zum Gehen, aber ich halte sie mit einer Hand auf ihrer Schulter zurück. Sie versteift sich. Ich lasse die Hand fallen, verletzt von der Zurückweisung.

„Mach dir deswegen keine Sorgen", sage ich. „Mir geht's gut."

„Okay." Sie bedeutet mir, ihr zu einem kleinen Tisch in einer Ecke des Raums zu folgen. Ich nehme den Sitz ihr gegenüber. „Also, Cal, ich muss es fragen: Wie bist du in eine weitere Campbell-Familienzusammenkunft geraten?"

Ich beuge mich vor. „Netzwerken."

Sie kneift die Augen zusammen. „Also wirst du weiterhin bei allen geschäftlichen und privaten Veranstaltungen auftauchen, die meine Mutter organisiert?"

„Kommt darauf an."

„Worauf?"

„Wirst du da sein?"

„Cal."

„Mackenzie."

„Es ist nicht so, dass ich dich nicht mag. Ich mag dich. Sehr."

Mein Herz macht einen komischen Hüpfer in meiner Brust. Ich hoffe, da drin ist alles okay. „Und?"

„Ich denke nur, dass *wir* eine schlechte Idee sind. Du musst gerade über eine Trennung hinwegkommen. Wir sind beide nicht auf Bindung aus –"

„Wer hat was von Bindung gesagt?"

„Oh."

„Dein Dad hat gefragt, was zwischen uns läuft."

Ihr Kiefer klappt runter.

„Ich habe ihm gesagt, wir sind nur Freunde, und ich denke, das war die richtige Antwort." Ich sehe mich um, plötzlich auf der Hut. Ich sollte bei seiner Tochter immer wissen, wo er ist. „Er klang tödlich."

Sie rümpft die Nase, denkt einen Moment lang nach. „Na ja, das ist er, aber normalerweise mischt er sich nicht bei Typen ein, die ich kenne. Das ist so seltsam."

„Kann ich nicht wissen. Ich habe ihn nur einmal zuvor getroffen."

Sie hält inne und starrt quer durch den Raum. Ich folge ihrem Blick zu Hailey und Mad, die uns beobachten, während sie lässig an ihren Drinks nippen. Mackenzie schnaubt. Hailey und Mad vertiefen sich plötzlich in ein intensives Gespräch.

„Mom hat ihn dazu angestiftet", sagt sie.

Ich schlucke schwer und denke daran, wie Hailey Mackenzie vor mir gewarnt hat. „Ich schätze, sie hält mich nicht für gut genug für ihre Tochter."

Sie neigt den Kopf und schürzt die Lippen. „Oder vielleicht hält sie dich für perfekt für mich."

„Glaube ich nicht."

„Sie hat mir gesagt, ich soll höflich sein, aber sie hofft auf mehr als Höflichkeit."

„Das ergibt keinen Sinn."

Ihr Ausdruck wird wild, erinnert mich ein wenig an ihren Dad. Du willst es dir *nicht* mit ihr verscherzen. Vielleicht war das ganze Drängen auf mehr Zeit mit ihr eine schlechte Idee. Ich beschließe, alles offenzulegen.

„Ich bin nicht gut in Beziehungen. Ich bin zu verschlossen." Ich durchforste mein Gedächtnis nach all den Wegen, wie ich Frauen enttäuscht habe. „Emotional nicht verfügbar, ein Workaholic und ein Bindungsphobiker."

Sie hebt einen Finger. „Außer, dass du ein Jahr lang mit jemandem zusammengelebt hast."

„Wir waren ein Jahr zusammen, aber wir haben nur ein paar Monate zusammengewohnt, und das auch nur, weil ihr Mietvertrag auslief und mein Mitbewohner ausgezogen war. Es war eine vorübergehende Regelung."

„Hm."

„Wirklich. Wir haben vorher darüber gesprochen." Ich lasse aus, wie schlimm es wurde, nachdem sie eingezogen war. Sie muss nicht alle schmutzigen Details hören.

Sie tätschelt meinen Arm. „Ist okay. Ich verurteile dich nicht dafür, dass du in deiner Beziehung verwirrt warst. Männer sind das oft."

„Ich bin nicht –"

Sie gestikuliert lässig. „Natürlich bist du kein Heiratsmaterial, da du noch über diese Trennung hinwegkommen musst, also was hofft Mom wirklich?"

„Ich glaube nicht, dass sie irgendwas hofft."

„Alle machen ein großes Ding aus dem ganzen Antrags- und Hochzeitskram. Ich finde: Warum sollte man es so eilig haben, sich für den Rest des Lebens an jemanden zu binden? Wie auch immer, die Art von dauerhafter Liebe, die meine Eltern haben, ist selten."

Mir wird schwindelig von den Themenwechseln hier. Will sie auf irgendwas hinaus? Ich traue mich nicht zu fragen.

Ich beuge mich vor. „Heißt das, du und ich können nicht … weil wir nicht das haben, was deine Eltern haben?"

„Sei nicht albern", sagt sie schnell. Zu schnell.

Ich lehne mich zurück, Verständnis dämmert. „Jetzt verstehe ich. Du sagst, du willst es locker, aber eigentlich willst du das nicht."

„Ich will es locker, was definitionsgemäß kurz ist. Wie das, was wir hatten. Ich meine, in der Vergangenheit nicht zu wiederholen."

„Du willst nicht, was deine Eltern haben, glaub mir."

„Will ich nicht?"

„Nein. Meine Eltern waren seit der Highschool zusammen. Dad ist immer noch nicht über sie hinweg, und es ist fünfzehn Jahre her, seit Mom gestorben ist. Er hat immer noch all ihre Kleider im Schrank, alles im Haus ist so, wie sie es hinterlassen hat. Er hat seinen Job verloren, weil er sich nicht mehr konzentrieren konnte. Er war Architekt. Er geht nie aus dem Haus, außer für seinen Job im Lager. Es ist, als hätte er aufgehört zu leben, als er sie verlor."

„Oh, das ist so traurig."

Ich atme aus, schiebe die Dunkelheit zurück in ihre Kiste. „Ja."

„Trotzdem kann ich nicht weiter bei Familien- und Stadtveranstaltungen scheinbar zufällig immer wieder auf dich stoßen. So bekommt sie das Gefühl, zu gewinnen."

„Was zu gewinnen?"

Sie fängt an, zu schreiben. „Pass auf." Sie zeigt mir die Nachricht: *Du hattest recht. Cal ist ein echter Bindungsphobiker. Will nicht mal mehr befreundet sein.*

Mom: *Ich bin so erleichtert. Das fordert nur Herzschmerz heraus.*

Sie wirft mir einen vielsagenden Blick zu. „Siehst du? Kuppeln."

„Ich versteh's nicht."

„Das wirst du. Ich kümmere mich ein für alle Mal darum. Bleib hier."

„O-kay."

Sie geht mit entschlossenem Blick davon. Werden sie gleich in der Öffentlichkeit meinetwegen streiten? Wird ihr Dad mir danach den Hintern versohlen? Er war heute Abend nicht gerade warm und kuschelig.

Ich habe das Gefühl, dass dank Mackenzie ein Sturm durch mein Leben fegen wird. Ich habe mich nie lebendiger gefühlt.

7

Mackenzie

Mom und ich gehen für ein privates Gespräch in Dads Büro im hinteren Teil des Happy Endings. Kaum schließe ich die Tür hinter uns, sagt sie: „Was ist los?"

Ich atme tief durch. Ich will nicht aus Wut über ihre einmischenden Methoden lospoltern. Ich bin eine reife Erwachsene. Keine Schimpfwörter nötig – *dieses Mal*. „Mom, ich habe das Gefühl, dass du ein bisschen Kuppelarbeit zwischen mir und Cal machst."

Ihre Augen weiten sich. „Warum sagst du das? Ich habe dir gesagt, du sollst dich von ihm fernhalten. Der Mann hat eindeutig Bindungsprobleme."

„Ja, aber dann hast du ihn zum Treffen der Handelskammer eingeladen."

Sie lächelt. „Na und? Er sollte an den Veranstaltungen der Stadt teilnehmen. Er ist jetzt der Stadtanwalt."

„Das gleiche Treffen, zu dem du mich zum ersten Mal eingeladen hast."

„Eine längst überfällige Einladung."

Ich schnaube, mein Temperament flammt auf. Es ist sehr schwer, mich bei ihren gelassenen Antworten zu beherrschen. Ich verstehe, warum Dad damals zu einem eskalierenden

Streichekrieg mit ihr getrieben wurde. „Ziemlicher Zufall, dieses Timing, findest du nicht?"

Sie hebt eine Schulter zu einem zierlichen Achselzucken. „Ist das alles? Ich würde gern zur Party zurück. Ally geht für vier Monate weg, also möchte ich mehr Zeit mit ihr verbringen. Die Mädels und ich haben einen lustigen Tanz geplant, um sie zu überraschen. Komm, lass uns gehen."

Ich hebe eine Hand. „Warte. Ich finde es verdächtig, dass du Cal ständig zu Sachen einlädst, von denen du weißt, dass ich da sein werde. Wie diese Party."

Sie schüttelt den Kopf. „Nicht alles dreht sich um dich, Mackenzie. Da sind auch viele andere Leute bei diesen Veranstaltungen. Er soll sich nur in seiner neuen Heimatstadt willkommen fühlen. Ich würde wollen, dass jemand das Gleiche für dich tut, wenn du in eine neue Stadt ziehst."

„Was soll das ganze Networking-Getue?", frage ich völlig entnervt.

„Wenn er nicht genug Arbeit hat, verlieren wir unseren Stadtanwalt."

Angesichts ihres extremen Leugnens und der vernünftigen Erklärungen bin ich gezwungen, den Kampf aufzugeben. „Okay, aber unter keinen Umständen darfst du je wieder versuchen, mich mit jemandem zu verkuppeln. Du hast Dad ein feierliches Versprechen gegeben, damit aufzuhören. Ich habe kein Problem damit, dich bei ihm zu verpfeifen, und er wird *nicht* glücklich sein."

Mom liebt es, Dad glücklich zu machen und ist unglücklich, wenn er sauer auf sie ist, was selten vorkommt. Ich muss sagen, das beruht auf Gegenseitigkeit. #Beziehungsziele

Sie wirft ihr rotblondes Haar über die Schulter und öffnet die Tür. „Dad wird keinen Grund haben, mit mir unzufrieden zu sein. Versuche, mit ein paar anderen Typen zu plaudern, Mackenzie. Cal ist eine romantische Sackgasse."

Ich stehe einen Moment lang da. Vielleicht hat sie recht mit Cal, und sie hat die ganze Zeit auf mich aufgepasst. Ich streiche mein Haar zurück und versuche, das zu durchdenken. Bin ich es? Vielleicht bin ich paranoid wegen ihrer früheren Kuppelversuche zu meinen Gunsten. Ganz zu schweigen von den Geschichten darüber, wie Mom meine Tanten, Onkel und ihre Freundinnen verkuppelt hat. Legendär. Subtil. *Hartnäckig*. Tante Lauren hat sich sogar für ihren „Make Love Bloom™"-Plan angemeldet, den Mom markenrechtlich hat schützen lassen und alles. Der Plan ist auf die Nase gefallen, aber Tante Lauren ist *trotzdem* bei dem Mann ihres Lebens gelandet. Mom will immer noch die Lorbeeren dafür ernten, sagt, sie habe Tante Lauren geholfen, zu sehen, welche Möglichkeiten es gibt, und zu schätzen, was direkt vor ihrer Nase war. Wer kann mit so einer Logik argumentieren?

Ich fühle mich jetzt ein bisschen albern. Ich darf nicht zulassen, dass die Vergangenheit meine Sicht auf die Realität verzerrt.

Ich biege rechts in die Straße meiner Eltern ein. Es ist Samstag, eine Woche nach meinem Gespräch mit Mom, und ich habe angeboten, ihr bei einem Ausflug zu einer Haushaltsauflösung zu helfen. Ich bin Cal die ganze Woche nicht begegnet, also ist das wohl das Ende.

Okay, die harte Wahrheit – ich habe viel zu viel Zeit damit verbracht, darüber nachzudenken, wie klug es ist, mich mit einem Typen einzulassen, der eine einjährige Beziehung einfach so hinter sich lässt. Als ob es ein echtes Problem wäre, mich mit Cal einzulassen. Er hat nicht signalisiert, dass er weiter mit mir zu tun haben will. Nicht mal eine SMS.

Ich vermisse ihn. Ich wünschte, das wäre nicht wahr.

Vielleicht hat Cal zu spät gemerkt, dass er und Rayna nicht füreinander bestimmt waren. Oder hat er wirklich ein Problem mit Bindung? Würde er mich verlassen, wenn es ernst wird? Ich weiß, dass es keinen Weg gibt, sicher zu wissen, ob eine Beziehung hält, aber ich hätte gern ein paar Zusicherungen, wenn ich in diese Richtung ginge. Irgendwas, das mir zeigt, dass da was Besonderes zwischen uns ist. Ein

Zeichen. Das klingt lächerlich, abergläubisch und grenzwertig romantisch.

Offenbar hat großartiger Sex mich wahnsinnig gemacht. Der Mann hat mir gesagt, er ist schlecht in Beziehungen. Ich muss ihm glauben.

Und aufhören, an ihn zu denken.

Und über ihn zu fantasieren.

Das Leben geht weiter, richtig? Ein Fuß vor den anderen. Apropos, Mom hat sich den Knöchel verstaucht, als sie mit ihren Freundinnen Pickleball versucht hat. Ich fühle mit ihr, aber gleichzeitig ist es allgemein bekannt, dass Ausweichen nur beim Völkerball funktioniert.

Ich parke in der Einfahrt meiner Eltern und wappne mich für einen langen Tag. Ich werde Mom zu einer Haushaltsauflösung aufs Land fahren, wo sie auf ein paar Antiquitäten für Ludbury House bieten will. Sie ist immer auf der Suche nach antikem Mobiliar und Hochzeitszubehör wie Kerzenständern, Vasen und Tischdecken für ihr Hochzeitsplanungsbüro und den Veranstaltungsort.

Ich klingele und warte. Ich habe einen Schlüssel, aber man weiß ja nie, wann ein notgeiler Elternteil das leere Nest ausnutzt und sich einen Wohnzimmer-Ritt gönnt. Will ich wirklich nicht sehen. Noch einmal.

Mom öffnet die Tür auf Krücken. Sie trägt ein lila Kleid, einen Slipper und einen Gipsschuh. Sie sieht immer noch strahlend aus. Sie tritt zurück, um mich reinzulassen. „Vielen Dank, dass du gekommen bist! Ich weiß es wirklich zu schätzen, dass du mir an deinem freien Tag hilfst."

„Klar. Was hast du dir dabei gedacht, einen Ballsport zu machen?"

„Tante Mad hat mich überzeugt, dass Pickleball einfach ist. Sie sagte, es sei wie Tischtennis." Sie wirft mir einen „Kannst du das glauben?"-Blick zu.

„Nicht wirklich."

„Nein."

„Solltest du nicht die Füße hochlegen? Wo ist Dad?"

„Ich habe den Knöchel den ganzen Morgen hochgelegt.

Ich bin seit fünf Uhr wach. Und Dad macht Pfannkuchen. Willst du einen?"

„Nein, danke. Hab' schon gegessen."

Dad erscheint in Schürze und mit einem Pfannenwender. „Ich habe Bananen-Schoko-Chip gemacht."

Meine Lieblingssorte. Mir läuft das Wasser im Mund zusammen. „Mit gehackten Walnüssen obendrauf und selbstgemachter Schlagsahne?"

Dad schmunzelt. „Kann man sie anders machen?"

Zum Teufel mit den Kalorien! „Okay, einen Pfannkuchen."

„Super!", sagt Mom. „Lass dir Zeit. Ich muss nicht die Erste sein, um die Antiquitäten zu durchstöbern. Ich habe, was ich will, aus dem Katalog der Website. Die Auktion ist erst um zwölf."

Ich betrete die Küche, wo schon ein Platz für mich gedeckt ist. Dad serviert mir einen fluffigen Pfannkuchen, streut Walnüsse darüber, schaufelt einen großzügigen Klecks Schlagsahne darauf und deutet auf den Ahornsirup in der Nähe.

Der erste Bissen ist himmlisch. Die Wahrheit ist: Nichts übertrifft Dads Kochkünste. Er nimmt seit Jahren Kochkurse und liebt es, in der Küche zu experimentieren. Wir sind so verwöhnt; selbst Restaurantessen kann da nicht mithalten. Außer Dads Restaurant, natürlich.

„So gut", sage ich. Das macht es fast wieder gut, dass ich meinen Samstag mit Antiquitäten-Shopping verbringen muss. Ich bevorzuge einen modernen Stil in der Inneneinrichtung.

Dad lächelt und macht sich wieder daran, weitere Pfannkuchen zuzubereiten.

„Wer soll denn all diese Pfannkuchen essen?", frage ich und denke, dass meine Brüder vielleicht auch fürs Antiquitäten-Shopping eingespannt wurden.

Mom setzt sich an den Tisch und legt ihre Krücken neben sich. „So haben wir die ganze Woche Frühstücksreste, und Cooper schaut regelmäßig vorbei."

Ich schneide ein weiteres Stück Pfannkuchen ab und

verteile Walnüsse, Schlagsahne und Sirup darauf. „Also, Dad, nicht scharf auf Haushaltsauflösungs-Shopping?", frage ich und schiebe mir einen Bissen reinen Pfannkuchenhimmels in den Mund. Schade, dass ich einen Frühstücks-Smoothie hatte, sonst könnte ich mehr davon essen.

Dad dreht sich vom Herd um. „Ich habe heute Nachmittag eine Veranstaltung im Happy Endings. Passt nicht mit der langen Fahrt."

„Also bestichst du mich mit Pfannkuchen."

„Nein. Wollte meine Lieblingstochter nur glücklich machen."

Ich verdrehe die Augen, obwohl ich insgeheim entzückt bin. „Ich bin deine einzige Tochter."

„Trotzdem meine liebste."

Ich schüttle lächelnd den Kopf. Es klingelt an der Tür. „Kann Cooper Pfannkuchen quer durch die Stadt riechen?"

Mom und Dad tauschen einen Blick, der meine Nerven auf Alarm stellt. Moms Blick sagt „bleib cool", und Dads sagt „Das hast du nicht". Oh-oh.

„Ich gehe", sagt Dad und schaltet den Herd aus. „Gerade rechtzeitig fertig."

Mom schenkt mir ein entschuldigendes Lächeln. „Ich habe Cal gebeten, mitzukommen, um die schweren Sachen zu tragen. Es gibt ein antikes Buffet, das ich wirklich für das Esszimmer in Ludbury House will. Ich wollte nicht, dass du dir den Rücken verrenkst, und ich bin mit diesem Knöchel nicht in der Lage zu helfen."

Mir bleibt der Mund offenstehen. Diese *Dreistigkeit*! So zu tun, als wäre sie unschuldig, als ich sie damit konfrontiert habe, dass sie mich mit Cal verkuppeln will, und jetzt das.

Oh, jetzt geht's ja wohl los.

Cal erscheint in der Küche, sein großer Körper saugt die ganze Luft aus dem Raum. Ich schwöre, die Küche fühlt sich kleiner an. „Guten Morgen. Ich habe gehört, es gibt Pfannkuchen."

„Bedien' dich", sagt Dad und deutet auf den Stapel auf der Theke.

„Danke." Cal wirft mir einen kurzen Blick zu, sagt ein schnelles Hallo und geht dann zu den Pfannkuchen. Er legt zwei voll beladene Pfannkuchen auf einen Teller und setzt sich neben mich, gegenüber von Mom.

Mom lächelt, als hätte sie im Lotto gewonnen. „Cal, vielen Dank, dass du uns hilfst. Wir wissen das wirklich zu schätzen."

Er kaut und schluckt seinen Pfannkuchen. „Freut mich, helfen zu können. Du hast so viel für mich getan. Ich habe dank dir einen neuen Mandanten. Mel hat mich gebeten, ihr bei dieser Sache mit der Grundstücksgrenze zu helfen."

„Wunderbar!", sagt Mom.

Ich verstehe, warum Mom ihn eingeladen hat, diese hinterhältige Frau, aber warum hat Cal zugestimmt, seinen Samstag aufzugeben? Sicher hat er doch viel zu tun, um sein neues Geschäft und seine Wohnung einzurichten. Ist er hier, um die Frau zu besänftigen, die ihm geholfen hat, alle in der Stadt kennenzulernen, oder um mich zu sehen? Ich konzentriere mich auf meinen Pfannkuchen, mein Kopf schwirrt von dem, was das alles bedeutet.

„Vielen Dank euch beiden", sagt Mom und erhebt sich langsam von ihrem Stuhl. Dad eilt hin, um ihr zu helfen, stellt sicher, dass sie mit den Krücken gut zurechtkommt. „Genießt eure Pfannkuchen. Ich gehe besser nach oben und lege diesen Knöchel hoch. Josh, wenn du hier fertig bist, komm zu mir hoch."

Dad steht stramm, reißt seine Schürze ab. Mom kichert, als er näherkommt, ein raubtierhafter Blick in seinen Augen, bevor er sie von den Füßen hebt. Die Krücken fallen klappernd zu Boden. Er trägt sie hinaus, und Mom wackelt mit den Fingern in unsere Richtung.

Ich werfe Cal einen Seitenblick zu, peinlich berührt und glücklich für sie.

Er schmunzelt.

~

Cal

Ich gehe mit Mackenzie, die ungewöhnlich still ist, zur Tür hinaus. Sie schien überrascht, mich heute zu sehen, obwohl ihre Mom mir gesagt hat, Mackenzie wolle meine Hilfe. Nicht, dass das irgendeine Rolle spielt. Mackenzie und ich sind fertig. Das ist nur einer dieser Kleinstadt-Gefallen, die man füreinander tut.

Sie entriegelt den Pick-up ihres Vaters und steigt auf der Fahrerseite ein. Nachdem ich eingestiegen bin, programmiert sie das GPS und sieht mich ernst an. „Stört es dich nicht, am Samstag den Arbeitssklaven zu spielen?"

„Macht mir nichts aus, dir zu helfen."

„*Mir* zu helfen?"

„Ja, deine Mom sagte, du wolltest meine Hilfe."

Ihre Lippen schürzen sich. „Hm." Sie fährt rückwärts aus der Einfahrt. „Ich habe einen Plan. Na ja, ich *werde* einen Plan haben."

„Kennst du ein paar Nebenstraßen?"

„Ja, aber das meinte ich nicht." Sie hämmert auf das Lenkrad. „Es ist so offensichtlich, ich kann nicht glauben, dass ich auf ihre gespielte Überraschung reingefallen bin."

„Gespielte Überraschung? Meinst du von deiner Mom? Wann?"

„Von wem sonst? Und das Leugnen! Ugh. Ich hätte es wissen müssen, als sie mich das erste Mal vor dir gewarnt hat. Aus welchem anderen Grund hätte sie mir gesagt, ich solle mich von dir fernhalten, wenn nicht, weil sie wollte, dass ich das Gegenteil tue? Sie hat wahrscheinlich auf meine Durststrecke gezählt. Oh, das ist so falsch. Und dann haben sie uns zum Happy Endings geschickt, um das Catering-Geschirr wegzuräumen. Sie wollte, dass wir in der Kammer rummachen."

„Was!"

Sie schüttelt den Kopf. „Meine Tanten haben mich gewarnt, dass ich eines Tages in ihrem Kuppelnetz gefangen wäre, aber es nicht wissen würde, bis es zu spät ist. So hinterhältig. So subtil. Wenn ich ihr Kuppeln gewollt hätte, wäre ich dem Club beigetreten!"

„Jetzt verstehe ich gar nichts mehr. Was für ein Club?"

Sie wirft mir einen Blick zu, bevor sie abbiegt. „Das ist eine lange Geschichte. Im Grunde hat Mom den Happy End Buchclub gegründet, um all ihre Freundinnen zu verkuppeln, was letztendlich zu einem blühenden Hochzeitsplanungsgeschäft führen sollte."

„Kuppeln für die Arbeit?"

„Oh, es war subtil, hartnäckig, aber subtil. Nach dem, was ich gehört habe, sind nur Frauen zum Buchclub gekommen, und es wurde eine feste Freundesgruppe."

„Cool."

Sie presst die Lippen zu einer flachen Linie. „Das dachten sie, aber sie hat im Hintergrund weitergearbeitet. Der Witz ging auf ihre Kosten, weil jede einzelne Freundin die Liebe ihres Lebens fand, bevor sie es tat. Dad war die ganze Zeit direkt vor ihrer Nase, aber keiner von ihnen konnte sehen, was sie hatten, bis ihre Mom seinen Dad heiratete."

Ich neige den Kopf, als mir klar wird, was das bedeutet. „Deine Eltern sind Stiefbruder und Stiefschwester?"

„Nicht im ekligen Sinn. Sie waren schon aus dem Haus, so in unserem Alter – oh, jetzt ergibt es noch mehr Sinn. Ich bin in dem Alter, in dem sie damals war. Du bist im Alter –"

„Ich?"

Sie hält an einer Ampel und schaut mich an, ein teuflisches Glitzern in den Augen. „Ich habe einen Plan: Wir tun so, als hätten wir eine ernste Beziehung, worauf Mom zugeben wird, froh zu sein, dass wir zusammen sind, was dann ihr hinterhältiges Kuppeln verrät."

„Ich kann deine Mom nicht anlügen."

„Nicht direkt lügen. Wir gehen in der Öffentlichkeit zusammen aus. Sie wird einfach die falsche Schlussfolgerung ziehen. Subtil, verstehst du? Wie ihr Kuppeln. Und dann erwische ich sie auf frischer Tat, verrate sie an Dad, und das wird nie wieder ein Problem sein."

„Warst du nicht so dahinter her, die Dinge zwischen uns geheim zu halten?"

„Das galt nur für unseren One-Night-Stand. Diskretion in einer Kleinstadt, um nicht mit Moms ‚Ich hab's dir ja gesagt' klarkommen zu müssen."

„Eher ein Sechs-Nächte –"

„Sie hat die Grenze weit überschritten. Cal, sie hat mich denken lassen, ich sei paranoid."

Ich halte den Mund, obwohl sie schon ein klitzekleines bisschen paranoid klingt.

Sie fährt fort: „Schau, ich liebe meine komische Mom, aber sie hat eine lange Kuppel-Geschichte hinter sich, hat mir in der Vergangenheit völlig durchgeknallte Kandidaten aufgedrängt, und selbst nach einem feierlichen Versprechen an meinen Dad, dass sie es nie wieder tun würde, hat sie es getan. Mit dir! Also, hier sind wir. Bist du dabei?"

Hm, vorgetäuschtes öffentliches Daten klingt nicht gerade nach Spaß. Und werden ihre Eltern nicht sauer sein, dass wir sie reingelegt haben? Ich sollte keine Feinde in meiner neuen Wahlheimatstadt machen. Ich habe eine Anwaltspraxis am Leben zu halten.

Ich versuche, sie zur Vernunft zu bringen. „Deine Mom hat dich vor mir gewarnt, weil sie dachte, ich sei nicht gut genug für dich –"

Sie drückt meinen Arm. „Du bist mehr als gut genug."

Meine Brust wölbt sich vor. Es ist irgendwie nett, das zu hören. Aber seien wir logisch.

„Wird unsere ernste Beziehung sie nicht wütend machen?", frage ich.

„Wenn ja, beenden wir die vorgetäuschte Beziehung. Wenn nicht, werde ich sie auf ihr Kuppeln ansprechen. Sie hasst es, Dad zu verärgern, und er nimmt feierliche Versprechen ernst. Es ist eine Frage der Ehre. Wir werden Folgendes tun –"

„Warte." Ich lasse das Feierliches-Versprechen-an-Dad-Ding durchgehen, obwohl der Anwalt in mir denkt, sie hätte dieses feierliche Versprechen direkt sich selbst geben sollen.

Stattdessen konzentriere ich mich auf ein vorteilhaftes Schlupfloch. „Was habe ich von dieser vorgetäuschten ernsten Beziehung?"

„Keinen Sex."

„Habe ich Sex gesagt?"

„Keinen Sex."

„Verdammt!" *Ich vermisse dich.* Ach, verflixt. Ich vermisse sie wirklich. Und es geht nicht nur um Sex, aber gleichzeitig vermisse ich den Teil auch.

Manchmal träume ich von ihr, was ich nur zugebe, wenn sie zugibt, dass sie mich vermisst, weil … Stolz. Ich besitze welchen.

Sie fährt auf die Autobahn und beschleunigt gemächlich. Sie fährt vorsichtig. Ich habe das Gefühl, so lebt sie ihr Leben. Außer am Abend unseres ersten Mals, als sie vom Parkplatz gerast ist, vermutlich weil sie ungeduldig war, mit mir zusammen zu sein. Ich lächle in mich hinein. Das war eine wilde Nacht. Mein Kopf wandert wieder zu dem Moment, als ihr Kleid zu Boden fiel.

„Du hast Folgendes davon", sagt sie.

Ich zucke zurück in die Realität. „Ja?"

„Ich zahle für unsere Dates und lege noch ein Sonntagsfamilienessen obendrauf, damit du mehr von Dads Kochkünsten bekommst. Ich bitte ihn, seinen berühmten Rindfleischeintopf mit frisch gebackenem Sauerteig zu machen. Der ist zum Sterben gut."

„Du musst nicht für mich zahlen, und so sehr ich gutes Essen mag, es geht nicht darum, deine Familie mehr zu sehen. Deine Mom lädt mich jede Woche zum Sonntagsessen ein."

„Siehst du?"

Ich versuche es mit dem großen Gewinn. „Dieser Plan hängt davon ab, dass wir zusammen in der Öffentlichkeit gesehen werden, aber ich denke nicht, dass das was beweist. Alle werden denken, wir sind nur Freunde. Haileys Tochter zeigt dem neuen Typen die Stadt."

Sie ist einen Moment lang still.

Der Sieg ist zum Greifen nah. Verhandle nie mit einem Anwalt.

„Okay", sagt sie, „wir werden *ein paar* öffentliche Zuneigungsbekundungen haben."

„Sprechen wir von drei, vier Gesten pro Date? Sag' mir, was unter *ein paar* genau zu verstehen ist."

Sie lächelt. „Du klingst wirklich wie ein Anwalt."

„Danke."

„Ich war mal mit einem Anwalt aus, den ich in einer Bar getroffen habe. Er war so-o-o langweilig."

Ich spüre hier eine Beleidigung, also gehe ich in die Offensive. „Da wir schon miteinander geschlafen haben, denke ich nicht, dass das mit der Zuneigung funktioniert." *Ich will mehr.*

„Warum nicht? Ist doch ganz einfach – Händchen halten, Arm um die Schultern, mich einfach viel anlächeln, okay? Und ich werde dich ansehen, als hättest du den Mond an den Himmel gehängt."

„Also kein Küssen."

„Wahrscheinlich besser nicht, oder?"

Sie ist schrecklich fröhlich darüber, mich nicht küssen zu müssen, wenn man bedenkt, wie sie eine Woche lang im Bett ganz verrückt nach mir war. Und sehr enthusiastisch dabei. Mein Stolz schwindet ein wenig. Ich würde sie wirklich gern zumindest küssen.

„Ich denke, das klingt nach einem schrecklichen Plan." Ein quälender, schrecklicher Plan. Bevor ich herausfinden kann, wie ich Zeit mit ihr auf eine nicht fake Weise bei ein paar Gelegenheiten anfrage, nicht zu viele, aber einige, erhöht sie den Einsatz.

„Ich helfe, deine Schwester in die Stadt zu bringen, damit sie für mich arbeitet, und beende damit ihre schlechte Beziehung."

„Hm." Ich hasse es, das zuzugeben, aber ich habe Sutton seit Jahren im Stich gelassen, sie stagnieren lassen. Alles, was sie tut, ist, sich um Dad kümmern, arbeiten und die Krümel an Zeit nehmen, die ihr dummer Freund für sie übrighat.

Mackenzie lächelt, als wüsste sie, dass sie gewonnen hat. „Und es wird auch für dich schön sein, Familie in der Stadt zu haben. Ich wollte Sutton schon seit einer Weile eine größere Rolle übertragen, aber nicht, solange sie remote ist."

Sutton vergöttert Mackenzie als Geschäftsfrau. Es könnte gut für sie sein. Und ich hätte nichts dagegen, sie hier zu haben. Sie vergöttert mich auch.

Ich nehme mir einen Moment, um Mackenzies Profil zu bewundern, während sie ein langsames Auto überholt, von ihrer süßen Stupsnase bis zu ihrer weichen Wange, dem langen Haar und ihrem sexy Körper in einem engen Pullover und Jeans. Sie ist so schön.

Ich setze meinen lässigsten Ton auf. „Okay, aber ich würde das Küssen gern wieder auf den Tisch bringen. Das ist nur natürlich bei einem Paar." Und meine Küsse sind bekannt dafür, diese Frau in ein Häufchen schmerzender Sehnsucht zu verwandeln. Es wäre ganz nett, wenn ich nicht der Einzige wäre, der mit schmerzender Sehnsucht zu tun hat.

Sie schürzt die Lippen, als sie darüber nachdenkt. „Okay, aber nur in der Öffentlichkeit. Außerdem werde ich dich häufig berühren, und deine Aufgabe ist es, es zu genießen und es nicht zu erwidern."

„Du hältst mich wohl für einen Eunuchen."

„Einen was?"

„Einen, der keinen – ach, egal. Schau, ich bin ganz dafür, dass du mich überall und jederzeit berührst, aber du kannst nicht erwarten, dass ich nicht darauf reagiere. Ich bin nicht tot. Verstehst du?"

Sie wirft mir einen Seitenblick zu. „Willst du Sex?"

„Ich will Erwiderung."

„Private Erwiderung."

„Öffentlich ist okay." *Wenn du darauf stehst.*

Sie ist wieder still. Ich kann fast die Räder in ihrem Kopf hören.

Ich senke meine Stimme zu einem heiseren Ton, der normalerweise Ergebnisse bringt. „Mackenzie, darf ich deine häufigen Berührungen frei erwidern?"

„Mmm ... ja."

„Dann stimme ich deinen Bedingungen zu."

„Ich verstehe jetzt, warum du Anwalt geworden bist." Sie fährt ihr Fenster herunter. „Mir ist so heiß. Ist es nicht heiß hier drin?"

Ich verberge ein Lächeln. „Klar."

Sie dreht die Lüftungsschlitze zu sich und schaltet die Heizung auf kühl.

Ach, verdammt. Zum Teufel mit dem Stolz. „Ich habe dich vermisst", gebe ich zu.

„In deinem Bett."

„Allgemein."

Sie fährt das Fenster wieder hoch. „Du kanntest mich nur in deinem Bett. Sei einfach ehrlich."

Ich klappe den Mund zu, weil ich gefährlich nahe dran bin, zuzugeben, wie viel ich an sie denke – zu viel – und zu argumentieren, dass wir gut zusammen sind. Irgendwie, je mehr sie mich wegstößt, desto mehr merke ich, wie sehr ich mit ihr zusammen sein will. Ist es Jagdinstinkt? Ich war noch nie bei einer Frau so aus dem Gleichgewicht.

„Es ist nur ein Spiel, Cal, okay?" Ihre Stimme steigt zu einem panischen Ton. „Kannst du das Spiel spielen? Wenn nicht, sollten wir das sofort abbrechen."

Ganz ruhig. Geh' es langsam an. Ich erkenne diese Panik. Es ist der Moment, bevor man aussteigt. War da schon. „Ich kann das Spiel spielen."

„Gut."

Vorerst. Sie hat keine Ahnung, wie sehr ich die Herausforderung liebe. Ich spiele, um zu gewinnen.

8

Mackenzie

Ich habe vielleicht einen Fehler gemacht. Es ist eine Sache, in der Öffentlichkeit mit Cal das Pärchen zu spielen, aber ihm privat zu widerstehen ein ganz anderes Spiel. Sehen Sie nur, wie er mich schon dazu bringt, in Baseball-Metaphern zu denken!

Erst, kaum hatten wir bei der Haushaltsauflösung geparkt, sprang er aus dem Truck, rannte herum, öffnete meine Tür und half mir heraus. Seine großen Hände an meiner Taille, seine dunklen, ausdrucksstarken Augen bohrten sich glühend in meine.

Und jetzt brennt seine Hand durch meinen dünnen Mantel, während er sie auf meinem unteren Rücken ruhen lässt und mich den Weg zu dem Herrenhaus entlangführt, das die Haushaltsauflösung ausrichtet. Cal ist in den galanten Liebeswerbemodus geschlüpft und hat mich völlig überrumpelt. Wir sind nicht mal in der Stadt, in der jemand, den ich kenne, es sehen und Mom berichten könnte.

Seine tiefe Stimme klingt nah an meinem Ohr. „Das ist meine erste Haushaltsauflösung. Sei sanft."

Der Mann *versucht*, mich aufzuwühlen. Ich kenne sein Spiel. Gefaktes Dating, echter Sex. Wird nicht passieren. „Ha! Sowas kann Spaß machen, wie eine Schatzsuche."

Er öffnet die Tür des Herrenhauses und bedeutet mir, vorzugehen. Ich trete ein, und er hilft mir aus dem Mantel, faltet ihn säuberlich über seinen Arm. Dieser Balz-Quatsch ist zu viel und nicht das, was wir vereinbart haben. Seine Anwaltsseite zeigt sich jetzt ganz klar: immer die Regeln biegen und nach Schlupflöchern suchen.

Ich kann ihm nicht trauen.

Er hat gesagt, er vermisse mich. Aber ich darf nicht riskieren, dass er einfach so weggeht, wie er es bei seiner Freundin, mit der er zusammengewohnt hat, getan hat. Ich wette, sie war *am Boden zerstört*, weil sie dachte, sie bekäme einen Heiratsantrag, und dann nichts. Nein, danke.

„Cal."

„Hmm?" Er schaut sich gerade um, nimmt die Antiquitäten zum Verkauf und die nummerierten Objekte für die Auktion in Augenschein.

„Du musst nicht all dieses Zeug für mich machen."

Sein Blick trifft meinen, lässt meinen Hals trocken werden und bringt irgendwie noch mehr Hitze in meinen schon überhitzten Körper. „Was für Zeug?"

Ich spiele mit meinem Haar, plötzlich nervös. „Du weißt schon, so was wie Türen öffnen und mir in den Mantel helfen und so."

„Das mache ich mit der Person, mit der ich ausgehe. Wenn das echt aussehen soll, muss ich üben, damit es natürlich wirkt."

Ich gestikuliere vage. „Es fühlt sich wie gemischte Signale an."

Er beugt sich zu meinem Ohr und senkt seine Stimme zu einem heiseren Flüstern, das mir einen heißen Schauer über den Rücken jagt. „Weißt du, was ein gemischtes Signal ist? Mit jemandem rummachen, die Sache beenden und dann so tun, als würde man ihn daten."

Ich rücke weg. „Sorry. Das hab' ich vermasselt, oder? Du musst meinen verrückten Plan nicht durchziehen."

Er steckt mir eine Haarsträhne hinter das Ohr. „Nein.

Gemischte Signale machen Spaß. Ich habe dir gesagt, ich bin dabei. Versuch mitzuhalten."

Er geht zu einem Programm-Schild und hält sein Handy an den QR-Code, der zum Auktionsprogramm führt. „Budget?"

„Ich habe ihre Geschäftskreditkarte. Ich schreibe ihr, wenn das Gebot höher geht, und wir sehen weiter."

Er mustert mich so lange, dass ich mich schon frage, ob ich Pfannkuchenkrümel im Gesicht habe. „Du siehst deiner Mom nicht sehr ähnlich."

„Ach was."

„Aber du hast denselben Funken in den Augen. Als wärst du bereit für die Herausforderung, was auch immer es ist. Ich wette, ihr seid oft aneinandergeraten, als du noch ein Kind warst."

„Tatsächlich habe ich versucht, in ihre Fußstapfen zu treten und Stipendiengelder bei Schönheitswettbewerben zu gewinnen. Nein. Trotz ihres Coachings habe ich es nie auch nur in die Finalrunde geschafft. Ich habe nicht mal Miss Congeniality, den Titel für die bei allen Beliebte bekommen, und ich habe sehr hart daran gearbeitet, ein strahlender Mensch zu sein."

Die meisten lachen darüber. Schönheitswettbewerbe sind albern. Wen kümmert's? Aber Mom und ich haben es sehr ernst genommen, und es tat weh. Hauptsächlich, weil ich sie enttäuscht habe.

Cal lacht nicht. „Du bist sehr sympathisch."

Ich kann nicht umhin zu bemerken, dass er nicht gesagt hat, du bist so schön, du hättest gewinnen sollen. *Seufz.*

„Danke. Sie hat versucht, sich die Enttäuschung nicht anmerken zu lassen, aber ich konnte es sehen. Da habe ich gemerkt, dass ich meinen eigenen Weg gehen muss."

„Nie eine schlechte Sache. Dad wollte, dass ich der Baseballspieler werde, der er immer hatte sein wollen. Er hat am College gespielt, es aber nicht ins Profilager geschafft. Noch Jahre nach meinem Ausstieg aus der Liga hat er kaum mit mir gesprochen."

„Das tut mir leid.“

„Wir kommen jetzt besser klar. Sutton und ich, wir sind alles, was er hat. Hey, schau, kostenloser Champagner!“

Wir holen uns ein Glas und stöbern durch das Herrenhaus. Ich mache Fotos vom Geschirrschrank und dem Buffet-Set, das Mom wollte, um sicherzugehen, dass ich die richtigen Stücke habe. Ich messe sie sogar aus, mit einer App auf meinem Handy.

Cal bleibt nah an meiner Seite, berührt mich fast, aber nicht ganz. Es ist eine *Qual*. Es wäre so einfach, mit diesem Mann ins Bett zu fallen, aber dann – was?

Was passiert nach dem spaßigen Teil?

Als die Auktion beginnt, gewöhne ich mich allmählich daran, ihn nah bei mir zu haben. Es fühlt sich an, als wären wir ein Paar. Wir sitzen Seite an Seite, sein muskulöser Arm ruht auf der Lehne hinter meinem Rücken. Es ist höllisch heiß.

Er hebt mein Nummernschild für mich, weil ich natürlich so sehr an seinen Arm und die Paar-Sache denke, dass ich ganz vergesse, auf das Objekt zu bieten, für das wir hier sind.

Ich reiße mein Handgelenk aus seinem Griff, peinlich berührt. „Ich mach' das schon.“

Die Zahlen klettern rasant. Ich schreibe Mom während des Bietens, aber es geht so schnell, dass ich aufhören muss zu schreiben. Und dann biete ich, und übertreffe die anderen Gebote. *Oh-oh.* Viertausend Dollar. Das ist viel für einen Geschirrschrank und ein Buffet, die im Esszimmer von Ludbury House präsentiert werden sollen. Dort finden nicht mal Hochzeitszeremonien statt.

Ich schreibe ihr das endgültige Gebot. „Sorry. Ich beteilige mich daran.“

Mom: *Alles gut. Ich plane ein paar wundervolle Dinner vor der Sologamie-Zeremonie dort. Das ist einfach ein bedeutungsvolles Add-on! Rowan hat krasse PR dafür organisiert.*

Das ist Rowans Hintergrund – Öffentlichkeitsarbeit und Marketing. Natürlich ist sie die bessere Wahl als Partnerin in Moms Geschäft. Ich schiebe den Schmerz herunter.

„Alles okay?", fragt Cal.

Er ist überraschend auf meine Launen eingestimmt. Ich setze ein Lächeln auf. „Ja. Wir haben, wofür wir gekommen sind. Lass uns nach vorn gehen. Ich unterschreibe die Papiere und zahle. Du holst den Truck nach hinten, und wir laden auf."

„Ich lade auf. Dafür bin ich hier. Willst du danach was essen gehen?"

„Nein, danke. Lass uns einfach zurückfahren."

Er mustert meinen Ausdruck. „Du wirkst aufgebracht."

„Mir geht's gut."

„Ich bin ein guter Zuhörer."

Ich schüttle den Kopf. „Lass uns gehen."

Cal

Mackenzies Laune ist in den Keller gegangen, sobald die Auktion zu Ende war. Sie hat mich sogar gebeten, den Truck zurück zum Ludbury House zu fahren. Ich werfe einen Blick auf sie auf dem Beifahrersitz, wo sie aus dem Fenster starrt. Ich beschließe, einen indirekten Ansatz zu versuchen, um eine andere Antwort als „gut" zu bekommen.

„Ich habe über dein Angebot nachgedacht, Sutton herzuholen", sage ich.

„Mmm-hmm."

„Was, wenn sie nicht darauf eingeht?"

„Ich kann sehr überzeugend sein. Außerdem bieten wir ihr eine Gehaltserhöhung, drei Wochen bezahlten Urlaub und freitags halbe Tage im Sommer."

„Wow. Kann ich für dich arbeiten?"

Das bringt mir ein Lächeln ein.

„Und wie wirst du die Leute davon überzeugen, dass wir angeblich daten?", frage ich. „Drinks in der Bar deines Dads?"

Sie zückt ihr Handy, ein Funke ihrer üblichen Energie kehrt zurück. „Ich suche nach den perfekten Stadtveranstaltungen, bei denen wir uns zeigen können, und wo jemand, der Mom kennen muss, uns sehen wird. Sie wird nicht zu vielen Veranstaltungen gehen, solange sie diesen Gipsschuh trägt. Sie wird sich ihre Energie für die Hochzeiten aufsparen wollen."

„Habe ich diesem wackeligen Plan wirklich zugestimmt? Wer wird das glauben?"

„Alle. Und er ist nicht wackelig. Ich bin die ultimative Planerin."

„Vielleicht hättest du mit deiner Mom Hochzeiten planen sollen."

Sie runzelt die Stirn, ihr Licht verblasst sofort. „Sie wollte das mal, aber ich wollte mein eigenes Geschäft versuchen, und jetzt ist es zu spät, weil sie Rowan als Partnerin reingeholt hat."

„Und du wünschst dir, du wärst es?"

„Ich weiß nicht." Sie seufzt. „Rowan ist toll. Es ist nur, Mom hat mich nie gefragt, ob sie Rowan zur Partnerin machen soll. Sie hat angenommen, diese Tür sei für mich für immer geschlossen, und jetzt ist sie es wohl."

„Ich bin mir sicher, sie würde einen Platz für dich schaffen, wenn du es wirklich willst. Wenn deine Mom zum Beispiel in den Ruhestand geht, könnte sie dich und Rowan zu Partnerinnen machen."

Sie kaut an ihrem Nagel.

„Oder auch nicht."

Ich fahre auf den Highway. Mackenzie ist still. Ich will gerade schon Musik einschalten, als sie hastig sagt: „Die Wahrheit ist, als Mom mich nach dem College gefragt hat, ob ich in ihr Geschäft einsteigen will, dachte ich, ich könnte ihren Erwartungen nicht gerecht werden. Sie ist brillant mit Menschen und dem Geschäft. Jetzt wird Rowan in Moms Augen der Erfolg sein. Vergiss es. Wen kümmert's, richtig? Ich habe mein Ding. Ich weiß gar nicht, warum ich dir das erzähle."

„Aber du magst dein Geschäft, oder?"

„Tue ich." Sie gibt ein freudloses Lachen von sich.

„Schätze, ich habe ein paar Mom-Probleme. Wer hat die nicht?"

Der übliche Verlustschmerz trifft mich, wann immer ich an Mom denke. „Äh …"

„Scheiße! Das tut mir leid. Es muss schwer sein, an deine Mom erinnert zu werden. Und da beschwere ich mich über meine. Sorry."

„Nicht mein Lieblingsthema."

Sie drückt meinen Arm. Ich blicke zu ihr, und sie schenkt mir ein sanftes Lächeln. Meine Kehle schnürt sich zu. Ihr Trost bedeutet mehr als tausend Plattitüden, dass Mom jetzt an einem besseren Ort ist. Es ist Jahre her, aber der Verlust bleibt bei einem.

Sie schaltet das Radio ein. Ich bin ihr dankbar, dass sie nicht nach den Details zu Moms Tod fragt. Viele Leute fragen aus eigener Neugier, und es ist nicht leicht für mich, darüber zu reden.

„Ich schätze dich, Mackenzie."

„Warum?"

„Weil du du bist."

Sie lächelt. „Ich schätze dich auch, Cal."

Ich wechsle das Thema zu einem neutralen: Filme. Bald schon stecken wir in einer hitzigen Debatte darüber, ob *Annies Männer* tatsächlich ein Baseballfilm ist. Hinweis: Ist es nicht. Es ist ein Beziehungsfilm, der in der Welt des Baseballs spielt. Es macht richtig Spaß, mit ihr zu debattieren.

Mackenzie hat den Code für Ludbury House, also lässt sie uns rein. Ich sehe mich im Herrenhaus um, während sie einen Türstopper an der Holztür anbringt. Es ist ein beeindruckender Raum mit einem zweistöckigen Foyer, einem Kristallleuchter und einer großen Treppe. Antikes Mobiliar passt perfekt zum historischen Herrenhaus. „Das ist das erste Mal, dass ich hier drin bin. Also hier finden alle Hochzeiten statt?"

„Ja, außer der Hochzeit von Mom und Dad. Sie haben in

einem Schloss auf Villroy geheiratet, auf Einladung des Prinzen."

„Was!"

„Lange Geschichte. Du kannst Mom danach fragen, wenn du sie das nächste Mal siehst."

„Du hast eine sehr interessante Familie."

Sie streckt mir die Hand entgegen. „Danke im Voraus."

Ich nehme ihre Hand und halte sie. „Wofür?"

„Für die kommende Vorstellung. Lass uns das Zeug holen."

Einige Minuten später trage ich den Geschirrschrank ins Esszimmer. Das Buffet tragen wir zusammen rein und manövrieren es an seinen Platz.

Sie wischt sich die Hände an der Jeans ab. „Jetzt müssen wir den Truck zu meinen Eltern zurückbringen und kurz reinschauen, um Mom alle Details zu erzählen. Ich werde das Turteltäubchen spielen. Versuch, so zu tun, als freute dich das."

Ich neige den Kopf. „Wie genau willst du vor deinen Eltern das Turteltäubchen spielen?"

„Wirst du schon sehen."

Das sollte interessant werden.

Kurze Zeit später stehen wir auf der Veranda meiner Eltern, Mackenzies Hand in meiner, während sie mit der anderen die Türklingel drückt.

Ihr Dad öffnet die Tür. „Hey, klingt, als wäre es gut gelaufen." Er kommentiert das Händchenhalten nicht, aber er wirft einen Blick auf unsere verschlungenen Hände und speichert die Info.

Er tritt zurück, und ich folge Mackenzie hinein. Hailey winkt vom Fernsehsessel aus, die Füße hochgelegt.

„Danke euch beiden!", sagt sie. „Ich bin euch so dankbar! Wie sieht es in dem Raum aus?"

„Gut!", sagt Mackenzie fröhlich. Sie legt eine Hand auf

meinen Arm und schaut zu mir auf. „Cal war wunderbar. So hilfsbereit und stark."

Ich straffe die Schultern, Stolz erfüllt mich. Als würde Mackenzie mich tatsächlich anhimmeln, obwohl ich weiß, dass es nur gespielt ist.

„Wunderbar!", sagt Hailey.

Ich will Mackenzie aus ihrem Mantel helfen, aber sie schüttelt mich ab. „Wir bleiben nicht."

„Oh, bitte bleibt doch", sagt Hailey. „Ich würde gern ein Abendessen als Dank anbieten."

„Ich habe Steaks gekauft", sagt Josh. „Genug für uns vier."

Mir läuft das Wasser im Mund zusammen. Ich liebe Steaks, und Josh ist ein großartiger Koch. Ich schätze, bei seinem Restaurant muss er das wohl sein.

Mackenzie wirft mir einen Blick zu, der sagt: *Siehst du? Ich hab's dir gesagt.* Sie ist so sicher, was das Kuppeln angeht. Für mich scheint ihre Mom uns wirklich für den Gefallen danken zu wollen.

„Ich liebe Steaks", sage ich.

Mackenzie lächelt mich angespannt an. Ich helfe ihr aus dem Mantel. Sie nimmt ihn, hängt ihn in den Garderobenschrank im Flur und streckt die Hand nach meiner Jacke aus. Josh geht in die Küche, aber Hailey bleibt im Fernsehsessel wegen ihres Knöchels. Ich spüre, wie sie uns beobachtet.

Mackenzie spürt es wohl auch, denn nachdem sie meine Jacke aufgehängt hat, legt sie eine Hand an meine Brust und lächelt zu mir auf. Mein Herz schlägt schneller. „Gute Arbeit", flüstert sie.

Hailey schaut uns an, die Brauen besorgt zusammengezogen. „Cal, würdest du wohl in die Küche gehen und nachsehen, ob wir Cabernet haben? Josh weiß, wo er ist."

„Klar."

Mackenzie setzt sich aufs Sofa, nahe bei ihrer Mom, winkt mir kokett zu und lächelt. Ich winke zurück, unweigerlich hingerissen. Ich weiß, es ist nur aufgesetzt, aber ich will verdammt sein, wenn ich das nicht mag.

9

Mackenzie

Mom mustert meinen Ausdruck voller Sorge. „Du scheinst Cal nach eurem Ausflug heute näher zu sein."

Ich lasse mich darauf ein. „Er ist ein toller Typ. Stark, fähig, klug."

Sie hebt die Hand an ihre Kehle, sie wirkt überrascht. „Na ja, schon", sagt sie langsam. „Ich verstehe, warum du das denkst, aber vergessen wir nicht, dass er ein bisschen ein Frauenschwarm ist, oder? Er wurde am Valentinstag abserviert, weil er seiner Liebe, mit der er zusammengewohnt hat, keinen Antrag gemacht hat. Ich will nicht, dass du verletzt wirst."

„Du kennst mich, Mom. Ich passe auf."

„Ich weiß, du sagst, du passt auf, aber es ist leicht, einen Fehltritt zu machen, und ehe du dich versiehst, bist du auf einem rutschigen Pfad zu großem Herzschmerz. Das will ich nicht für dich."

Warum bringst du uns dann ständig zusammen? Ich habe mich auf den Fake-Freund-Plan eingelassen, also ist es zu spät, zu verraten, dass ich sie durchschaut habe. Außerdem hat direkte Konfrontation beim letzten Mal nichts gebracht.

„Ich bin ein großes Mädchen", sage ich.

„Du bist eine Lady."

„Wie auch immer."

Sie rückt ihr Bein auf dem Fernsehsessel zurecht. „Okay. Ich habe meine Meinung gesagt."

Cal kommt mit zwei Gläsern Rotwein zurück, reicht eines Mom und eines mir. Ich trinke einen langen Schluck.

Mom lächelt süß. „Danke, Cal. Nimm dir doch auch was zu trinken. Josh hat Bier, falls du das lieber magst."

„Ich brauche gerade nichts." Cal setzt sich neben mich, spreizt die Beine in typisch männlicher Haltung, was es mir leicht macht, mich so umzusetzen, dass unsere Knie einander berühren.

Und dann lege ich in einer kühnen Geste meine Hand auf sein Knie. Energie pulsiert durch meine Hand, eine schockierende Erinnerung an die chemische Anziehung. Ich spüre vage Moms Blick.

Cal nimmt meine wandernde Hand und verschränkt unsere Finger, als wäre es völlig natürlich.

„Seid ihr zwei offiziell ein Paar?", fragt Mom. „Ich weiß, heutzutage wartet man eine Weile, bevor man es offiziell nennt."

„Es ist offiziell", sagt Cal.

„Es ist kompliziert." Warum habe ich das gesagt? Ich soll eine Beziehung faken, nicht die Wahrheit bekennen. Dass ich ganz durcheinander bin vor lauter unpassenden Gefühlen und Lust.

Cal starrt mich an. „Ist es das?"

„Also ist es locker?", fragt Mom und schaut von mir zu Cal.

„Äh", sagt er.

„Es ist noch neu", sage ich. „Darum ist es kompliziert."

Mom nickt. „Gute Kommunikation bringt viel. Wenn man von Anfang an die Erwartungen versteht, gibt es keine Komplikationen."

„Habt ihr, du und Dad, das gemacht", frage ich spitz, „vor dem Krieg?" Ihr Freund-Feind-Krieg ist in der Stadt legendär. Es ist urkomisch.

Mom kneift die Augen zusammen.

„Krieg?", fragt Cal.

„Ich gehe mal nachsehen, ob dein Dad Hilfe braucht." Mom senkt die Fußstütze des Fernsehsessels und versucht, mit ihrem Gipsschuh aufzustehen. Cal springt auf, hilft ihr auf die Beine und reicht ihr die Krücken.

„Danke", sagt sie mit großer Würde, bevor sie sich Richtung Küche aufmacht.

Cal kehrt an meine Seite zurück, beugt sich vor. „Was für ein Krieg? Scheint ein heikles Thema zu sein."

„Oh, das ist es. Ich lasse sie es erzählen, oder du kannst Dad nach einer Alternativuniversum-Version fragen."

Er sieht so süß verwirrt aus mit seinen gekräuselten Brauen. Ich glätte sie.

„Was machst du?", flüstert er. Ich unterdrücke ein Schaudern, als Erinnerungen an sein sexy Flüstern mich überfluten.

„Was wir besprochen haben." Meine Stimme klingt ein wenig atemlos. Ich versuche, ein wenig Abstand zwischen uns zu bringen, aber ich bin zwischen der Armlehne des Sofas und Cals Körper eingeklemmt. Die Versuchung war noch nie so stark.

Gott, ich will ihn! Er riecht so gut.

„Was sollte das mit ‚es ist kompliziert'?", fragt er.

Ich zucke die Schultern, mein Arm streift seinen. „Ich weiß nicht. Kam einfach so raus."

„Also, wie nennen wir es?"

Ich drehe mich zu ihm, greife sein Hemd und ziehe ihn näher. „Kompliziert." Wir sind so nah, dass ich seinen scharfen Atemzug spüre. Langsam bewegt sich seine Hand um meinen Nacken. Ein Moment schimmernder Spannung hängt im Raum zwischen uns, bevor ich mich zu ihm beuge und in einen Kuss sinke, der sich so unvermeidlich anfühlt wie das Atmen selbst. Mein Puls schießt in die Höhe, als sein Mund über meinen gleitet, die Kontrolle übernimmt. Warum habe ich sie aufgegeben?

„Mom hat Bruschetta gemacht", verkündet Dad.

Cal und ich fahren abrupt auseinander. Cal sieht schuldbewusst aus. Was mich betrifft, denke ich, dass er und ich noch nicht fertig sind.

Dad stellt einen Teller Bruschetta auf den Couchtisch vor uns, wirft Cal einen „Fass meine Tochter an und du stirbst"-Blick zu und sieht nach mir. Überbeschützend? Ich lächle.

„Danke, Sir", sagt Cal und nimmt ein Stück Bruschetta.

Dad grunzt und dreht sich zurück zur Küche.

Cal

Das Abendessen war unglaublich. Das Steak perfekt zubereitet, Ofenkartoffeln mit knusprigen Zwiebeln und Käse, und gedämpfter Brokkoli. Josh hat das Fleisch vorher stundenlang mariniert. Es ist, als hätten Mackenzies Eltern gewusst, dass wir zum Abendessen bleiben.

Mackenzie sitzt mir direkt gegenüber am Tisch. Ich habe sie dabei erwischt, wie sie mir beim Essen verstohlene Blicke zugeworfen hat, oder vielleicht war ich es, der sie heimlich angeschaut hat.

„Möchtet ihr zum Nachtisch bleiben?", fragt Hailey. „Wir haben Eis von Shane's Scoops."

Mackenzie neigt den Kopf. „Mmm, verlockend, aber Cal und ich haben Pläne für nachher."

Josh und Hailey tauschen einen Blick aus. Es ist wie ein geheimes Gespräch, obwohl ich keine negativen Vibes davon bekomme.

„So? Was habt ihr vor?", fragt Hailey.

„Cal hat mich gebeten, mir seine neue Wohnung anzusehen, für ein paar Deko-Ideen", sagt Mackenzie.

„Deko", sagt Josh. „Nennt man das heute so, wenn –" Er zuckt zusammen und verstummt abrupt. Ich glaube, Hailey hat ihn unter dem Tisch mit ihrem gesunden Fuß getreten.

Ich mache ihm keinen Vorwurf, dass er Mackenzie darauf anspricht. Als ob irgendein Typ eine Frau samstagabends zu sich einlädt, weil er Deko-Ideen will. Trotzdem unterstütze ich sie. „Nur eine Frage zur Wohnzimmeranordnung; dann schauen wir einen Film. Mackenzie hat noch nie *Feld der Träume* gesehen, den besten Baseballfilm aller Zeiten."

„Ich habe *Annies Männer* gesehen", sagt sie, wie bei unserem Gespräch vorhin im Auto.

„Das ist ein Beziehungsfilm."

Sie kneift die Augen zusammen. „Das ist definitiv ein Baseballfilm. Lass uns beide ansehen."

„Wenn wir uns zwei ansehen, stimme ich für *Die Kunst zu gewinnen – Moneyball*."

„Darüber können wir reden", sagt sie lässig.

Hailey lächelt gelassen. Selbst Josh scheint okay mit uns.

Mackenzie schenkt mir ein verliebtes Lächeln, das mir Schauer über den Rücken jagt, weil es nicht echt ist. Mein Verstand weiß, dass es nicht echt ist, aber mein Körper schlägt Alarm. Mein Puls rauscht mir durch die Ohren, alle Geräusche verstummen zu einem dumpfen Dröhnen.

Mackenzie steht abrupt auf. Ich auch. Sie legt ihre Hand auf meinen Arm. „Du bist der Gast, also setz dich. Ich räume die Teller ab. Du darfst später arbeiten." Sie schenkt mir ein sexy Lächeln, lässt mich auf gute Weise verblüfft zurück, die Panik weicht.

Ich sehe ihr nach, wie sie geht, ihre Hüften wiegen sich, während sie die Teller gekonnt balanciert.

Als ich mich umdrehe, lächelt Hailey mich an. Ein breites Lächeln, fast stolz, als wäre ich der beste Typ, den sie sich für ihre Tochter vorstellen kann. Sie dreht sich zu Josh, und er neigt den Kopf.

War das elterliche Zustimmung? Ich traue mich nicht, Mackenzie in das Geheimnis einzuweihen. Sie würde unsere Fake-Beziehung beenden wollen, bevor sie überhaupt angefangen hat. Und es scheint ihr wirklich wichtig zu sein.

Eine Täuschung innerhalb einer Täuschung gegenüber der Frau, die alles angefangen hat. Ist das unfair? Vielleicht. Aber die Alternative, sie nicht wiederzusehen, fühlt sich auch nicht gut an.

Ich werde eine abwartende Haltung einnehmen. Das ist nur vernünftig.

Sie kommt zurück und lächelt mich an. „Bereit?"

Ich kann nicht Nein zu dieser Frau sagen. Das sollte mir mehr Angst machen, als es das tut. „Bereit."

Mackenzie

Also, hier sind wir in Cals Wohnung in Clover Park. Er hat die gesamte erste Etage eines Hauses. Es ist gemütlicher, als ich dachte. Eingebaute Bücherregale flankieren einen Kamin, und er hat tatsächlich Bücher darin. Ein Mann, der liest, lecker. Es gibt ein bequemes, dunkelblaues Ecksofa. Ich stelle mir vor, dass sein Schlafzimmer genauso schön ist, aber heute Abend gehen wir nicht dorthin.

„Möchtest du was?", fragt er und nimmt meinen Mantel. Er hängt ihn an einen Haken bei der Tür.

„Nein, danke." Ich bin plötzlich fast schüchtern. Das fühlt sich irgendwie wie ein Date an – Abendessen und dann ein Film. Na ja, Abendessen bei meinen Eltern und dann ein Film zu Hause.

„Ich habe ihn tatsächlich auf DVD", sagt er, während er in der Schublade eines Couchtischs kramt.

Ein paar Minuten später startet er *Feld der Träume*.

„Mach das Licht aus", sagt er.

Oh, wir werden zusammen im Dunkeln sitzen. Okay, kein Problem, Standard-Filmprozedur. Ich schalte die Lichter aus und setze mich zu ihm aufs Sofa. Dann schnappe ich mir ein Kissen und umarme es, hauptsächlich, damit ich nicht in Versuchung gerate, auf seinen Schoß zu klettern und ihn zu küssen. Ich atme seinen Duft ein, wie Seife und purer sexy Mann.

Ich werfe ihm einen Seitenblick zu, wie er sich zurücklehnt und die Füße auf den Couchtisch legt. Er scheint auf den Film konzentriert zu sein. Ich sollte aufpassen, damit ich intelligenter argumentieren kann, warum *Annies Männer* besser ist.

Bald bin ich in den Film vertieft, mein Kissen längst

vergessen. O mein Gott, die Spieler sind alle hier auf dem Feld der Träume. Sie sind aufgetaucht! Und sein Dad. Meine Kehle schnürt sich zu, meine Augen brennen vor Tränen. Als der Abspann läuft, muss ich mir die Tränen von den Wangen wischen.

„Weinst du?", fragt er.

Ich schniefe. „Nein."

„Tust du. Siehst du, ich habe dir gesagt, es ist der beste Baseballfilm aller Zeiten."

„Nein, das ist immer noch *Annies Männer*."

„Den habe ich nicht. Lass uns *Die Kunst zu gewinnen – Moneyball* schauen."

„Wenn wir uns drei ansehen, bestehe ich darauf, dass *Annies Männer* als nächster dran ist. Such' ihn in einem Streaming-Dienst."

Seine Lippen zucken. „Wir schauen keine drei Filme."

„Umso mehr Grund, *Annies Männer* als Nächstes zu sehen." Ich ziehe mein Handy heraus. „Ich sehe nach, wer ihn streamt. Du machst Popcorn."

Er starrt mich an, geht aber nicht, um Snacks zu holen wie ein vernünftiger Mensch. „Du bist bereit, drei Baseballfilme hintereinander zu schauen? Du musst wirklich ein Baseballfan sein."

„Ich bin ein Fan guter Geschichten, und das ist der einzige Weg, zu beweisen, dass mein Film der beste ist."

Er neigt den Kopf. „Du hast mich noch nie nach meiner Zeit als Baseballspieler gefragt."

„Möchtest du darüber reden?"

„Nicht wirklich, aber die meisten sind Fans. Sie hören es gern."

„Als Kind war ich bei den Spielen meiner Brüder und ein paarmal auch bei den Yankees. Am besten haben mir die Snacks gefallen."

„Oh!"

„Apropos …" Ich lächle aufmunternd.

Er zieht an einer Strähne meines Haars. „Popcorn. Woher weißt du, dass ich Popcorn habe?"

Ich schnappe mir die Fernbedienung. „Du hast eine gemütliche Wohnung. Ich dachte mir, dass du die passenden Snacks hast." Eine plötzliche Sorge befällt mich. „Du hast aber nicht die Mikrowellen-Sorte, oder?"

„Ich habe Fertigpopcorn aus der Tüte."

„Nächstes Mal schauen wir bei mir, und ich mache dir frisch gepopptes."

Seine Brauen heben sich. „Du nimmst aber viel an."

Ich erstarre. O mein Gott. Ich bin solch ein Idiot. „Ich habe mich einfach amüsiert. Sorry, dass ich was angenommen habe. Wir müssen nicht weiter Filme schauen. Es ist spät." Ich stehe auf und suche im flackernden Licht des Fernsehers nach meiner Handtasche.

Er packt mich am Handgelenk und zieht mich zurück aufs Sofa. „Hey, Speedy. Ich habe nicht gesagt, du sollst gehen. Du bist nur herrischer, als ich es gewohnt bin."

Ich sage fast: *Du bist im Schlafzimmer herrisch. Ich bin überall sonst herrisch.* Besser, die sexy Zeiten nicht anzusprechen, wenn wir im Freundschaftsmodus sind.

Ich tue ganz cool. „Oh, na ja, ich bin die Älteste unter meinen Geschwistern. Ich musste meine Brüder in Schach halten."

Er hebt meine Hand und küsst die Handfläche. Ein Kribbeln rast meinen Arm hinauf. „Das gefällt mir."

„Warum neckst du mich dann? Geh Popcorn holen, Mann! Und wenn du zurück bist, bereite den Film vor! Ich habe ihn auf mehreren Streamern gefunden."

Sobald wir mit Popcorn und Wasser versorgt sind, startet Cal den Film. Ich mache es mir mit einer Handvoll Popcorn gemütlich. Das macht Spaß.

Eine Stunde später ziehe ich die weiche Decke von der Sofalehne und lege sie über uns beide. Er legt einen Arm um meine Schultern, und es fühlt sich ganz normal an, meinen Kopf an seine Schulter zu lehnen. Die Hitze zwischen uns umhüllt mich und entspannt jeden Muskel. Verlangen regt sich, aber ich ignoriere es.

Aber dann ist auf dem Bildschirm ein sexy Kuss zu sehen,

und ich erinnere mich an unseren Kuss. Und noch eine sexy Szene und noch eine. Ich traue mich nicht, zu ihm aufzusehen.

Das Nächste, was ich weiß, ist, dass er vom Sofa rutscht und mich unter der Decke alleinlässt. Ich setze mich auf. Der Film ist vorbei. Ich blinzle und versuche, mich zu orientieren. „Ich muss eingedöst sein."

„Gut, dass du diesen Beziehungsfilm schon mal gesehen hast."

Ich lächle. „Baseballfilm."

„Wir heben uns *Moneyball* fürs nächste Mal auf. Du kannst hier übernachten, wenn du willst."

Ich blinzle. Zusammen in seinem Bett, oder ich auf dem Sofa, während er im Bett schläft? So oder so ist die Versuchung zu groß. Auf keinen Fall setze ich mich dem aus. Ich habe all meine Willenskraft aufgebraucht, ihn während unseres Film-Marathons nicht zu küssen. „Ich gehe."

Ich schiebe die Decke weg, stehe auf, falte sie säuberlich und lege sie zurück aufs Sofa.

Er schaltet die Lichter ein und dimmt sie. Dann holt er mir meinen Mantel. Er bringt mir wirklich viele höfliche, süße Gesten entgegen, obwohl niemand hier ist, um sie für unser falsches Dating zu sehen.

Er hilft mir in den Mantel, und ich merke, dass ich bei all dem Getue rot werde. Natürlich brauche ich keine Hilfe, aber es ist, als wolle er sich um mich kümmern. Kein Typ hat sich je so viel Mühe gegeben.

Ich ziehe mein Haar aus dem Kragen meines Mantels und drehe mich zu ihm. „Wollen wir uns morgen früh zum Joggen treffen? Ich denke, es wäre ein guter öffentlicher Auftritt für unsere Fake-Beziehung."

„Woher weißt du, dass ich jogge?"

„Einen Körper wie deinen bekommt man nicht zu Hause." Ich schlage mir die Hand vor den Mund.

Er grinst. „Mein Knie spielt bei einem Lauf nicht mit, aber ich kann mit dir spazieren gehen. Wir werden viele Blicke auf der Main Street ernten."

„Das geht. Ich schreibe dir morgen früh. Danke."

„Weißt du, man kann diesen Körper schon zu Hause bekommen", sagt er mit einem Zwinkern. „Man braucht nur das richtige Trainingsprogramm."

Ich schüttle den Kopf, vollkommen peinlich berührt. „Gute Nacht, Cal."

Er beugt sich vor, und mein Herz schlägt einen verrückten Moment lang. Aber dann landet sein Kuss auf meiner Wange. „Gute Nacht, Mackenzie."

Ich gehe hinaus und lächle. Wer hätte gedacht, dass ich so viel Spaß mit einem männlichen Freund haben kann? Gefaktes Dating war eine tolle Idee.

10

Mackenzie

Heute Morgen bin ich voller Energie, trotz meiner langen Filmnacht mit Cal. Ich habe ihm schon geschrieben, dass wir uns bald treffen. Wir gehen auf einen Kaffee ins Something's Brewing. Schöner, gut sichtbarer Ort. Ich weiß, wir haben Mom schon überzeugt, dass wir ein Paar sind, aber wir müssen noch eine Weile zusammen in der Stadt gesehen werden. Es ist sehr wichtig, es realistisch erscheinen zu lassen.

Ich reiche Harper einen Kaffeebecher und setze mich mit einem großen Glas Wasser zu ihr an unseren Küchentisch.

Harper nippt an ihrem Kaffee und mustert mich verschlafen über den Becherrand. „Also bist du tatsächlich zu ihm gegangen? Wie ist das, eine öffentliche Fake-Beziehung?"

Ich kraule Felix hinter dem Ohr. Er ist auf meinen Schoß gesprungen, sobald ich mich gesetzt habe. „Na ja, ich hatte den seiner Meinung nach besten Film aller Zeiten noch nie gesehen, und er klang gut. Am Ende habe ich sogar geweint."

„Und dann hat er dich getröstet und ins Bett gebracht?"

Ich lache, obwohl Hitze in meine Wangen steigt. „Nein! Dann habe ich darauf bestanden, dass er sich auch meinen Lieblingsbaseballfilm anschaut." Ich fächle mir Luft zu. „Ich hatte ganz vergessen, wie viele echt heiße Szenen in *Annies*

Männer sind. Es wäre unangenehm gewesen, aber zu dem Zeitpunkt waren wir schon auf der Couch aneinandergekuschelt."

„Aneinandergekuschelt? Mac –"

„Auf platonische Weise."

„Bedeutet platonisch in deiner Welt Vorspiel?"

„Nur weil du keinen männlichen Freund hattest seit Nathan –"

„Da waren wir in der zweiten Klasse! Damals war ein Junge als Freund genau dasselbe wie ein Mädchen, nur mit mehr Bällen."

Ich pruste. „Die für den Sport oder die andere Art?"

„Beides!"

Wir kichern los.

Ich ziehe ein Haargummi aus meiner Tasche und binde mir einen Pferdeschwanz. „Na ja, wir sind jetzt alle erwachsen. Ich bin sicher, Nathan wäre froh, dein männlicher Freund zu sein, wenn du jemals lange genug aufhören würdest, ihn zu hassen."

Sie nippt an ihrem Kaffee, ihr Gesicht verschließt sich. „Kein Hass, nur keine Liebe. Das ist ein Unterschied."

„Ich gehe joggen." Ich lasse aus, dass ich jogge, um mich mit Cal zu treffen. Sie würde ein großes Ding daraus machen.

Ich stehe auf und mache ein paar Dehnübungen.

„Viel Spaß bei deinem eiskalten Lauf."

Ich lächle und winke. „Werde ich haben."

Ich jogge an Cals neuer Wohnung vorbei und finde ihn auf dem Gehweg, wo er schon auf mich wartet. Seine Lippen verziehen sich langsam zu einem Lächeln, als freute er sich, mich zu sehen. „Guten Morgen."

Wärme erfüllt meine Brust. „Guten Morgen."

Er schließt sich mir an, und wir gehen Richtung Main Street. „Also, was gibt's Neues, seit ich dich zuletzt gesehen habe?"

Ich lache. „In den neun Stunden ist eine Menge passiert! Schlaf, eine Dusche, oh, ich habe Harper ermutigt, sich einen männlichen Kumpel zu suchen. Hast du vor mir jemals eine enge Freundin gehabt?"

Seine Brauen ziehen sich zusammen. „Ich war in der City zu sehr mit Arbeit beschäftigt, um viele Frauen zu treffen, aber hier habe ich einige kennengelernt. Ich schätze, sie könnten enge Freundinnen werden, aber ich sehe keinen wirklichen Sinn darin."

Ich gerate fast aus dem Takt. Ich dachte, ich wäre die einzige Frau, die er getroffen hat. Schläft er mit anderen Frauen, während wir angeblich daten? Das würde nämlich schlecht aussehen.

Er wirft mir einen Blick zu. „Alles okay? Soll ich mehr enge Freundinnen haben?"

„Nein, vergiss, dass ich gefragt habe. Ich wollte nur Konversation machen."

„Ich freue mich auf unsere nächste Filmnacht. Du hast mich zu frisch gepopptem Popcorn eingeladen."

Ich lächle so breit, dass meine Wangen wehtun. Er will vorbeikommen. Bedeutet das mehr als Freundschaft? Es könnte sein, dass ich zu viel hineininterpretiere.

„Ich habe eine neugierige Mitbewohnerin", erwidere ich und warte, dass er sagt, das sei egal. Das würde Freundschaft bedeuten.

Er sagt nichts. Hm …

„Und nur, damit du gewarnt bist: Wir schauen meine Lieblingsfilme", sage ich. „Ich finde, zwei Baseballfilme hintereinander sind genug."

„Okay, welche Filme?"

„*Wonder Woman* und *The Woman King*."

„Also bist du ein Fan von knallharten Frauenfilmen."

Ich hebe die Brauen. „Problem?"

„Die machen mich auch an." Er grinst. Ich schubse ihn verspielt, und er zieht mich für eine kurze Umarmung an sich, bevor er mich loslässt. Er ist charmant, selbst früh am

Morgen. Aber können wir nochmal auf all die anderen Frauen zurückkommen, die er getroffen hat?

„Meine Schwester liebt *Wonder Woman* auch", sagt er.

Was für Frauen hat er getroffen?

Er redet weiter, ohne meine wachsende Unruhe zu bemerken. „Ich bin auch ein Fan von Claires Actionfilmen. Eigentlich habe ich sogar all ihre Filme gesehen. Du wahrscheinlich auch, da sie deine Tante ist, richtig?"

Ich bleibe abrupt stehen. „Du kannst nicht mit anderen Frauen zusammen sein, während wir angeblich daten."

Er neigt den Kopf. „Also ist es eine monogame Fake-Beziehung?"

Ich gestikuliere in Richtung Stadt, obwohl noch niemand unterwegs ist. „Es ist wohl kaum überzeugend, wenn die Leute dich auch mit anderen Frauen durch die Stadt laufen sehen."

Er zieht an meinem Pferdeschwanz. „Dann darfst du aber auch nicht mit anderen Männern durch die Stadt rennen."

Ich hebe das Kinn. „Tue ich auch nicht."

„Ich auch nicht. Du bist die erste Frau, die mich zu einem vorgetäuschten Date-Spaziergang eingeladen hat."

„Welche anderen Frauen hast du getroffen?", platze ich heraus und bereue es sofort.

Sein Lächeln ist breit. „Du magst mich."

Ich gehe schneller und bin froh über die kühle Brise. Meine Wangen glühen.

Er fährt fort. „Ich habe die weiblichen Mitglieder deiner Familie kennengelernt und ein paar Mandantinnen."

Mehr als beschämt murmele ich „Spielt keine Rolle" vor mich hin.

Nach einer langen Pause, in der ich meine Lebensentscheidungen überdenke, sagt er: „Was ist unser nächstes öffentliches Date in deinem Planer? Sollten wir einen gemeinsamen Online-Kalender haben?"

Ich habe das nagende Gefühl, dass er mich wegen meines Fake-Date-Plans aufzieht. Aber wie soll ich Mom sonst auf frischer Tat ertappen und ihrem verrückten Kuppeln ein für alle Mal ein Ende setzen?

Cal ist das Gegenteil von einer sicheren Sache. Er muss sich mein Vertrauen verdienen. Vielleicht würde ich nach einer platonischen Beziehung für, sagen wir, sechs Monate, eine Beziehung *in Erwägung ziehen*.

Okay. Ich habe höllische Angst. Ich habe mich noch nie so gefühlt, irgendwie leicht und sprudelnd, wenn wir reden, und dumm vor Lust die restliche Zeit. Eine gefährliche Kombi. Mein Instinkt sagt mir, ich solle die Flucht ergreifen. Aber ich darf ihn nicht wissen lassen, dass er mir unter die Haut geht.

Ich beschleunige zu einem zügigen Spaziergang.

„Gibt's einen Grund, warum wir so schnell marschieren?", fragt er.

„Ich habe ein bisschen zu viel Energie."

„Du bist die erste Person, die ich kenne, die beim Gehen im Winter Energie gewinnt."

„Der Frühling ist nur zwölf Tage entfernt."

„Zählst du die Tage?" Er klingt amüsiert. Ich wünschte, ich könnte mich so lässig fühlen, wie er klingt.

„Ich checke den Veranstaltungskalender der Stadt und melde mich bei dir."

„Es gibt auch noch das Sonntagsfamilienessen heute Abend." Er schenkt mir ein süßes, schiefes Lächeln. „Ich habe eine offene Einladung."

Ich starre ihn an. „Bist du verrückt? Wir hatten gestern Abend Familienessen."

„Wirst du da sein?"

„Ich *muss* gehen. Rette dich selbst."

„Ich mag deine Familie."

Ich schüttle den Kopf, obwohl ein Teil von mir sich für den Gedanken erwärmt. „Lass uns fokussiert bleiben." Und dann stolpere ich prompt über eine hochstehende Gehwegplatte. „Aah!" Ich bin kurz davor, flach auf die Nase zu fallen, als Cal seine Arme um mich schlingt, meinen Rücken an seiner Brust.

Mein Herz rast allein vom Adrenalin des Beinahe-Sturzes.

Miss Smith lehnt sich in Bademantel und Hausschuhen aus ihrer Haustür. „Alles okay, Mackenzie?"

Cal lockert seinen Griff, hält aber seine Hände an meinen Armen. Er macht eine Show. Ich lege meine Hand über seine. „Ja, Miss Smith, danke. Mein Freund hat mich aufgefangen."

Sie kneift die Augen zusammen. „Wer ist das?"

Cal winkt. „Cal Davis. Ich bin der neue Anwalt in der Stadt, übernehme für Gabe Reynolds."

Ihre Lippen verziehen sich. „Ein Anwalt." Sie schließt die Tür.

Ich drehe mich zu Cal. „Das ist gut. Von Miss Smith als Paar gesichtet." Wir gehen weiter Richtung Main Street.

„Ist sie ein zentraler Teil des Stadtklatsches?"

„Nicht wirklich. Sie ist eine pensionierte Bibliothekarin, fest entschlossen, alles ruhig zu halten. Nicht leicht in dieser Stadt."

„Sieht also so aus, als müssten wir definitiv von mehr Leuten gesehen werden. Wir sollten eine Weile im Something's Brewing bleiben. Noch ein Fake-Date verbuchen."

„Mmm." Ich komme mir allmählich ein wenig albern vor, als ob er das für eine komische Sache hält, und er mir nur einen Gefallen tut. Aber warum macht er dann mit?

Als wir am Something's Brewing Café ankommen, hält er mir die Tür auf. Cal ist der erste Mann, der mich an erste Stelle setzt. Zumindest durch die Tür und in der Schlange. Ich fühle mich fast wie eine Königin.

Ich zeige auf die Auslage mit Sahne-Windbeuteln. Sie sind klein, etwa Golfballgröße, mit einer leichten, flockigen Kruste und süßer Sahne. „Die Spezialität nur sonntags."

Seine Hände legen sich an meine Taille, während er mir ins Ohr flüstert: „Willst du einen?" Meine Knie werden weich. Er ist sehr gut in öffentlicher Zuneigung.

Ich werfe einen Blick über die Schulter, und mein Atem beschleunigt sich bei seinem warmen Ausdruck. „Nur einen?"

Als wir dran sind, sage ich: „Ich nehme einen Espresso zum hier trinken, bitte."

„Machen Sie zwei daraus und sechs Sahne-Windbeutel", sagt Cal. Ich bin froh, dass er die Windbeutel-Situation versteht.

Wir setzen uns mit unseren Espressi und Windbeuteln an einen Tisch. Ich esse einen und summe vor Vergnügen. Himmlisch!

Cal beobachtet mich aufmerksam.

„Probier einen", sage ich.

Er nimmt einen, steckt ihn ganz in den Mund und bedeutet mir, noch einen zu nehmen.

Was ich tue. „Mmm." Ich gönne mir so selten diese Dinger, aber sie sind zum Sterben gut.

Er beugt sich vor und wischt mit dem Daumen über meine Oberlippe. „Sahne", sagt er, bevor er seinen Finger in den Mund steckt, um zu kosten. Mein Inneres zieht sich zusammen, ein köstlicher Schmerz bleibt.

„Nimm dir noch was", sagt er in einem sexy tiefen Ton.

Sprechen wir noch über Windbeutel? Ich möchte mich nicht blamieren, indem ich über den Tisch springe und mich auf ihn werfe.

„Äh, nein, danke", sage ich züchtig.

Ich nippe an meinem Espresso.

Seine Augen treffen meine, und die Spannung zwischen uns schießt in die Höhe. Ich will ihn. Dringend. Er will mich. Ich lecke meine Lippen, bin kurz davor, die Vorsicht in den Wind zu schlagen, als Tante Mad am Tisch vorbeikommt.

Quietsch! Das bin ich, als ich auf die Bremse trete. Sie ist Dads jüngere Schwester, eine freche Draufgängerin, die vier wilde Jungs großgezogen hat, während sie sich eine beeindruckende Immobilienkarriere aufgebaut hat. Und sie ist Moms beste Freundin.

Tante Mad ist lässig gekleidet in Flanell mit Jeans, ihre braunen Haare in einem kurzen Bob. „Hey, Mackenzie, Cal. Ich hole mir nebenan das Buch für unser nächstes Buchclub-Treffen. Wollt ihr mit? Ihr habt noch Zeit, es zu lesen. Das

Treffen ist Donnerstag in einer Woche." Sie ist vollkommen ernst.

„Was lest ihr?", fragt Cal.

„Es ist ein Liebesroman-Buchclub", sage ich ihm. „Der Happy End Buchclub." Mom und ihre Freundinnen lieben es, über schnulzige Romantik zu schwärmen. Totale Fantasie. Ich bin viel zu pragmatisch, um die Geschichten realistisch zu finden.

Einer seiner Mundwinkel hebt sich. „Was für ein Happy End?"

„Von der besten Art", sagt Tante Mad mit einem wissenden Lächeln.

Cal wirkt neugierig.

„Nein, danke", sage ich schnell. „Wir haben schon was vor."

„Was vor, hm?" Mad beäugt den Windbeutel, zeigt erwartungsvoll auf Cal, und er bedeutet ihr, ihn sich zu nehmen. Sie steckt sich den Windbeutel in den Mund, drückt meine Schulter und geht mit ihrem To-Go-Kaffee hinaus.

„Das war gut", flüstere ich Cal zu. „Sie wird Mom von unserer bestehenden Beziehung berichten. Jetzt müssen wir heute nichts mehr planen."

Cal schaut zur Verbindungstür zur Buchhandlung. Das Café und das Book It gehören einem Paar, Shane und Rachel O'Hare. „Wir sollten bei ihrem Buchclub vorbeischauen."

„Und uns in eine zweistündige Diskussion über einen Liebesroman verwickeln lassen, den wir nicht gelesen haben?"

„Wir haben noch Zeit!" Er schmunzelt. „Zumindest könnten wir vor Zeugen die Turteltäubchen spielen."

Ich kichere. „Das klingt albern, wenn du es sagst."

Dieser Mann ist voll bei meinem Plan dabei. Ich mag ihn zu sehr.

„Cal."

Seine dunklen Augen treffen meine. „Mackenzie."

Ich komme um vor Verlangen, seinen kurzen Bart zu streicheln, also tue ich es. Er greift nach meiner Hand, küsst die

Handfläche, lässt Hitze durch meinen Arm rauschen. „Danke."

„Es war mir ein Vergnügen."

Die Worte vibrieren durch mich, bringen jede Nervenfaser in Habachtstellung. Zu intensiv für eine Fake-Beziehung. Ich darf das nicht außer Kontrolle geraten lassen.

Ich schiebe mich vom Tisch zurück. „Ich habe heute viel zu tun, also gehe ich zurück."

„Richtig. Ich auch."

Ich stehe auf und ziehe meine Jacke an, bevor er mir helfen kann. Ich lasse mich zu sehr auf dieses Spiel ein, genieße es zu sehr. „Eigentlich denke ich, ich werde eine Weile laufen, ein paar von diesen Kalorien verbrennen. Ich melde mich, okay?"

„Was ist los?"

Ich schüttle den Kopf. „Nichts. Wirklich. Bis dann!" Ich will schon abhauen, als er meinen Arm packt. Ich sehe zu ihm auf.

„Mackenzie, was ist los?"

Ich versuche zu lächeln, schaffe es aber nicht. Wie kann ich ihm sagen, dass ich anfange, in mein eigenes kleines Spiel zu fallen? Er ist zu gut darin, lässt mich glauben, dass er wirklich was für mich empfindet. All diese netten Gesten, seine sexy Süße. Er hat sogar so ausgesehen, als überlegte er, einen Liebesroman zu lesen. Nicht einmal ich lese sowas. Wissen Sie, wie viele Männer Liebesromane lesen? Eins Komma drei Prozent. Das habe ich mir ausgedacht, aber es ist ungewöhnlich, und ich weiß, dass er nur nett zu Tante Mad sein will. Oh Gott! Ich muss hier raus!

„Ich habe meinen Morgenlauf verpasst", platze ich heraus. „Brauche die Endorphine."

„Sicher?"

„Mmm-hmm." Ich versuche, nicht loszurennen.

„Okay. Dann bis zum nächsten Fake-Date."

„Richtig. Bis dann." Ich bewege mich so schnell, wie ich mich traue, ohne dass es aussieht, als würde ich die Flucht ergreifen. Ich bin mir nicht sicher, ob ich ein weiteres Fake-Date verkrafte.

Ich gebe zu, dass ich ausgeflippt bin. Ich halte es nicht aus, Cal so oft hintereinander zu sehen, ohne zu tief reinzugeraten, also habe ich für dieses Wochenende kein weiteres Fake-Date geplant. Ich habe ihn letztes Wochenende zweimal gesehen, also muss das für ein paar Wochen reichen. Ich muss auf die Bremse treten.

Stattdessen habe ich einen Mädelsabend mit meinen Besties in einem Club in New York organisiert, um die Single-Szene zu genießen. Fake-Dating bedeutet definitionsgemäß, dass wir beide Single sind. Und ich brauche wirklich einen Tapetenwechsel.

Als der Moment endlich kommt, sind Harper und ich zum Niederknien gekleidet, Haare und Make-up perfekt. Harper trägt ein schulterfreies rotes Kleid, das auf halbem Oberschenkel endet, mit mörderischen weißen Stiefeln. Ich bin im klassischen kleinen Schwarzen mit meinen metallic-roten Stilettos. Diese Absätze schreien nach Spaß.

Wir warten in der Schlange, um in den Club gelassen zu werden. Unsere Namen stehen dank unserer Freundin Shayla auf der Liste. Sie dreht eine Miniserie in der Stadt, und wohin sie geht, geht ihre Assistentin Olivia. Wir vier haben früher zusammen in dem Haus gelebt, in dem Harper und ich jetzt wohnen. Es hat so viel Spaß gemacht, außer der ganzen Shayla-Stalker-Situation. Lange Geschichte, glücklicherweise gelöst.

Wir bekommen das Okay vom Türsteher und treten an der Samtkordel vorbei hinein. Die dröhnende Clubmusik vibriert in meinen Ohren. Harper grinst mich an und zieht mich sofort über die volle Tanzfläche ins Zentrum des Geschehens. Sie braucht keinen Drink, um sich gehen zu lassen.

„Genau davon rede ich!", ruft sie über die Musik. „Viel besser als der Valentinstagstanz, oder?"

Ich nicke, obwohl Cals Gesicht vom Valentinstagstanz in meinem Kopf aufblitzt, diese seelenvollen Augen, unser langsamer Tanz. Die köstliche Hitze. Was macht er an einem Samstagabend?

Ich muss wirklich aufhören, an Cal zu denken. Ich sehe zu, wie Harper frei tanzt, die Arme in die Luft geworfen, während sie die Typen in der Nähe mustert. Das sollte ich tun. Ich gebe mein Bestes, sie nachzuahmen, und irgendwann packt die Musik mich, und ich tanze mit vollem Herzen. Cardio ist das Beste, um den Kopf freizubekommen.

Sieh mal einer an, wie ich die Single-Szene in der Stadt genieße, die niemals schläft!

Ist es spät? Es fühlt sich spät an.

Ich beuge mich an Harpers Ohr. „Wann kommt Shayla?" Shayla hat oben einen privaten Raum für uns gebucht, aber Harper will nicht dorthin, bis wir ein paar potenzielle Typen getroffen haben, die wir mitbringen können. Natürlich habe ich zugestimmt, weil wir beide Single sind, und es gibt keinen Grund, keine Typen zu treffen.

Cals raue Stimme geht mir durch den Kopf. *Magst du das, Mackenzie?*

Kein Cal mehr.

„Wenn sie kommt", sagt Harper, „bringt sie ein paar Freunde mit. Hoffe, es ist der heiße Typ aus ihrer neuen Show."

„Welcher?"

„Oder? Da gibt es gleich mehrere Potenziale."

„Er wird nicht bleiben, wenn er nur hier ist, um was zu drehen."

Harper zuckt die Schultern. Sehen Sie, das ist die Harper, die ich kenne und liebe. Ich weiß nicht, was das mit dem großen, dunklen und gut aussehenden Zeug vorher war. Obwohl sie immer noch diese alten Schwarz-Weiß-Liebeskomödien schaut. Ich habe mir auch ein paar angesehen, weil sie halt liefen.

„Hey", sagt eine männliche Stimme hinter mir, und ich zucke zusammen.

Ich drehe mich um und finde eineiige Zwillinge in ihren Zwanzigern – dunkle Haare, einer mit Stoppeln, der andere glattrasiert, beide gut aussehend. *Nein.* Das erinnert an unsere eineiigen Zwillingsväter.

Harpers Reaktion ist dieselbe. Sie scheucht sie weg. „Falsch."

Sie sehen verwirrt aus.

„Sorry", sage ich zu ihnen, „ihr Dad ist ein eineiiger Zwilling, und sie hat Daddy-Probleme."

Der glattrasierte Typ runzelt die Stirn. Der stoppelige dreht sich zu mir. „Wie steht's bei dir?"

Ich überlege. Ich fühle mich nicht zu ihm hingezogen, und jetzt kann ich ehrlich behaupten, die Single-Szene zu genießen. Klingt gut. „Ich tanze mit dir."

Er rückt näher. „Ich bin Craig."

Ich rücke zurück. „Mackenzie."

Sein Zwilling ruft: „Ich hol' mir einen Drink!", bevor er von der Tanzfläche geht.

„Was machst du so?", fragt Craig über die Musik. Er ist kein schlechter Tänzer.

„Hightech-Sicherheit."

„Cool. Ich bin in der Finanzbranche, aber kein Finanz-Bro. Ha-ha-ha!"

Ich will gerade schon sagen, dass wir nicht reden müssen, als er mit einer detaillierten Beschreibung seines Jobs loslegt und dabei brüllt, um über die Musik gehört zu werden. Ich tanze und behalte Harper im Augenwinkel. Sie tanzt mit einem muskulösen Typen, der ein hellblaues Hemd trägt, aufgeknöpft bis zum Bauchnabel. Sixpack, goldene Haut, zurückgegelte dunkle Haare. Er rückt dicht hinter sie. Sie dreht sich um, und sie wiegen sich Körper an Körper. Vorspiel auf der Tanzfläche.

Ich drehe mich nach vorn. Craig hat endlich aufgehört zu reden. Ich hoffe, Shayla und ihre Freunde kommen bald.

„Kann ich dir einen Drink holen?", fragt Craig und lehnt sich nah an mich.

„Nein, danke."

Er berührt meinen Arm, und ich will zurückweichen. „Willst du an einen ruhigeren Ort gehen, um zu reden?"

Ich schüttle den Kopf. Harpers Arme sind um den Hals ihres Typen geschlungen, sein Bein zwischen ihren. Meine Gedanken blitzen zu Cals Händen an meiner Taille beim Tanz, fest und warm. Und dann Nacht für Nacht große, kompetente Hände, die frei wandern, meinen Körper erkunden, alle richtigen Stellen treffen.

„Entschuldigung", sage ich zu Craig. „Muss telefonieren. War nett, dich kennenzulernen."

Craig runzelt die Stirn und bahnt sich den Weg zu einer anderen Frau. Schätze, er hat den Wink verstanden. Ich hätte an ihm interessiert sein sollen. Er schien nett. Warum bin ich in einem Club, wenn nicht, um jemand Neuen zu treffen?

Ich husche an den Rand der Tanzfläche und behalte Harper im Auge. Ich checke mein Handy. Keine Nachrichten von irgendwelchen Typen, die ich kennen könnte.

Das wird eine lange Nacht.

11

Cal

Ich muss Mackenzie aus dem Kopf bekommen. Visionen von ihrem langen Haar, ausgebreitet auf meinem Kissen, von dem Lächeln, das ihre blauen Augen leuchten lässt, als hätte sie ein glückliches Geheimnis. Eine Zeit lang dachte ich, ich wäre ihr glückliches Geheimnis. Nein. Jetzt will sie so tun, als würden wir daten, und dann plant sie nicht mal ein Fake-Date für dieses Wochenende.

Erwartet sie, dass ich ein Fake-Date organisiere? Ich weiß nicht mal, was dafür in Frage kommt. Also bin ich hier, an einem Samstagabend in der City mit ein paar alten Kollegen und schnappe mir ein Bier in einem Irish Pub, in dem wir uns früher regelmäßig getroffen haben. Das Gespräch dreht sich darum, wer als Nächstes ein Partner wird. Das ist einer der Gründe, warum ich gegangen bin. Der wahnsinnige Wettbewerb und die Stunden, und wofür? Um noch mehr Stunden zu arbeiten und irgendwann mit einem Herzinfarkt oder Schlimmerem zusammenzubrechen.

Die Dinge haben sich für mich bei der Arbeit geändert, als ein Partner in meiner Kanzlei eine Krebsdiagnose im Endstadium bekam. Er bereute, so viel im Leben verpasst zu haben, immer an seinen Schreibtisch gekettet. Das zusammen mit den Erinnerungen an Moms eigenen Kampf gegen den Krebs hat mich auf einen anderen Weg gebracht. Einen besseren Weg.

„Wie läuft das Kleinstadtleben für dich, Cal?", fragt Jack.

„Gut", sage ich. „Ich mag es, mein eigener Chef zu sein. Bessere Work-Life-Balance."

„Ja, aber was für Gehaltseinbußen!", sagt Jack mit einem bellenden Lachen.

Die Gruppe, zwei Männer und zwei Frauen, nicken alle und tauschen Blicke aus. Ich bin sicher, sie haben alle über mich gesprochen und beschlossen, mich für verrückt zu halten, großes Geld für das aufzugeben, was sie als ein mickriges Leben sehen.

„Es war bisher wirklich gut", sage ich und lächle, als ich an Mackenzie denke. Aber dann erinnere ich mich, wie sie das letzte Mal, als ich sie gesehen habe, abgehauen und aus meinem Leben verschwunden ist. Was ist da schiefgelaufen?

Jack klopft mir auf den Rücken. „Gut für dich." Er klingt alles andere als aufrichtig.

„Freut mich für dich", sagt Sara und klingt genauso unaufrichtig.

Ich stelle mein Bier auf die Theke. „Muss los. War schön, euch alle zu sehen."

Das löst eine Runde „Aww!", „Ist doch noch so früh!", „Bleib!" aus.

Ich lächle. „Ich muss mich mit Rayna treffen. Die letzte Aufteilung unserer Sachen."

„Uff! Lass von dir hören", sagt Jack.

Ich nicke, aber er hat sich schon wieder der Gruppe zugewandt. Das Gespräch geht schnell weiter. Ich werfe ein paar Scheine auf die Theke und gehe zur Tür. In dem Moment, in dem ich hinaustrete, habe ich das Gefühl, wieder atmen zu können. Ich vermisse diese beengte Barszene nicht. Nicht wie im Happy Endings, wo man wenigstens ein bisschen Ellbogenfreiheit hat.

Ich schätze, ich bin kein Stadtmensch mehr. Es hat nur einen Monat in Clover Park gebraucht, um der Stadt ihren Glanz zu nehmen.

Ein paar Minuten später fahre ich zu meinem alten Wohnhaus. Rayna hat meinen Mietvertrag mit einer neuen Mitbewohnerin übernommen, was für mich in Ordnung war. Als sie mir schrieb und mich bat, vorbeizukommen, um ein paar meiner Sachen abzuholen, war ich versucht, ihr zu sagen, sie solle sie wegwerfen, aber da ich sowieso in der Stadt war, habe ich zugestimmt.

Ich gehe einfach rein, schnappe mir meine Kiste mit Sachen, lade sie in mein Auto in der Tiefgarage und fahre zurück nach Hause. Clover Park ist jetzt mein Zuhause. Nicht zuletzt wegen Mackenzie. Was läuft da zwischen uns? Es ist kompliziert, wie sie schon gesagt hat. Ich bin verwirrt. Und enttäuscht. Ich habe gerade angefangen, mich auf den Fake-Dating-Plan einzulassen.

Ist ja nicht so, dass ich was Ernstes will. Nicht mehr. Lektion gelernt. Beziehungen und ich kommen nicht klar. Und ich darf nicht vergessen, dass Hailey Mackenzie vor mir gewarnt hat. Ich schulde Hailey eine Menge. Sie hat mich nicht nur in der Stadt herum vorgestellt, sondern lädt mich weiterhin zu lokalen Veranstaltungen ein, die mir helfen könnten, noch mehr Kontakte zu knüpfen. Ihr Einfluss ist groß, und ihr Ruf Gold wert.

Genug über Mackenzie und die ganze Campbell-Familie. Ich kann nicht glauben, wie viel Kopfraum sie einnimmt. Irgendwie hat sich meine Work-Life-Balance dahin verschoben, dass ich kaum noch an Arbeit denke und ausschließlich an eine Person.

Ich schüttle das ab und drücke den Summer, um in mein altes Wohngebäude zu kommen. Die Tür entriegelt sich, und ich gehe nach oben.

Als ich die Wohnung betrete, finde ich Rayna und einen Typen, den ich noch nie gesehen habe, auf der Couch sitzend. Er hat eine Mähne aus unordentlichem, lockig blondem Haar, ein zerrissenes T-Shirt, eine Jogginghose und ist barfuß. Ist das der Mitbewohner?

Rayna springt auf. „Hi, Cal."

„Hi."

„Das ist nicht, wonach es aussieht", sagt sie und deutet hinter sich. „Er zahlt, um auf der Couch zu pennen. Meine Mitbewohnerin ist mit ihren Freundinnen unterwegs."

„Geht mich nichts an", sage ich und bin überrascht, wie wenig es mich stört. Ich war früher jedes Mal wütend, wenn sie sich mit ihrem Ex auf einen Drink, zum Abendessen oder für irgendeine Demo getroffen hat. Sie kann jetzt mit jedem Typen zusammen sein, den sie will. Ich bin darüber weg.

Blondie setzt sich auf und legt einen Arm um sie. „Ich bin nicht nur ein Couchsurfer. Ich bin ihr Typ."

„Ist er nicht." Sie dreht sich zu ihm. „Das Couchsurfen ist vorbei. Geh jetzt, bitte."

Er schnappt sich seine Jacke und den Rucksack von einem Stuhl in der Nähe und schlüpft in seine Sandalen bei der Tür. „Das ist verkorkst."

Rayna schließt die Tür hinter ihm und verriegelt sie.

Ich atme scharf aus. Sie wusste, dass ich komme, und hat gewartet, bis ich da war, um ihm zu sagen, dass er gehen soll. Sie will mich eifersüchtig machen. Mir fällt ein, dass ich auch auf ihren Ex eifersüchtig hätte sein sollen, sie hat mir nicht nur seine überlegene emotionale Verfügbarkeit unter die Nase gerieben, wie sie immer sagte. So oder so, ich war eifersüchtig, dass sie so viel mit ihm unterwegs war, aber jetzt, na ja, wenn Rayna mit dahergelaufenen Couchsurfern rummachen will, geht mich das nichts an. Ich war seit unserer Trennung auch nicht gerade einsam.

„Meine Sachen?", frage ich.

„Im Schlafzimmer." Sie bedeutet mir, ihr zu folgen. „Es ist schwer. Ich habe viele deiner Bücher unter meinen gefunden und ein paar andere Dinge."

Rayna bleibt neben dem Bett stehen, faltet die Hände vor sich. „Cal, es tut mir leid, wie die Sache geendet ist. Ich hätte deine Gesetzbücher nicht nach dir werfen sollen."

Ich erstarre, überrascht von ihrer Entschuldigung. Ich war genauso schuld, dass ich es so lange habe laufen lassen, obwohl ich unglücklich war. „Ist okay. Es tut mir auch leid, dass es so schlimm zwischen uns ausgegangen ist."

Sie nickt, ihre braunen Augen glänzen vor Tränen. „Ich wünschte, ich könnte alles zurücknehmen. Es waren meine eigenen Erwartungen, die mich unzufrieden gemacht haben. Wir haben nie über Heirat gesprochen. Ich kann so lange warten, wie du es brauchst. Cal, ich liebe dich immer noch."

„Ich denke, du hattest die richtige Idee", sage ich so sanft, wie ich kann. „Wir waren nicht für die Ewigkeit bestimmt, und du warst mutig genug, dich dem zu stellen."

„Ich habe falsch gelegen."

„Nein, hast du nicht. Es ist besser, dass wir beide weiter- ziehen." Ich räuspere mich, bereit, es auf mir fremdem emotionalem Terrain mit Versöhnung zu versuchen. „Ich, äh, hätte ehrlicher zu dir sein sollen, wie ich mich gefühlt habe, nachdem du eingezogen bist. Ich war überfordert. Wir waren an unterschiedlichen Punkten, und es tut mir leid für jeden Schmerz, den ich dir zugefügt habe."

Sie bricht in Tränen aus und lehnt sich an meine Schulter. Ich halte sie, fühle mich schlecht wegen ihrer Tränen, während ich gleichzeitig gehen will. So war unsere Beziehung in aller Kürze.

Nach ein paar Minuten hebt Rayna den Kopf und versucht, mich zu küssen. Ich weiche rechtzeitig zurück.

Sie wischt sich die Augen. „Es ist wirklich vorbei?"

„Ja."

Sie schnieft. „Deine Sachen sind im Schrank." Sie geht und schließt die Tür hinter sich.

Ich gehe zum Schrank und ziehe eine Kiste heraus mit mehreren Büchern, zusammen mit Beziehungsandenken, die sie aufbewahrt haben muss. Eine getrocknete Rose, eine Cocktailserviette, Konzertticket-Schnipsel, eine Geburtstags- karte und mein altes Trikot. Ich freue mich, mein Trikot zurückzubekommen. Sie hat so gern darin geschlafen. Ich habe keine entsprechende Kiste mit Beziehungssachen, die ich ihr geben könnte. Ich schätze, ich war nicht sentimental über unsere gemeinsame Zeit. Ist es das, was sie meinte, als sie sagte, ich sei verschlossen, oder dass ich nie gern über tiefergehendes emotionales Zeug gesprochen habe? Wie kann man über was reden, das man nicht mehr fühlt?

Als ich mit meiner Kiste aus dem Zimmer trete, sagt sie: „Cal, ich dachte, du solltest wissen, dass meine Therapeutin meint, du brauchst eine Therapie. Wenn du dein Herz nie öffnest, wirst du nie glücklich sein."

„Und wie läuft das für dich?"

Ihr Gesicht verzieht sich. Ich mache einen Schritt auf sie zu, denn ich bereue sofort meine Worte, und sie hebt die Hände. Verdammt! Ich sage immer das Falsche, wenn jemand emotional wird.

„Rayna, es tut mir leid. Ich bin nicht für Beziehungen gemacht. Ich hoffe, du findest einen Mann, den du verdienst. Nicht diesen Couchsurfer-Typen. Jemanden, der dich schätzt."

Sie wirft die Hände in die Luft. „Du sagst so was, direkt nachdem du auf meinen Gefühlen herumgetrampelt bist, zeigst einen Hauch von Freund-Potenzial. Das ist es, warum du mich verrückt machst!"

„Okay."

Sie geht ins Schlafzimmer und knallt die Tür zu.

Ich atme erleichtert aus und gehe zur Wohnungstür. Die Schlafzimmertür öffnet sich wieder, und sie schreit: „Ich hoffe, du bist glücklich in deinem neuen Zuhause, denn ich bin sehr glücklich!"

Ich bin nicht unglücklich. Aber das sage ich nicht. Ich sage gar nichts. Ihre ständig wechselnden Launen sind nicht mehr mein Problem.

～

Mackenzie

Eine Ewigkeit und zwei Mojitos später hüpfe ich im Takt zur Musik, als Harper meinen Arm packt. „Komm mit, Shayla ist hier."

Ich folge ihr nach oben, ebenso wie der muskulöse Typ mit

dem kaum vorhandenen Hemd, an den sie sich gehängt hat, Felipe. Mädelsabend plus eins. Ehrlich gesagt war ich nicht gerade scharf darauf, jemand Neuen zu treffen. So ist es besser. Fokus auf die Arbeit. Ich bin mir nicht mal sicher, ob ich noch so tun will, als würden wir daten. Männer sind anstrengend.

Der private Raum oben hat eine schicke Atmosphäre mit Ledersofas und -sesseln, coolen Wandleuchten, einer eigenen Bar und Blick auf die Tanzfläche. Ich entdecke sofort Shaylas strahlendes Lächeln, als sie näherkommt. Ihre langen blonden Haare sind für ihre neue Rolle rot gefärbt. Es steht ihr. Zwei bullige Bodyguards stehen in kurzer Entfernung.

Oh, sieh mal an! Sie hat unerwartete Gäste mitgebracht! Sie sitzen an einem Tisch im Hintergrund – meine Geschäftspartner, Owen und Nathan. Auch bekannt als Shaylas Ehemann / Harpers großer Bruder (Owen) und Harpers Erzfeind (Nathan). Unsere alte Mitbewohnerin Olivia ist auch da!

„Shayla!" Ich werfe meine Arme um sie. „Es ist zu lange her."

„Ich weiß, ich weiß!"

Ich lehne mich zurück, um sie anzulächeln. „Du arbeitest nonstop. Ich vergebe dir."

Olivia, eine nüchterne Brünette, kommt näher. Sie trägt ein lockeres marineblaues Kleid mit ihren typischen schwarzen Stahlkappenstiefeln. Sie ist im Moment Shaylas Assistentin. Sie war auf der Filmschule und hat große Ziele. Ich schwöre, sie wird eines Tages Hollywood leiten. „Wie geht's?", fragt Olivia. „Viel zu tun?"

Ich umarme sie. „Ja. Nicht so viel wie du, da bin ich sicher."

Shayla legt einen Arm um Olivias Schultern. „Olivia hilft mir, meine eigene Produktionsfirma zu gründen. Sie wird meine Produzentin."

Ich lächle. „Wow! Gratuliere euch beiden."

Harper kommt vom hinteren Tisch herüber, ihr Ausdruck angespannt. Felipe wartet in kurzer Entfernung. „Shay, was machen Owen und Nathan hier bei unserem Mädelsabend?"

„Du hast einen Typen hier hochgebracht", sage ich zu Harper.

Sie ignoriert mich und starrt stattdessen Shayla an.

„Auch dir hallo", sagt Shayla und umarmt sie.

„Sorry, es ist nur –"

„Owen zählt nicht", sagt Shay, als wären Ehemänner Hintergrund. Das könnte stimmen, da Owens ganze Aufmerksamkeit meist Shay gilt, aber er ist auch Harpers Bruder, was bedeutet, dass sie nicht mit ihrem neuen muskulösen Typen abhängen kann, ohne nervige Großer-Bruder-Einmischung. „Und Nathan war für irgendein Finanztreffen in der City, also hat Owen ihn mitgebracht."

Meine Brauen ziehen sich verwirrt zusammen. „Ein Finanztreffen an einem Samstag?"

Shay wedelt lässig mit der Hand. „Eines dieser Netzwerk-Dinger. Ich bin sicher, er wird dich einweihen."

Harper dreht sich zu Olivia. „Sorry, ich war abgelenkt. Toll, dich zu sehen! Ich liebe deine Tasche. Die Perlen an der Jute stechen echt raus. Hast du die selbst gemacht?" Bevor Olivia antworten kann, kommt Felipe dazu und macht ein Foto von Shayla.

„Kann ich ein Selfie bekommen?", fragt er.

„Nein", sagt Shayla und wirft einen Blick zu ihren Bodyguards. Das war extrem unhöflich. Er hat nicht mal auf eine Vorstellung gewartet, bevor er sie fotografiert hat.

Einer von Shaylas Bodyguards kommt herüber. „Keine unautorisierten Fotos. Löschen! Jetzt!" Er sieht zu, wie Felipe das Bild löscht. „Jetzt aus dem Ordner mit kürzlich gelöschten Dateien löschen." Felipe verzieht das Gesicht, folgt aber den Anweisungen.

Harper dreht sich zu Felipe. „Ich habe dir gesagt, du sollst cool bleiben. Wenn du das nicht kannst, solltest du gehen."

Felipe runzelt die Stirn. „Ich bin ja cool. Ich wollte nur ein Selfie. Schätze, der großen Shayla Adler liegt nichts an den kleinen Leuten."

„Tschüss, Felipe", sagt Harper und signalisiert dem Wächter.

Felipe hebt die Handflächen und geht.

„Sorry, dass du ihn meinetwegen abservieren musstest", sagt Shayla.

Harper schüttelt den Kopf. „Ich bin für einen Mädelsabend hier." Sie wirft einen Blick zum hinteren Tisch, wo Owen und Nathan sitzen, und dreht sich zurück, die Lippen zu einer flachen Linie gepresst. „Was für ein Cockblock", sagt sie leise.

„Eher ein Vagblock", ergänzt Olivia hilfsbereit. „Oder ein Clam Jam, wenn du das Reimschema fortsetzen willst."

Wir starren sie alle an.

„Was?", fragt Olivia. „Ich glaube nicht an männliche Begriffe für Frauen. Das ist eine Auslöschung unserer Einzigartigkeit."

„Entspann dich", sagt Shay. „Die werden unserem Spaß nicht im Weg stehen." Sie winkt ihnen zu. Owen steht auf und stößt Nathans Arm an, damit auch er aufsteht. Sie kommen herüber.

Owen zieht Shay an sich und küsst sie auf den Kopf. „Hey, ihr alle. Hoffe, es stört euch nicht, dass wir reinplatzen."

„Überhaupt nicht", sage ich. „Irgendwas Neues von deinem Netzwerken?", frage ich Nathan.

Er reißt seinen Blick von Harper los, die plötzlich sehr an imaginären Flusen an ihrem Kleid interessiert ist. „Ich habe mich mit einem Freund eines Freundes auf einen Drink getroffen. Dieser Wall-Street-Typ. Ich schicke dir die Details, wenn es irgendwohin führt."

„Cool", sage ich. „Es wäre toll, einen echten Fuß in die Tür des Finanzsektors zu bekommen."

„Nathan denkt darüber nach, sein Haus zu verkaufen", sagt Owen. Nathan lebt in Eastman, der Stadt neben Clover Park.

Harpers Kopf schnellt hoch. „Wirklich?"

Nathan mustert ihren Ausdruck. „Ich überlege noch. Ich könnte viel mehr mit Finanzentscheidern networken, wenn ich in die City ziehen würde."

„Und für eine Frau", sagt Owen.

Harper versteift sich und wirft Nathan einen Seitenblick zu.

Nathan schüttelt den Kopf. „Als ob der Bro-Code dir nichts bedeutet."

Owen grinst. „Konnte nicht widerstehen."

„Unser Champagner ist hier!", sagt Shayla. „Setzen wir uns dort drüben hin und stoßen wir an."

Zwei Kellner bringen den Champagner und Gläser an einen großen runden Tisch mit weichen Ledersitzen.

Auf dem Weg flüstert Harper mir ins Ohr: „Was für eine Frau?"

„Keine Ahnung", sage ich. Nathan war nie ernsthaft mit jemandem zusammen.

Nachdem alle ein Glas haben, hebt Shayla ihres zum Toast. „Auf neue Unternehmungen!"

Wir stoßen alle darauf an.

„Und Freunde!", sage ich und hebe ein Glas. Wir stoßen nochmal an.

„Will irgendwer tanzen?", fragt Shayla. „Es stört mich nicht, wenn ihr kurz nach unten gehen wollt. Ich habe Owen, der mir hier Gesellschaft leistet."

„Ich gehe, wenn ihr Ladys gehen wollt", sagt Nathan.

„Mackenzie und ich waren schon unten", erwidert Harper.

„Sie hat Felipe getroffen", sage ich.

Nathans Brauen heben sich. „Den Typen mit der Kleiderpanne?" Er deutet auf die Knöpfe seines Hemds, das respektvoll zugeknöpft ist.

„Das war sexy", sagt Harper. „Egal. Er ist scheiße."

„Wie steht's mit dir?", fragt Nathan Olivia.

„Mit mir?", quietscht Olivia. „Nein, danke. Ich suche nicht nach einem Mann. Nicht, dass du mich einlädst. Ich, äh, nein, danke." Leuchtend rosa Flecken blühen auf ihren Wangen und ihrem Hals.

„Wann hast du das letzte Mal mit einem sexy Typen rumgemacht?", neckt Harper Olivia.

Ich stoße Harper in die Rippen. „Vielleicht sucht sie keinen Typen. Ist beides okay, Olivia."

Olivia verdreht die Augen. „Ich bin nur mit Arbeit beschäftigt. Wenn ich besser etabliert bin, denke ich über eine Beziehung *mit einem Mann* nach."

„Also hat mein kleiner Bruder eine Chance?", frage ich.

„Finn und ich sind Brieffreunde", sagt Olivia.

„Rahmst du seine Gedichte ein?", frage ich.

Sie verschränkt die Arme. „Er schickt mir Gedichte, damit ich ihm meine Meinung dazu sage, das ist alles. Er versucht, veröffentlicht zu werden."

Ich wusste, dass er ihr Gedichte schickt! Ich wette, sie hilft ihm mit dem Reimschema. Clam Jam war genial. Ha!

„Und alles, was ich will, ist eine SMS", sagt Harper mit einem Seufzer.

„Du bekommst nicht einmal eine SMS?", fragt Nathan. „Mit was für Typen –"

„Wie heißt sie?", fragt Harper.

Nathans Brauen ziehen sich verwirrt zusammen. „Wen meinst du?"

Shayla wedelt aufgeregt in der Ferne. „Claire! Du hast es geschafft!" Claire ist Claire Jordan, Harpers Mom, berühmte Schauspielerin, Regisseurin und Produzentin. Hollywood-Adel. Na ja, so wie Shayla. Sie sind wie wir, nur hübscher, reicher und weit gereist. Ha! Für kein Geld der Welt würde ich im Rampenlicht leben wollen. Ich mag meine Privatsphäre.

Harper starrt bestürzt, als ihre Mom näherkommt. „Warum hasst Shayla mich?"

Tante Claire umarmt Shayla. Sie lösen und halten sich an den Armen, während sie lebhaft reden.

„Sie ist ja nicht wie eine normale Mom", sagt Olivia zu Harper. „Sie ist cool. Sie ist Claire Jordan."

Harper wirft Olivia einen finsteren Blick zu. „Und mein persönlicher Clam Jam."

Olivia kämpft mit einem Lächeln, wahrscheinlich erfreut, dass ihr vorgeschlagener Begriff Anklang gefunden hat.

Ich würde Harper ja dafür verurteilen, dass sie es nicht locker nimmt, mit ihrer sehr coolen Mom abzuhängen, aber ich weiß, wenn meine Mom hier wäre, würde das die Stimmung endgültig killen. Ich kann nicht neben Mom sein, ohne dass Vergleiche angestellt werden. Der Schönheitskönigin kann ich niemals das Wasser reichen. Das ist Fakt.

Mom hat nie aufgehört, mir die Wichtigkeit einzutrichtern, eine elegante Lady zu sein. Manchmal denke ich, sie ist ein Rückfall in die 1920er. Ernsthaft. Dad sagt, sie hat ihn früher beleidigt, indem sie ihn einen Schuft nannte. Ich musste es nachschlagen – ein Mann, der die Gefühle anderer missachtet. Das ist in der Tat ein Begriff, der in diesen Schwarz-Weiß-Filmen, die sie so liebt, herumgeworfen wird. Wie sich herausgestellt hat, ist sie ein Fan. Harper jetzt auch. Treffen sie sich hinter meinem Rücken? Beide haben Wahnvorstellungen von Romantik. Ich bevorzuge Komödien für meine Realitätsflucht.

„Familientreffen im Club!", pruste ich, weil es nicht meine Mom und mein Bruder sind.

Harper wirft mir einen tödlichen Blick zu, bevor sie mich den Wölfen zum Fraß vorwirft, sobald Tante Claire zu uns stößt. „Mackenzie trifft sich mit jemandem."

„Halt. Die. Klappe." Sie weiß vom Fake-Dating, aber sie weiß auch, dass ich dem nicht weiter nachgegangen bin, weil ich nicht sicher bin, ob ich damit klarkomme, ihm so nahe zu sein, ohne ihm *nahe* zu sein, und ich meine das in jeder Hinsicht – physisch und emotional.

Jedenfalls wird Tante Claire es Mom erzählen, und dann muss ich so tun, als würde ich noch mehr auf ihn abfahren, während ich so sehr versuche, nicht auf ihn abzufahren, und ich kann Mom nicht mal für dieses Chaos verantwortlich machen, weil sie mir von Anfang an gesagt hat, ich solle Abstand halten.

„Ooh", sagt Tante Claire. „Wer ist es?"

„Niemand", sage ich.

Harper fährt fort: „Erinnerst du dich an Cal, den Baseballspieler / Anwalt vom Valentinstagstanz?"

Meine Wangen glühen. „Es ist nichts. Nathan, du solltest dich mit meiner Tante Mad in Verbindung setzen, um dein Haus zu verkaufen.“

„Klar“, sagt Nathan. „Es ist aber noch nicht sicher.“

„Go, Mackenzie!“, sagt Shayla. „Ein Baseballspieler! Welches Team?“

„Irgendein Minor-League-Team“, murmle ich.

„Triple A Iowa Cubs“, sagt Nathan.

„Richtig, hab' ich vergessen.“ Ich suche verzweifelt nach einem anderen Gesprächsthema. „Also, wie heißt eigentlich deine neue Produktionsfirma, Shay?“

„Sie haben nicht viel geredet“, sagt Harper.

„Ich erinnere mich an ihn“, meint Tante Claire. „Er ist umwerfend. Breite Schultern –“

„Können wir bitte nicht darüber reden?“, sage ich gleichzeitig, als Harper sagt: „Mo-om!“

„Was? Mir fällt sowas eben auf“, erwidert Tante Claire.

„Du hättest ihn heute Abend einladen sollen!“, sagt Shayla. „Lass uns ihm jetzt schreiben.“

„Ja, lass uns das tun“, sagt Harper.

„Es ist Mädelsabend“, sage ich. „Ein andermal.“ Ich drehe mich zu Shayla. „Erzähl uns alles über deine neue Produktionsfirma. Hast du einen Namen?“

„Das wollte ich mit euch besprechen“, sagt Shayla. „Ich will sie dir zu Ehren benennen, Claire, ein Wortspiel mit deinem Red Jewel Films.“ Das ist Claires Produktionsfirma. „Sowas wie Ruby Sisters Productions. Olivia wird meine Partnerin, und sie ist wie eine Schwester für mich geworden.“

Olivia beißt sich auf die Unterlippe, ihr treten Tränen in die Augen. Wow, ich habe sie noch nie emotional gesehen.

Tante Claire legt eine Hand aufs Herz. „Oh, Liebling, ich fühle mich geehrt und bin so stolz auf dich!“

Sie stürzen sich in ein aufgeregtes Geschäftsgeplauder, in dem sie hauptsächlich über die künstlerische Vision der anderen schwärmen. Olivia steuert praktische Geschäftsberatung bei.

Harper wandert zum Geländer und schaut auf die Tanzfläche hinunter. Nathan schließt sich ihr an. Sie wirft ihm einen Blick zu, aber er sagt nichts. Leistet ihr einfach Gesellschaft. Sie waren beste Freunde in ihrer Kindheit. Er ist sogar zum Abschlussball mit ihr gegangen. Ich konnte sie nie dazu bringen, mir zu sagen, was genau ihr Problem mit ihm ist.

Ich ziehe das Handy aus meiner Handtasche und mache eine schnelle Google-Suche nach Cal Davis, nur aus Neugier. Mir wird schwindlig. Es kommen eine Menge Bilder von Cal mit schönen Frauen bei Galas, Spielen, Restaurants, vor dem Harvard-Club.

Ich grabe ein bisschen mehr und sehe, dass er für ein Collegeteam im Süden gespielt hat, bevor er in die Minor League gegangen ist. Nach dem Baseball besuchte er die Harvard Law School. Ich schätze, wir haben uns nie wirklich Zeit genommen, einander besser kennenzulernen. Hauptsächlich oberflächliches Zeug zum Spaß. Aber das habe ich ja so gewollt, richtig?

Ich frage mich, welche dieser schönen Frauen mit ihm zusammengelebt hat. Ich kann mir gut vorstellen, wie ich im Vergleich zu diesen glamourösen Frauen dastehe. Ich bin eher der Mädchen-von-nebenan-Typ. Offensichtlich müsste er sich nicht die Mühe machen, mich zum Schein oder echt zu daten. Er hat die freie Auswahl!

„Erde an Mackenzie!" Shayla wedelt mit der Hand vor meinem Gesicht.

„Hm?"

„Das sind Rick und Max, meine Co-Stars." Ich blicke zu zwei Typen neben Shayla auf. Einer groß und dünn, der andere durchschnittlich groß, aber muskulös. Keiner von beiden kommt auch nur annähernd an Cal ran. Nicht, dass es eine Rolle spielt.

Max reicht mir die Hand zu einem festen Händedruck. „Mackenzie, nett, dich kennenzulernen. Ich bin Max Urban aus *Blaze*. Du kennst mich vielleicht auch aus *Seeker*."

Bäh! Als Nächstes zeigt er mir seine IMDb-Seite auf dem Handy und prahlt mit all seinen TV- und Film-Credits. Zu sagen, dass ich von Hollywood-Typen nicht beeindruckt bin, ist eine Untertreibung. Ich bin in Claire Jordans Orbit aufgewachsen. Es ist nicht so glamourös, wie es von außen aussieht.

„Rick", sagt der andere Typ. „Das ist mein erster Job."

„Cool. Nett, euch beide kennenzulernen."

Harper und Nathan schließen sich uns an und begrüßen die neuen Typen. „Ich kenne dich", sagt Harper zu Max. „In *Seeker* warst du großartig!"

Seine Brust bläht sich auf. „Wollen wir was trinken?"

„Lass uns tanzen!", sagt sie. Sie packt meinen Arm. „Rick, komm mit."

„Will noch jemand mitkommen?", frage ich.

Nathan beobachtet Harper, die an Max klebt und an dem, worüber auch immer er prahlt. „Nein, danke. Viel Spaß."

Ich schnappe mir Olivia. „Komm, Lady. Arbeitspause!"

„Ich arbeite gern", grummelt sie, folgt mir aber trotzdem.

„Yay, Olivia!", jubelt Shayla.

Wir gehen nach unten, und Rick zieht mich in die Menge der wogenden Körper, tanzt sofort zu nah. Wo ist Harper? Zu viele große Leute versperren mir die Sicht.

Rick legt eine Hand an meine Taille, rückt nah ran. Ich weiche zurück, außer Reichweite, und drehe mich zu Olivia, die einen seltsamen Kastenschritt tanzt, ihre Augen fest nach oben gerichtet, wo Claire und Nathan uns beobachten.

Nach ein paar Tänzen bin ich es leid, Ricks Händen auszuweichen. Ich finde Harper wieder und spreche nah an ihrem Ohr. „Ich fahre nach Hause. Kannst du mit Owen zurückfahren?"

„Es ist doch noch früh!"

„Ich bin fertig."

„Oh, na gut."

„Behalte Olivia im Auge."

Wir werfen beide einen Blick zu Olivia, die eine langsame Drehung macht, wobei ihre Hände in der Luft wirbeln. Sie sieht fast aus wie ein Flaschengeist, der aus seiner Flasche kommt. So süß.

Ich bahne mir meinen Weg durch den Club, sehne mich

verzweifelt nach frischer Luft. Endlich bin ich draußen. Ich atme die kühle Nachtluft tief ein. Genau da bemerke ich einen Mann, der eine Kiste über die Straße trägt. Mein Herz springt mir in die Kehle.

Cal.

Ich renne geradezu auf ihn zu, so glücklich, ihn zu sehen, dass ich ein bisschen hüpfe, als ich vor ihm stehenbleibe. „Hi! Was machst du hier?"

„Mackenzie! Das ist ja eine Überraschung! Was machst du hier?"

Ich lache. „Ich war mit meinen Freundinnen in einem Club, aber es wurde langweilig. Und du?"

„Ich habe meine letzte Kiste mit Sachen von meiner Ex geholt."

Ich stelle mich auf die Zehenspitzen und spähe in die Kiste, weil ich so neugierig bin. „Mist."

„Alles gut. Willst du zurück mitfahren?"

„Klar!"

12

___

Cal

Sobald wir die Stadtgrenze hinter uns lassen, spreche ich schließlich den Elefanten im Auto an. Nicht Mackenzie, haha. „Sind wir mit dem Fake-Dating durch? Ich dachte, ich würde von dir hören, damit wir was fürs Wochenende planen."

„Tut mir leid, war mit Arbeit beschäftigt, und dann hatte ich Pläne mit Freundinnen."

„Kein Ding." Was jetzt? Ich traue mich nicht zu fragen. Es läuft wieder gut. Sie schien so glücklich, mich zu sehen. „Wie wäre es mit folgendem Fake-Date – Shoppen in der Main Street."

Sie lächelt. „Willst du wirklich shoppen gehen?"

„Nein, aber ich dachte, dir würde es gefallen."

„Was machst du gerne?"

„Eishockey schauen, Basketball spielen, lesen. Magst du irgendwas davon?"

„Ich lese, aber ist das nicht eher ein Einzelsport? Außer, du willst nebeneinander in der Bibliothek lesen und hoffen, dass jemand vorbeikommt, der gerne tratscht."

„Ist das ein Nein zu Eishockey und Basketball?"

„Nein zu Eishockey. Ich könnte Basketball spielen, aber dein Größenvorteil fühlt sich sehr unfair an."

„Ich könnte dich jedes Mal, wenn du den Ball stiehlst, für

den Slam Dunk hochheben. Das habe ich für meine Schwester gemacht, als sie klein war."

„Siehst du mich wie eine Schwester?"

Ich werde ernst. „Nein. Überhaupt nicht."

„Cal, wie kommt es, dass du so schnell von deiner Ex weggekommen bist? Ich stelle es mir schwer vor, mit jemandem zusammenzuleben und dann zu gehen. Selbst heute Abend hast du eine Kiste bekommen, auf der im Grunde in Fettdruck ‚Es ist vorbei' steht, und du bist hier und hast Spaß mit mir."

„Ich habe immer Spaß mit dir."

Sie ist still, drängt mich nicht, aber gibt mir die Möglichkeit, über Rayna zu reden, wenn ich will. Ohne Druck fällt es mir leichter, mich zu öffnen. „Ich schätze, äh, Rayna fand, ich sei zu verschlossen, also, äh, fing sie an, ihren Ex zu sehen, und das war schwer für mich."

„Natürlich war das schwer für dich. Also hat sie mit dir zusammengewohnt und dich gleichzeitig mit ihrem Ex betrogen?"

„Er hatte eine Freundin. Sie sagte, sie haben nie die Grenze überschritten, mehr, als wären sie wieder wie enge Freunde. Sie sagte, sie könnte ihre emotionalen Bedürfnisse bei ihm stillen und ihre körperlichen bei mir."

„Oh, Cal. Das ist nicht richtig."

„Ja, wie sich herausstellte, erlosch der körperliche Teil durch die Belastung, und am Ende waren wir mehr wie Mitbewohner."

Ich biege vom Highway ab, niedergeschlagen von den unglücklichen Erinnerungen. Darum halte ich tiefe Gefühle weggesperrt. Sie bringen einen nur durcheinander.

„Warum dachte sie dann, du würdest ihr am Valentinstag einen Antrag machen?", fragt sie.

Ich zwinge mich zu einem flachen, neutralen Ton. „Weil ihr Ex sich verlobt hat, also wollte sie dringend, dass wir uns auch verloben. Nicht meinetwegen, sondern weil sie seinetwegen aufgewühlt war."

„Ich hasse sie."

Ich lache schallend. „Schon okay."

„Nein, es ist nicht okay. Das hast du nicht verdient." Sie drückt meinen Arm. „Wirklich, Cal. So solltest du nicht behandelt werden. Du bist ein guter Mann."

Ein Kloß aus Emotionen steckt in meiner Kehle und macht das Sprechen unmöglich. Ich nicke einmal.

Wir fahren eine Weile in angenehmer Stille. Als ich zu ihr hinübersehe ist sie tief eingeschlafen. Ich atme langsam aus, immer noch überwältigt von ihrer Freundlichkeit.

„Du bist der beste Mensch, den ich je getroffen habe", flüstere ich, weil ich weiß, dass sie kein Wort hören wird.

~

Mackenzie

Ich wache auf, als das Auto in der Kurve meiner Straße langsamer wird. Cal denkt, ich sei der beste Mensch, den er je getroffen hat. Ich halte das süße Gefühl nah an meinem Herzen. Er hat es geflüstert, als er dachte, ich schlafe tief, also will ich es nicht ansprechen. Ich möchte ihn umarmen. Ich habe ihn vermisst und war so glücklich, ihn heute Abend zu treffen. Ich habe einen guten Mann an der Hand, der mir ein gutes Gefühl gibt, auch wenn er mit viel emotionalem Ballast kommt.

Ich war vorsichtig, weil er gerade eine Trennung hinter sich hat, aber Rowan und Cooper waren auch in einer solchen Situation, sie ist am Altar sitzen gelassen worden und dann – boom! Sie hat sich in Cooper verliebt, und jetzt sind sie sehr glücklich zusammen.

Sieh mal einer an, wie ich bei Cal hin und her schwanke, wo ich doch normalerweise bei allem anderen in meinem Leben so zielstrebig bin. Aber ich will nicht, dass die Nacht endet. Ich sehne mich danach, ihn zu berühren und seine Hände auf mir zu spüren, mich in der Lust zu verlieren, die Cal ist.

Er parkt vor meinem Haus. Alle Gründe, Abstand zu halten, verschwinden, sobald seine Augen meine treffen.

„Gut, du bist wach", sagt er. „Ich dachte schon, ich müsste dich reintragen."

Ja, bitte.

Ich bin der beste Mensch, den er je getroffen hat. Das muss bedeuten, dass das hier mehr als nur Sex für ihn ist. Zeit, ein Risiko einzugehen.

„Würdest du?", frage ich. „Meine Mitbewohnerin wird erst in einigen Stunden nach Hause kommen."

Er starrt mich einen Moment lang an, als würde er die Einladung abwägen.

„Bitte", füge ich leise hinzu.

Er beugt sich näher, schiebt eine Haarsträhne hinter mein Ohr. „Bist du sicher?"

Ich nehme sein Gesicht in beide Hände und küsse ihn. Er erwidert den Kuss hungrig, seine Finger schließen sich um mein Haar, während die Leidenschaft übernimmt, und wir verrenken uns, um einander in dem beengten Raum des Autos näherzukommen. Rohes Verlangen windet sich verzweifelt in mir und drängt mich, alles zu nehmen, was er gibt.

Er löst sich abrupt, schwer atmend, während sein Blick in meinen glüht.

Ich schenke ihm ein sexy Lächeln, fühle mich hoffnungsvoll.

Er steigt aus dem Wagen, geht herum und öffnet mir die Tür. Ich hoffe, das bedeutet, er kommt mit mir rein und begleitet mich nicht nur zur Tür.

Ich steige aus und sehe, wie er meinen Ausdruck mustert. „Ich will dich, Cal."

Er stöhnt, hebt mich hoch und wiegt mich in seinen starken Armen, während er mich zur Haustür trägt. So romantisch! Irgendwie wie der Bräutigam, der die Braut über die Schwelle trägt. *Nein, nein, nein, geh da nicht hin!*

„Lass mich runter, damit ich die Tür öffnen kann", sage ich.

Er setzt mich ab, seine Hände gleiten meine Seiten auf und ab, während ich fummele, um den Schlüssel aus meiner

Handtasche zu holen. Ich schiebe eine seiner Hände weg. Er legt den anderen Arm um meine Taille, presst mich mit dem Rücken gegen sich, seine Stimme ein heiseres Flüstern in meinem Ohr. „Ich will dich so sehr. Spürst du, wie sehr ich dich will?"

Seine Hitze und Härte pressen sich in meinen Po und bringen einen Schub von Verlangen, der meine Beine schwach macht.

„Ja", schaffe ich zu sagen. „Lass nur einen Moment die Finger von mir, damit ich uns reinbekomme."

Er lacht leise und lässt mich los.

Ich schaffe es endlich, die Tür zu öffnen, schließe sie und verriegele sie hinter uns. Dann greife ich seine Hand, führe ihn nach oben und schalte unterwegs Lichter ein.

In meinem Zimmer schalte ich die Nachttischlampe an, drehe mich zu ihm und ziehe mein Kleid aus. Er hält die Luft an, während er mich betrachtet, nur in Höschen, trägerlosem BH und hohen Schuhen. Sobald ich aus denen trete, schlingt er seine Arme um mich.

„Lass mich den Rest machen." Seine Stimme ist rau und kratzt an meinem Inneren. Er küsst entlang meines Halses, während er den BH entfernt, sich daran macht, meine Brust zu küssen und zu lecken, bevor er meine Brustwarze mit einem harten Saugen in den Mund zieht. Ich stöhne, mein Kopf fällt zurück.

Er lässt der anderen Brust die gleiche Behandlung zukommen, der Zug der Lust eine direkte Linie zu meiner Scham. Seine Hände gleiten meine Seiten hinunter, schlüpfen unter die Ränder meines Höschens und ziehen es herunter.

„Gott, Mackenzie, du bist so sexy."

Bei ihm fühle ich mich sexy. „Danke. Jetzt du."

„Noch nicht. Leg dich auf den Rücken und spreiz die Beine für mich."

Ich gehorche, gewöhnt an seine Befehle im Schlafzimmer. Er dirigiert die Aktion, und meine Hingabe ist die ultimative Lust für uns beide.

Er setzt sich zwischen meine Beine und beugt sich hinunter, um mit einem langen Zug seiner Zunge über mich zu fahren. Mein Atem kommt zitternd. Er legt mein Bein über seine Schulter und dann das andere, öffnet mich weit für seine Berührung. Ein langer Moment vergeht, in dem er mich nur anstarrt. Ich wimmere und sehne mich nach seiner Berührung.

„Cal, bitte, ich brauche dich so sehr."

„Gut, Baby, das höre ich gern." Er streicht mit seinen Fingern und teilt zart meine Falten, bevor seine Zunge ins Spiel kommt. Meine Hüften zucken. Er summt gegen mich, die Vibrationen erschüttern mich bis ins Mark.

Und dann schiebt er einen Finger in mich, während er mit seinem Mund Magie wirkt. Ich wippe hilflos gegen ihn, rase auf den Höhepunkt zu, der gerade außer Reichweite ist. Sein Name ist eine Litanei auf meinen Lippen, bis kein Laut mehr möglich ist. Meine Finger krallen sich in die Laken, während er mich auf eine nie endende Vergnügungsfahrt mitnimmt, drängt nach mehr und mehr und mehr.

„Ich bin so nah dran", sage ich dringend, und er zieht sich zurück. Ich greife in sein Haar, verzweifelt, hebe meine Hüften an.

Er hebt den Kopf. „Ich will noch mehr mit dir spielen."

Ich wimmere, während er sanft leckt. Oh Gott, ich brauche es so sehr, dass es wehtut. Er muss mich ausfüllen. Ich brauche Erlösung. Ich hebe den Kopf, stütze mich auf die Ellbogen. „Cal, bitte."

Er lächelt, drückt mich flach auf den Rücken und setzt die süße Tortur fort. Ich sacke zusammen, strecke die Arme in völliger Hingabe von mir. Er bewegt sich sofort schneller und erhöht den Druck. Meine Hingabe entfesselt das Biest.

Mein Kopf sinkt ins Kissen, während der Raum aus dem Blickfeld schwindet, meine Sinne dämpfen sich, außer der weiß glühenden Lust in meinem Zentrum, während Cal meinen Körper in Besitz nimmt. Er krümmt seinen Finger, drückt nach oben, während er nimmt und nimmt und nimmt. Die Erlösung kracht in mich, und ich schreie auf, bäume mich gegen seinen Halt. Er hält mich an sich, führt mich durch Welle um Welle der Lust, bis ich erschöpft bin.

Er rutscht weg. Ich höre das Rascheln der Kondomverpackung von meinem Nachttisch, und dann ist er zurück und gleitet tief in mich. Er stöhnt an meinen Hals. Ich schlinge Arme und Beine um ihn. Endlich ist die leere Sehnsucht gefüllt.

Er hebt den Kopf und küsst mich. „So gut. Es ist so gut mit dir."

„Mit uns."

Er beginnt sich zu bewegen, hält einen langsamen, stetigen Rhythmus, dringt so tief wie möglich ein. Er schiebt eine Hand unter meine Hüfte und neigt mich, damit ich mehr von ihm aufnehmen kann. Etwas an dem Winkel lässt ihn genau richtig treffen. Ich packe seinen Po und ziehe ihn näher, brauche mehr. Er gibt mir genau, was ich brauche, pumpt hart und schnell, wir beide rasen auf die Erlösung zu. Mein Höhepunkt trifft mich in einem Rausch, mein Inneres umklammert ihn rhythmisch.

Er lässt seine feste Kontrolle los und hämmert in mich, bis sein eigener Höhepunkt zuschlägt. Mit einem Stöhnen wirft er den Kopf zurück. Ein paar Momente später lässt er sich neben mir aufs Bett fallen.

Ich schalte die Nachttischlampe aus und lasse mich auf die Matratze zurückfallen, zu erschöpft, um was anderes zu tun, als im Nachglühen der Lust zu schweben. Lange Augenblicke vergehen in gegenseitiger seliger Erschöpfung.

Schließlich zieht er mich an seine Seite, und ich lege mit einem zufriedenen Lächeln meinen Kopf auf seine Brust.

Er küsst mein Haar. „Wie lange, denkst du, wird es dauern, bis wir einander aus dem System haben?"

Aus dem System?

Die Worte sind wie ein Schwall kalten Wassers. Das hier ist nur Sex für ihn. Ich bin der beste Mensch *für Sex*. Ich bin solch ein Idiot, etwas hineinzuinterpretieren, das nicht da war.

Ich schalte die Nachttischlampe wieder ein und starre auf

ihn hinunter. „Was meinst du mit einander aus dem System haben?"

„All dieser verrückte Sex. Irgendwann werden wir das alles aus unserem System haben."

Ich beiße die Zähne zusammen.

„Wird wahrscheinlich lange dauern", fügt er hinzu.

Ich spreche durch die Zähne. „Ich denke jetzt. Jetzt haben wir es aus unserem System."

Er stützt sich auf die Ellbogen. „Jetzt?"

„Du solltest gehen. Das hier war ein Fehler."

Er schaut mich lange an. „Okay."

Ich sehe zu, wie er sich anzieht, und dann sehe ich zu, wie er zur Tür hinausgeht, Wut und Tränen kämpfen in mir.

Die Tränen siegen.

13

Ich schleppe mich zu unserem wöchentlichen Meeting am Montag. Samstagnacht mit Cal war ein riesiger Fehler. Ich hätte auf meine Instinkte hören sollen. Ich hatte eine klare Grenze für das ganze Fake-Dating gesetzt – keinen Sex. Und dann habe ich es auch noch vollkommen selbst initiiert, nur weil er sagte, ich sei der beste Mensch, den er je getroffen hat. Ich atme scharf aus, mehr wütend auf mich als auf ihn. Ich wusste es besser. Ich wusste, ich spiele mit dem Feuer, und das ist passiert: Ich habe mich verbrannt.

Ich brauche Zeit weg von ihm. Dann ist er aus *meinem* System. Hmpf. Ich kann immer noch nicht glauben, dass er das gesagt hat. Da hab' ich mich ihm gerade so nah gefühlt, während er ans Ende dachte. Das ist okay. Er arbeitet in einer Straße, die ich leicht meiden kann, und es gibt absolut keinen Grund für mich, die drei Blocks zu seiner Wohnung zu laufen. Ich bleibe an meinen üblichen Orten, und irgendwann wird das alles leichter.

Ich öffne die Hintertür, die zu unserem Büro führt. Wenigstens habe ich bei der Arbeit Nathan und Owen, die mich auf Trab halten.

Ich steige die Treppe zu unserem gemieteten Raum über dem Something's Brewing Café hoch und gehe gedanklich die heutige Agenda durch. Ich rausche durch die Küche in den Hauptraum, den wir als Besprechungsraum nutzen, und bleibe abrupt stehen. *Nein!*

Cal ist hier in all seiner großen, breitschultrigen Athletenpracht. Diese großen, kompetenten Hände. Die sexy Erinnerungen sind zu frisch. Was macht er hier? Ich brauche Zeit und viel Abstand von ihm.

Ich wende den Blick ab, zwinge mich, nicht rot anzulaufen. Er spricht mit Nathan, als wären sie beste Kumpel. Wann ist das denn passiert?

Ich stelle meine Aktentasche auf den Tisch und ignoriere das Hämmern meines Herzens. „Guten Morgen. Wo ist Owen?"

Nathan kratzt sich am dunklen, stoppeligen Kinn. „Arzttermin. Er ist bald zurück. Erinnerst du dich an Cal, den Anwalt?"

Cal neigt den Kopf und sieht in seinem schneeweißen Hemd besser aus, als ein Mann das Recht dazu hat. *Verdammt! Er sollte nicht hier sein!*

Cal dreht sich zu Nathan. „Normalerweise sagen die Leute Cal, der Baseballspieler, also ist Anwalt schön zu hören."

Nathan sagt: „Baseballspieler hat meist den besseren Status, außer bei den Komischen wie Mackenzie hier. Kein Fan von Amerikas Zeitvertreib. Außer, du kaufst ihr einen Hotdog und ein Bier."

„Nur für die Snacks dabei", sagt Cal, was er schon von unserem Film-Marathon weiß. „Ist in Ordnung. Ich bin genauso bei romantischen Komödien. Brauche Popcorn und Milk Duds, um die durchzustehen."

Ich setze mich und fahre meinen Laptop hoch. Ich arbeite daran, eine neutrale, professionelle Stimme zu behalten. „Warum brauchen wir einen Anwalt?"

„Schreib diese Filme nicht ab", sagt Nathan zu Cal. „Der beste Weg zum Herzen einer Frau. Außer Schokolade, natürlich."

Sie lachen gemeinsam, und jetzt will ich jemanden schlagen. Wir sind nicht hier, um über Frauen oder Herzen zu reden. Das ist so dumm.

Ich versuche eine andere Taktik. „Wir brauchen keinen Anwalt."

Nathan zieht sich einen Stuhl heraus und bedeutet Cal, dasselbe zu tun. „Ich möchte einen rechtlichen Rat für diesen Interessenkonflikt."

Ich dachte, in unserem heutigen Meeting wollten wir entscheiden, welchen Kunden zu halten wichtiger ist. Wir konnten keine Lösung finden. Ich schätze, da kommt Cal ins Spiel. Ich muss über dem Privaten stehen und überlegen, was für unser Geschäft am besten ist. Selbst wenn jede Zelle in meinem Körper mir sagt, ich soll rennen.

Oder Cal zur Tür hinausstoßen. Ich bin überraschend stark für meine Größe.

Nathan mustert mich. „Du kommst mit Cal klar, oder? Es gibt keinen Interessenkonflikt zwischen euch beiden."

„Natürlich nicht!", sage ich hitzig und will sofort im Boden versinken, bis zum Magma des Erdkerns.

„Ich habe früher Unternehmensrecht gemacht, also habe ich diese Situation schon mal gesehen", sagt Cal.

Oh, okay, also tun wir so, als wäre es völlig normal, dass wir jetzt zusammenarbeiten, nachdem ich ihn aus dem Bett geworfen habe? Aus gutem Grund! Cool, cool. Kein Problem hier.

„Mackenzie?" Nathan wirft mir einen forschenden Blick zu. „Hast du mich gehört?"

Ich starre ihn ausdruckslos an. „Bitte, was?"

„Die Verträge für unsere Kunden."

Ich öffne sie auf meinem Laptop und richte meinen Blick auf Cals Augenbrauen, unfähig, seinem Blick zu begegnen, ohne zu implodieren. „Wie ist deine E-Mail-Adresse? Ich schicke dir die Verträge, die wir mit beiden haben."

„Habe ich schon von Nathan", sagt Cal und wirft mir einen seltsamen Blick zu.

„Kannst du das mit ihm durchgehen?", fragt Nathan

geduldig. „Ich muss einen anderen potenziellen Kunden im Finanzdistrikt besuchen.“

Ein Schauer reiner Panik rast mein Rückgrat hinauf. Allein mit Cal? Nein, nein, nein. „Wir verschieben es auf einen besseren Zeitpunkt. Was für ein potenzieller Kunde?“

Nathan steht auf, nimmt seine Jacke und zieht sie an. „Jemand, den ich am Wochenende beim Basketball gefunden habe. Ich arbeite an allen Fronten.“

Ich starre ihn flehend an. „Nathan, warte.“

Er klopft Cal auf die Schulter. „Du bist in guten Händen bei Mackenzie. Sie leitet hier im Grunde alles.“

„Das hat sie mir gesagt“, sagt Cal mit einem Grinsen.

Nathan lacht bellend und schreitet zur Tür. Ich stolpere fast über meinen Stuhl in der Eile, ihn einzuholen. Ich packe ihn am Ärmel, bevor er die Tür erreicht.

Er dreht sich um. „Was ist los? Du siehst aus, als hätte jemand deine Katze überfahren.“

„Sag’ das niemals! Felix ist der beste Kater aller Zeiten.“ Ich senke meine Stimme. „Hör zu, du kannst mich hier nicht mit ihm allein lassen. Ich bin unvorbereitet. Du hättest das erst mit mir abklären sollen.“

„Ist doch keine große Sache. Du kennst die Kunden in- und auswendig. Beantworte einfach seine Fragen. Wir haben Glück, dass er uns nicht nach Stunden abrechnet. Ich habe ein Projekt-Honorar ausgehandelt, das sehr vernünftig ist. Er versucht, hier in der Stadt Wohlwollen aufzubauen.“

Er greift nach der Tür, und ich presse mich dagegen. „Verschiebe dein anderes Meeting.“

„Was ist los … oh!“ Er wirft mir einen wissenden Blick zu. „Du hast mit ihm geschlafen.“

„Schh!“

Er klopft mir auf die Schulter. „Gut für dich.“

„Ich habe es beendet“, flüstere ich heftig. „Jetzt ist es höllisch peinlich. Ich kann so nicht arbeiten. Du musst das ein anderes Mal übernehmen.“

Er sieht verwirrt aus, seine Brauen ziehen sich zusammen.

„Beendet was? War es, wie eine Beziehung? Hast du nicht normalerweise *mit allen Regeln sorgfältig umrissene* Flirts?"

Ich koche innerlich bei seinem Necken. Es ist meine organisierte, regelbefolgende Natur, die diesen Laden am Laufen hält. „Das geht dich nichts an. Ich will es nur auf einen besseren Zeitpunkt verschieben, wenn du und Owen hier sein könnt."

Er wirft mir einen Blick zu, der an Mitleid grenzt. „Mackenzie, aus der Sicht eines Typen: Er ist darüber weg. Hast du gesehen, wie entspannt er da drin war? Ihm geht's gut. Also wird's dir auch gutgehen."

Ich knirsche mit den Zähnen. „Mir geht's gut."

Er lächelt, zeigt beide Grübchen. „Gut. Dann bekommt ihr es hin, an einem kleinen Projekt zusammenzuarbeiten. Er wird dich wahrscheinlich mit all dem Juristenkram zu Tode langweilen, und all die aufgestaute Lust, an der du festhältst, wird verschwinden."

Ich presse die Lippen zusammen. „Ich habe keine aufgestaute Lust." *Ich bin viel zu befriedigt dafür, was nicht der Punkt ist. Konzentrier dich!*

Er hebt die Hände. „Kein Urteil. Wenn du mich jetzt entschuldigst, ich muss wirklich zu diesem Meeting."

Ich trete widerwillig von der Tür weg. Er macht einen schnellen Abgang.

Ich drehe mich um und schreite in den Raum. Cal schaut aus dem Fenster auf die Main Street. Gegenüber ist die Happy Endings Bar, der Ort unseres ersten Kusses. Meine Gedanken blitzen zu starken Armen, die mich hochheben, dem alles verzehrenden Kuss, als er mich gegen die Tür gepresst hat, zu all den harten Ebenen seines Körpers, die köstlich auf meine weichen, schmerzenden Stellen trafen.

Ich lasse die Schultern hängen. Ich bin verloren. Jedes Mal, wenn ich ihn sehe, werde ich eine Highlight-Sequenz unserer sexy Aktivitäten in meinem Kopf ablaufen haben. Darum hatte ich nicht vor, ihn zu sehen.

Er dreht sich um. „Alles okay?"

„Weißt du was? Lass uns Sutton per Videoanruf hinzuschalten. So muss ich sie später nicht auf den neuesten Stand bringen."

„Klar."

Cal kommt näher und steht mir gegenüber am Besprechungstisch. Mein Blick wandert von seinem ernsten Ausdruck zum Hals, zu seinen breiten Schultern, dieser Brust. Mein Mund ist trocken.

Ich setze mich. „Ich hole Sutton in den Chat." Er scheint nicht aufgebracht über die Nachwirkungen von Samstagnacht. Das beweist nur, dass es ihm über das Körperliche hinaus nichts bedeutet hat. Ich bin so wütend auf mich selbst. Ich bin auf ihn reingefallen. Das bin ich, obwohl jeder Instinkt mir gesagt hat, ich solle in Deckung bleiben. Meine Augen werden heiß. Jetzt *nicht* weinen!

„Willst du, dass ich sie anrufe?", fragt Cal und nimmt den Sitz neben mir.

Ich schüttle den Kopf und verbinde mich ein paar Augenblicke später mit Sutton. Sobald sie antwortet, drehe ich den Bildschirm, damit wir sie beide sehen können. „Hi, Sutton, ich habe Cal heute hier bei mir. Wir arbeiten an diesem Interessenkonflikt, den ich erwähnt habe. Ich dachte, du solltest im Bilde sein."

Sutton, eine hübsche Brünette mit einem strahlenden Lächeln, winkt uns zu. „Hi! Was für eine Überraschung! Ich wusste nicht, dass Cal mit uns arbeiten wird. Habe ich dir nicht gesagt, dass Mackenzie schön und klug ist?"

„Das hast du", sagt Cal freundlich.

Jetzt ist mir warm. Ich bin solche Komplimente nicht gewohnt. Na ja, Cal hat mir ja auch kein Kompliment gemacht. Das war seine Schwester. „Lass uns zur Sache kommen."

„Ihr beide habt so viel gemeinsam", sagt Sutton.

„Haben wir das?", fragt Cal.

Ich reibe mir die Schläfe. Sutton fängt an, mich an meine kuppelfreudige Mom zu erinnern. Das Letzte, was ich brauche, wenn ich versuche, mein Herz zu schützen.

Sutton zählt unsere Kompatibilität an den Fingern ab.

„Beide aus Kleinstädten, beide von euren ersten Karrieren abgewichen, und ihr seid beide Hufflepuffs."

Meine Wangen glühen. Cal wirft mir einen amüsierten Blick zu.

Ich räuspere mich. „Ich bin mir nicht sicher, was du damit meinst, aber okay. Ich habe die –"

„Hufflepuffs sind freundlich, loyal und fleißig", sagt Sutton. „Das weißt du genau. Du hast die Harry-Potter-Reihe öfter gelesen als ich."

Ich reibe mir die Seite des Halses. „Als Kind. Ich habe das Gefühl, wir kommen vom Thema ab."

„Und Cal hat sie auch gelesen."

„Ich sagte, die Filme sind cool", sagt Cal. „Ich hufflepuffe nicht aktiv."

Ich lächle trotz meiner schlechten Laune.

„Was ist mit deinem –", beginnt Sutton.

Cal unterbricht sie. „Okay, zurück zum Geschäft."

„Er hat einen Zauberstab", flüstert Sutton.

Ich würde ja lachen, aber ich habe auch einen. Er wirft mir einen peinlich berührten Blick zu.

„Wir müssen nie wieder darüber reden", sage ich. „Sutton, bitte mach Notizen. Cal, lass uns mit dem Vertraulichkeitsabschnitt des Vertrags anfangen."

Wir machen uns an die Arbeit. Cal setzt eine Lesebrille auf, und ich tue so, als würde ich nicht bemerken, wie sexy er damit aussieht, während er all seine juristische Kompetenz zeigt. Er ist ganz professionell, was genau das ist, was ich für den Rest dieser Arbeitsvereinbarung sein werde.

Ich werde Nathan und Owen töten, weil sie mir das zumuten.

Als wir fertig sind, stehe ich auf, bereit zu entkommen, aber nei-i-i-n. Cal taucht an meiner Seite auf. „Mackenzie, warte. Ich denke nicht, dass die letzte Nacht ein Fehler war."

Ich presse die Lippen zu einer flachen Linie und wappne mich gegen jegliche verräterische Süße. Ich lasse mich nicht wieder täuschen.

„Wir haben gute Chemie", sagt er.

Ich schnappe mir meine Aktentasche. „Ah, ja. Chemie. Und vergiss Freundschaft nicht."

Er packt mein Handgelenk, sein Daumen streicht über die weiche Unterseite. Ich reiße mein Handgelenk aus seiner Reichweite.

„Es ist ein Anfang", sagt er. „Vielleicht –"

Ich begegne seinem Blick und halte meine Stimme neutral. „Sagst du, du willst eine Beziehung?"

Er zögert. Und da hab' ich meine Antwort.

„Ich bin mir nicht sicher, was ich sage", erwidert er. „Das Fake-Dating fühlt sich nicht mehr fake an."

„Warum?"

Er öffnet den Mund und schließt ihn wieder.

„Du hast mir gesagt, du bist nicht gut in Beziehungen", sage ich in einem sachlichen Ton, als würde es mich nicht im Geringsten stören.

Er räuspert sich. „Bin ich auch nicht."

„Und du bist gerade aus einer festen Beziehung raus, die schlecht geendet hat. Ich sage nicht, dass das deine Schuld war, aber es scheint zu früh für dich, in was Neues zu springen. Falls es das ist, worauf du anspielst. Ich kann's nicht sagen, und ich will nicht mehr raten."

Seine Brauen ziehen sich zusammen, aber er sagt nichts.

Ich zwinge mich zu lächeln. „Es ist okay. Wirklich. Ein wenig Abstand zwischen uns wäre gut, bevor wir wieder versuchen, Freunde zu sein, okay?"

„Du bist diejenige, die mich angemacht hat", sagt er.

Ich schnappe nach Luft. „Bye, Cal."

Ich schleppe mich durch die Woche. Zum Glück läuft der Rest des Arbeitsprojekts mit diesem *Wie-heißt-er-noch-gleich*, an den ich nicht denke, per E-Mail. Nathan sagte, er übernimmt das abschließende Meeting mit diesem *Wie-heißt-er-noch-gleich*, um die zu unterzeichnenden Papiere durchzusehen, da ich das erste übernommen habe. Jetzt ist Donnerstagabend, und ich habe einen absoluten Tiefpunkt erreicht, indem ich einen Becher Ben & Jerry's Schoko-Chip-Cookie-Dough-Eiscreme zum Abendessen vernichte.

Harper ist nicht zu Hause, und sie hat auf meine SMS nicht geantwortet. Eins der schönen Dinge daran, mit Harper aufzuwachsen, war, endlich eine Schwester zum Mitfühlen zu haben. Wir waren zu Hause mit je zwei Brüdern in der Unterzahl. Ich zähle auf sie für diese Art von Elend.

Ich bin es leid, mich zu suhlen, schnappe mir meinen Mantel und gehe zum Happy Endings. Ich werde was Richtiges zu essen am Tresen bestellen und unter Leuten sein.

Als ich dort ankomme, steht mein Bruder Cooper an der Bar. Er ähnelt Dad, groß mit braunem Haar und braunen Augen. Er ist schelmisch wie Dad, aber auch empathisch wie Mom. Wahrscheinlich haben gestresste Frauen, wenn sie an der Bar was getrunken haben, immer ihre Probleme mit ihm geteilt. Er war als Retter der Frauen bekannt. Aber Rowan hat ein Machtwort gesprochen, und jetzt ist er zwar freundlich zu gestressten Frauen, aber nicht mehr im Rettungsdienst.

„Hey, große Schwester", sagt er. „Ist das ein Weißwein- oder ein Mojito-Abend?"

„Wein, danke."

Er nimmt meinen Lieblingswein aus dem Kühlschrank und schenkt mir ein Glas ein. „Alles okay? Du wirkst nicht wie dein übliches, fröhliches Selbst."

„Ich bin fröhlich."

Er wirft mir einen Blick zu, während er mir das Glas reicht. „Versuch's nochmal."

Ich trinke einen langen Schluck Wein. „Warum sind Männer scheiße?"

„Oh-oh."

„Ja."

Er lehnt sich über die Theke. „Du solltest es der Gruppe auf der anderen Straßenseite erzählen."

„Was für einer Gruppe?"

„Dem Happy End Buchclub. Sie treffen sich heute Abend.

Ich bin überrascht, dass du nicht dort drüben bist. Rowan und Harper sind da."

Ein Stich des Verrats trifft mein ohnehin schon gezeichnetes Herz. Und, okay, ein bisschen Angst, was zu verpassen. Darum konnte Harper in meinem Elend nicht für mich da sein. Sie hat sich hinter meinem Rücken der Romantik-Crew angeschlossen. Währenddessen teile ich jeden kleinen Teil meines Lebens mit ihr. Sie hat früher gesagt, sie glaube nicht an diesen Liebesfantasie-Kram, nachdem ihr Freund, mit dem sie zwei Jahre zusammengewohnt hat, sie *in ihrem Bett* betrogen hat. Was ist damit, hm? Wir waren eine vereinte Anti-Liebes-Front.

Und noch was, das sie mir nie erzählt hat – sie hat mir nie gesagt, warum sie all die Jahre immer sauer auf Nathan ist. Ich erzähle ihr *alles*.

Heißt das, Harper wird anfangen, nach einem Glücklich-bis-ans-Lebensende-Fantasiemann zu suchen, und mich zurücklassen? Wir sollten zumindest in unseren spaßigen Zwanzigern Mitbewohnerinnen sein. Das war der Plan.

Und seit wann liest Rowan Liebesromane? Als ich Rowan kennengelernt habe, hatte sie eine entschieden antiromantische Haltung. Wie mein Bruder Cooper das umgedreht hat, ist mir ein Rätsel. Ich schätze, als neue Partnerin in Moms Hochzeitsplanungsgeschäft hat es sie schließlich erwischt.

Dieser Buchclub ist voll mit Mom und ihren Freundinnen, all meinen Lieblingstanten, und jetzt sind auch noch meine Freundinnen ohne mich da. Das ist so falsch.

Ich kippe den Rest meines Weins hinunter. „Setz es auf meinen Deckel." Ich hüpfe vom Barhocker und marschiere zur Tür.

„Mann, für Familie ist es kostenlos!", ruft Cooper mir nach.

„Ich weiß!"

Ich stoße die Tür auf und jogge über die Straße zum Something's Brewing Café.

Cal

Ich dachte, ich würde mich fehl am Platz fühlen, aber dieser Liebesroman-Buchclub war sehr entgegenkommend. Als Mad mich letzte Woche eingeladen hat, habe ich das Buch im Veranstaltungskalender des Ladens nachgeschlagen. Da dachte ich, es könnte eines dieser Fake-Date-Dinger für mich und Mackenzie sein. Dann musste ich das Buch natürlich lesen, damit ich bei der Diskussion nicht verloren bin.

Fiery Embrace war ein Augenöffner. Erstens hatte ich keine Ahnung, dass es in diesen Büchern Sexszenen gibt. Meine kleine Schwester liest sie gierig. Erklärt mehr, als ich wissen will. Zweitens verstehe ich endlich die Gedanken und Gefühle einer Frau. Es war alles direkt da beschrieben. Ich kann nicht glauben, dass nicht mehr Typen das mitbekommen haben.

Das lebhafte Gespräch der Frauen im Café tritt in den Hintergrund, während ich nochmal durchgehe, was mit Mackenzie passiert ist, um herauszufinden, wo es schiefgelaufen ist. Wir hatten eine tolle Nacht. Ich habe das Falsche gesagt, wie so oft, aber was war falsch an dem, was ich gesagt habe? Dass es lange dauern würde, einander aus dem System zu haben, ist was Gutes. Und gute Chemie heißt, ich bin gern mit ihr zusammen.

Sie hat alles falsch verstanden. Dann hat sie mich in die Vielleicht-irgendwann-in-der-Zukunft-Freundeszone gesteckt. Freunde! Nach allem, was wir geteilt haben.

Zum ersten Mal in meinem Leben weiß ich nicht, was der nächste strategische Zug ist. All diese verwirrenden Gefühle trüben mein Denken. Ich will sie in die Kiste stecken, in der all meine unerwünschten Gefühle sind, aber sie sind zu stark dafür.

Und dann ist sie plötzlich hier. Das Blut rauscht durch meine Adern. Unsere Augen treffen sich quer durch den Raum, ihre Lippen formen ein perfektes O der Überraschung.

Scheiße! Sie wird denken, ich gebe ihr nicht den Raum, um den sie gebeten hat. Soll ich abhauen? Ich sitze in einem

Kreis von Frauen. Es würde viel Aufmerksamkeit erregen, wenn ich plötzlich aufstehe und gehe.

Ihr Blick wandert, fixiert auf Harper. Mackenzie sieht nicht zufrieden mit ihr aus. Eine vorübergehende Schonfrist für mich. Ich muss mir eine gute Erklärung einfallen lassen, warum ich hier bin, die nicht verrät, wie ahnungslos ich über das emotionale Leben von Frauen bin. *Denk nach!*

14

Mackenzie

Ich versuche wirklich angestrengt, mich zusammenzurei-
ßen, aber nicht nur sind Harper und Rowan hinter meinem
Rücken hier – Cal ist auch da. Und warum sonst sollte er hier
sein? Mom muss ihn eingeladen haben, nachdem ich ihr
gesagt habe, sie soll aufhören, mich mit ihm zu verkuppeln!
Oder mit irgendwem!

Oh, Moment, sie wusste ja nicht, dass ich hier sein würde.
Was zum Teufel macht Cal hier?

Ich stehe da und warte auf eine Gesprächspause. Die
Frauen und Cal sitzen in einem Kreis in der Mitte des Raums,
die Tische sind an die Wände geschoben. Ich sehe mich in der
lebhaften Gruppe um, Mom und einige meiner Lieblingstanten, Mad, Lauren, Charlotte und Carrie. Tante Ally ist nicht
hier, immer noch auf ihrer Weltkreuzfahrt. Sie wäre diejenige,
die mich bezüglich meines Unglaubens an Romantik aufmun-
tern würde. Sie hatte die Sologamie entdeckt und sich selbst
geheiratet – als Teil ihres Glücklicher-Single-Plans. Sie sagte
immer, Romantik sei eine Fantasie. Natürlich war das, bevor
sie sich Hals über Kopf in Onkel Ethan verliebt und ihn
geheiratet hat.

Ich blinzle Tränen zurück. Ich weiß nicht, warum ich so

aufgewühlt bin. Es ist nur ein Buch. Warum kümmert es mich, wenn alle außer mir auf Romantik stehen?

Tante Mad verteidigt leidenschaftlich die Heldin, weil sie nach der Trennung wieder mit dem Helden rummacht. Ich traue mich nicht, Cal anzusehen. Keine Vergleiche ziehen, das ist gar nicht wie bei uns.

„Natürlich war die Trennung nur vorübergehend", sagt Harper. „Sie waren eingesperrt, also war das Rummachen für mich in Ordnung. Außerdem: hallo? Verdammt heiß!"

„Harper, was machst du hier?", platze ich heraus.

Alle Augen richten sich auf mich. Cal stellt einen Stuhl für mich neben Harper, und die Frauen machen Platz.

„Danke." Ich setze mich und drehe mich zu Harper. „Du magst dieses Glücklich-bis-ans-Lebensende-Zeug?" Meine Stimme wird zum Flüstern, meine Augen brennen. „Warum hast du mir das nicht gesagt?"

Sie verdreht die Augen. „Ist doch keine große Sache. Es macht Spaß, wie diese Schwarz-Weiß-Filme, auf die deine Mom mich gebracht hat."

Mom lächelt. „Die machen wirklich Spaß. Schön, dich zu sehen, Liebling, und deinen Freund auch."

Offenbar glaubt sie an das Fake-Dating und denkt sich nichts dabei. Ich habe all diese Zeit mit Cal verbracht, um etwas zu beweisen, und dann bin ich diejenige, die sich verliebt hat. Ich, Miss Pragmatisch. Ich versuche zu lächeln, schaffe es aber nicht.

Mom fährt fort und lächelt Cal an: „Wir finden die männliche Perspektive auf Romantik immer sehr erhellend."

Die Frauen kichern und tauschen bedeutungsvolle Blicke aus. Ich frage mich, ob sie ihre Ehemänner dazu bringen, Liebesromane zu lesen.

„Es hat mein Interesse geweckt", sagt Cal. „Da war viel Unerwartetes drin. Aber alles gut."

Meine Augen weiten sich. *Ernsthaft? Spricht er mit meinen weiblichen Familienmitgliedern und meinen Freundinnen über Sex?*

Er fährt in einem freundlichen Ton fort: „Ich habe schon mit Buch zwei der Reihe angefangen."

Die Frauen klatschen. Ich sinke in meinen Sitz und fühle mich wie eine Außenseiterin.

„Das Dampf-Level war genau richtig", sagt Tante Mad.

„O mein Gott, die Fahrstuhlszene", sagt Harper.

„Was haltet ihr von der Badezimmerszene?", fragt Mom die Gruppe.

„Das finde ich nicht mehr sexy", sagt Tante Charlotte. „Keime."

„Können wir annehmen, dass das fiktive Badezimmer ordnungsgemäß desinfiziert wurde?", fragt Tante Carrie.

Alle lachen. Cal startet eine ernsthafte Diskussion über das Liebesroman-Genre und was es für Frauen bedeutet und wie das Männer und unsere Kultur als Ganzes widerspiegelt. Als Nächstes wird noch mein Kater auf den Hinterbeinen laufen und mir sagen, dass er die ewige Liebe will.

Dass Cal ernst nimmt, was diese Frauen lieben, geht mir nahe. Meine Wut verblasst, und Wärme nimmt ihren Platz ein. Vielleicht können wir eines Tages wieder Freunde sein. Er ist ein guter Mensch, nur nicht gut für mich.

Ich schalte ab, bis alle anfangen, ihre Mäntel und Taschen zu nehmen. Cal steht auf und hält meinen Mantel hoch, um mir hineinzuhelfen. Es macht mehr Mühe, als es sich lohnt, ihm auszuweichen, also schlüpfe ich in die Ärmel und spüre Moms Blick auf mir.

Ein paar Augenblicke später gehen wir zur Tür hinaus, Richtung Happy Endings gegenüber für Drinks. Tante Mad schließt sich Cal an und sagt ihm, er solle ihre Söhne treffen, die große Baseballfans sind. Sie fangen an, über Baseball zu reden.

Ich bleibe einen Schritt zurück, und Mom gesellt sich zu mir. „Ich war überrascht, dich und Cal hier zu sehen."

Ich kann die Augen nicht von Cals Profil nehmen, wie er mit Tante Mad spricht. Er ist so gut aussehend und wortgewandt. Ich wünschte, ich würde nicht all das an ihm bemerken. „Ja, äh …" Dann erinnere ich mich, dass Tante Mad uns letzte Woche beide eingeladen hat. Cal muss ihre Einladung ernst genommen haben, und wie süß ist es, dass er teilhaben will? „Tante Mad hat uns eingeladen."

Cal lächelt über etwas, das Tante Mad sagt, und mein Puls flattert.

„Also läuft es gut zwischen euch beiden?", fragt Mom vorsichtig.

Ist das der Punkt, an dem ich gestehe, dass wir nur zum Schein gedatet haben, oder sage ich, dass wir Schluss gemacht haben? Haben wir Schluss gemacht?

„Mmm. Er ist gut. Also, wie läuft's bei der Arbeit?"

„Wir sind für Frühling und Sommer komplett ausgebucht."

„Das ist toll!"

„Ja. Oh! Wir planen einen Mädelsausflug nach New Orleans nach der Hochsaison", sagt Mom. „Harper kommt mit. Du kannst gerne auch mitkommen."

Noch etwas, das Harper mir nicht erzählt hat. Sie hat neue Hobbys, eine neue Sicht auf die Liebe und einen Mädelsausflug in Planung. Was für eine beste Freundin/Schwester/Cousine lässt einen bei so viel in ihrem Leben außen vor?

„Mackenzie, geht's dir gut?", fragt Mom.

„Mir geht's gut. Klingt nach Spaß. Schick mir die Daten, und ich sehe, ob ich es einrichten kann."

Cal öffnet die Tür zum Happy Endings für uns alle, was ihm ein Lächeln und Dankeschön von den anderen Frauen einbringt. Ich seufze. Es ist zum Verrücktwerden, wie er gleichzeitig süß und zermürbend sein kann.

Ein paar Typen an der dunklen Kirschholztheke schauen Basketball auf dem Großbildfernseher. Sie werfen einen Blick auf das Stimmengewirr der redenden und lachenden Frauen, die hereinkommen, und rücken ans Ende der Theke. Ich bleibe mit Cal zurück.

„Stehst du jetzt auf Liebesromane?", frage ich.

Er zuckt die Schultern. „Ich war neugierig. Ich bin nicht

gekommen, um dich zu stalken oder so. Willst du, dass ich gehe?"

„Nein, du musst nicht gehen."

„Deine Eltern haben mich zu ihrer Zeremonie zur Erneuerung ihres Ehegelübdes eingeladen. Wird das ein Problem sein?"

Ich beiße mir auf die Unterlippe. Es wird nicht leicht sein, Cal aus dem Weg zu gehen, obwohl ich mich allmählich frage, warum ich das will. „Kein Problem für mich."

Er beugt sich vor, um zu flüstern: „Deine Mom und Freundinnen denken, wir sind noch zusammen von unserem Fake-Dating. Wie willst du das spielen?"

Ich blicke zur Decke und überlege. Ich war die ganze Woche elend.

Andererseits, wie soll ich je weiterkommen, wenn ich weiter so tue, als wären wir ein Paar? Ich drehe mich zu ihm, mein Schuh bleibt irgendwie am Boden hängen und lässt mich das Gleichgewicht verlieren. Er packt mich, um mich zu stützen. Wir sind einander nahe, und die Hitze zwischen uns steigt.

Ich schlucke schwer. „Du musst nicht mehr meinen Freund spielen."

Er streicht eine Haarsträhne hinter mein Ohr, seine dunklen Augen warm auf meinen. Mein Herz schlägt schneller. „Und was, wenn ich es mag?" Er hebt mein Kinn und küsst mich. Ein zarter Kuss, der vorbei ist, bevor ich blinzeln kann. Er erschüttert das Fundament all meiner festen Prinzipien, die doch mein Herz schützen sollen.

Ich bin in Schwierigkeiten.

„Ich liebe es, wenn du mich so anschaust", sagt er, und seine Lippen verziehen sich zu einem Lächeln, das nur als über alle Maßen sexy, zärtlich und liebevoll zugleich beschrieben werden kann.

Ich sehe weg und atme durch. Sex hat mich in dieses Chaos gebracht. Ich muss es runterfahren.

Die Frauen werden lauter. Ich drehe mich um und sehe Tante Mad, die ihren Freundinnen ein High Five gibt. Harper ist mittendrin. Sie winkt mich zu sich. Ich gehe gerade mit Cal hinüber, als Rowan hinter mir auftaucht. Hat Harper Rowan zugewinkt und nicht mir? Warum fühle ich mich wieder außen vor gelassen?

„Hey, Ladys!", sagt Rowan und umarmt zuerst Harper, dann mich. „Treten wir alle dem Happy End Buchclub bei? Mackenzie, bist du dabei?"

„Du liest jetzt Liebesromane?", frage ich.

„Noch nicht, aber ich lese historische Romane, und Harper hat mir gesagt, das nächste Buch ist historisch."

„Schottischer Highlander-Liebesroman", sagt Harper. „Du solltest den Umschlag sehen. Der Kilt an diesem Typen!"

Rowan lacht. Ich werfe Cal einen Seitenblick zu, um zu sehen, wie er all dieses Gerede über Typen aufnimmt. Er küsst meine Schläfe. Es ist so leicht, sich in ihn zu verlieben.

„Willst du was trinken?", fragt er.

„Ich nehme einen Mojito", sage ich. Er schaut zu meinen Freundinnen.

„Sprudelwasser, bitte", sagt Rowan.

„Merlot für mich, danke", sagt Harper.

Cal macht sich auf den Weg zu Barkeeper Cooper, während Harper, Rowan und ich zu einem hohen Tisch gehen. „Also …", sage ich, unsicher, wie ich vorgehen soll. *Haben alle Romantik-Spaß ohne mich?*

„Bist du schwanger?", fragt Harper Rowan zur gleichen Zeit, als Rowan mich fragt: „Seid ihr, du und Cal, ein Paar?"

„Was?", fragen Rowan und ich gleichzeitig.

„Moment", sagt Harper. „Rowan, was hat das mit dem Sprudelwasser auf sich?"

Sie hebt eine Schulter. „Cooper und ich machen diese Siebzig-Tage-Herausforderung mit gesundem Essen, Sport und Meditation. Wenn ich die siebzig Tage nicht schaffe, muss ich die nächsten siebzig Tage die Wäsche machen, und wenn er die siebzig Tage nicht schafft, muss er die nächsten siebzig Tage die Mahlzeiten planen, einkaufen, kochen und den Abwasch machen."

Mir bleibt der Mund offenstehen. „Whoa, ihr seid echt hart drauf."

„Sein Einsatz klingt viel härter als deiner", meint Harper.

Rowan zuckt die Schultern. „So sehr will er, dass ich das mit ihm mache. Er hat mir eine unglaubliche Motivation gegeben."

„Und wenn ihr beide die siebzig Tage durchhaltet, was gewinnt ihr?", frage ich.

„Wir gewinnen im Leben", sagt sie mit ernstem Gesicht.

Harper und ich lachen. „Nein, jetzt mal wirklich", sagt Harper.

Rowan lächelt. „Wirklich. Okay, Cooper hat sich das ausgedacht, aber ich bin dabei. Außerdem werden wir für unsere Flitterwochen in St. Barts gut aussehen." Sie dreht sich zu mir. „Also, du und Cal, hm?"

„Ich wusste, ihr seid nicht nur Freunde", sagt Harper. „Filme und Kuscheln ist Beziehungsgebiet."

„Aww", sagt Rowan. „Das ist so süß. Welcher Film?"

„Nochmal zurück. Warum steht ihr zwei plötzlich auf Romantik?", frage ich.

„Cooper hat mich glauben lassen", sagt Rowan mit einem verträumten Lächeln.

Harper zuckt die Schultern. „Es macht Spaß. Und ich habe dir nichts davon erzählt, weil ich wusste, dass du gleich urteilen würdest."

Ich schnaube. „Weil wir uns über diesen Club lustig gemacht haben. Wir waren uns einig, dass es alles fake ist und Frauen hohe Erwartungen gibt, die nie erfüllt werden können."

„Vielleicht waren meine Erwartungen zu niedrig", sagt Harper. „Du hast hohe Erwartungen, auch ohne diese Bücher, aber ich hatte nie welche."

„Du hast das alles hinter meinem Rücken gemacht", sage ich, unfähig, den Schmerz aus meiner Stimme zu halten.

„Du hast das alles mit Cal hinter meinem Rücken gemacht", sagt sie.

„Ich habe dir erzählt, was los war", sage ich durch die Zähne.

„Richtig. Aber du hast ein paar wichtige Dinge ausgelassen."

„Wie was?"

Rowan rümpft die Nase. „Hat deine Mom dich nicht vor ihm gewarnt, weil er ein Frauenschwarm ist?"

„Was soll das überhaupt heißen?", fragt Harper. „Der Mann hat mit einer Frau zusammengelebt."

„Was ist los mit ihm?", fragt Rowan.

Eine Flut von Emotionen trifft mich auf einmal – seine seelenvollen Augen, die Art, wie er mit mir redet und wirklich zuhört, der Spaß, den wir zusammen haben. Wie ich mich in ihn verliebe, und er immer noch einfach nur Spaß hat. Locker.

Was zum Teufel tue ich, dass ich ihn küsse und ihn all seine galanten Sachen machen lasse, als wären wir wieder da, wo wir waren? Wir können nie wieder dort sein, weil ich *Gefühle* habe und er nicht. Das hat er klargemacht, als ich ihn gefragt habe, ob er eine Beziehung will. Sein Schweigen war vernichtend. Und dann hat er mir vorgeworfen, ich sei diejenige gewesen, die angefangen hat, was, seien wir ehrlich, ich auch war. Ich muss aufhören. Warum kann ich nicht aufhören?

Ich spreche hastig und versuche, der Panik zu entkommen. „Er macht Spaß, aber ich würde nie eine Beziehung mit jemandem wie ihm wollen."

Harper und Rowan starren über meine Schulter mit identischen entsetzten Blicken. Die Haare in meinem Nacken richten sich auf. Ich verziehe das Gesicht. Er steht hinter mir, oder?

Ich drehe mich um. Cal weicht dem Blickkontakt aus und stellt unsere Getränke wortlos auf den Tisch. Er hat das definitiv gehört.

Ich schlucke schwer. „Cal, ich –"

„Ich hole mir ein Bier." Seine Stimme ist flach, ohne jede Emotion.

Er geht. Mir wird ganz flau im Magen. Was sage ich? Er hat mir erzählt, er sei nicht gut in Beziehungen, also ist es wahr, dass ich nicht darauf drängen würde.

Harper wirft mir einen mitleidigen Blick zu. „Weißt du, ich denke, du könntest viel aus Liebesromanen lernen."

Ich lasse den Kopf in die Hände sinken und stöhne. „Nicht hilfreich."

15

———

Mackenzie

Mir geht's gut. Mir geht's wirklich, wirklich gut. Ugh. Nein. Mir geht's so gar nicht gut. Es ist eine Woche her, und ich kann nicht aufhören, an das zu denken, was im Happy Endings passiert ist. Er hat sich den Rest des Abends ferngehalten, sein Bier an der Theke getrunken, mit Tante Charlotte und Tante Lauren geredet. Und jetzt hat er mich geghostet. Reagiert nicht auf meine Anrufe oder SMS. Ich werde nicht betteln.

Was erwartet er, dass ich sage? *Es tut mir leid, ich wäre tatsächlich gern in einer Beziehung mit dir.* Ist es das, was er will? Er hat wirklich eine komische Art, das zu zeigen.

Wie kann ich das besser machen? Dann erinnere ich mich, dass wir einen Deal haben. Er hat gesagt, er würde das Fake-Dating machen, und im Gegenzug würde ich seine Schwester Sutton für einen Job herholen. Das muss ihn dazu bringen, wieder mit mir zu reden. Außerdem wollte ich Sutton schon immer in einer größeren Rolle.

„Mackenzie, irgendwelche Gedanken?", fragt Nathan.

Wir haben ein Meeting im Büro, und ich schweife gedanklich ab, um mich selbst davon zu überzeugen, dass es mir gut geht. „Neuer Kunde will mehr persönliche Betreuung von dir.

Lasst uns den Umfang und die abrechenbaren Stunden ausarbeiten."

Nathan und Owen tauschen einen Blick. „Ja, aber", sagt Nathan langsam, „ich habe gefragt, was du davon hältst, dass ich in eine Wohnung in der City ziehe, um mein Netzwerk im Finanzsektor auszubauen. Jetzt, da wir uns einen Kunden geschnappt haben, könnte das helfen. In der City passiert viel nach Feierabend. Das würde allerdings bedeuten, dass ich weniger für diese persönlichen Meetings verfügbar bin."

„Und damit er Frauen treffen kann", fügt Owen hilfsbereit hinzu.

„Könntest du damit aufhören?", sagt Nathan ohne echte Schärfe. „Frauen zu treffen war nie ein Problem für mich."

„Ah, aber die *richtige* Frau könnte eine größere Auswahl erfordern", sagt Owen. Er ist einer dieser glücklich verheirateten Menschen, die denken, jeder sollte heiraten. Ich fände es nervig, wenn ich nicht so glücklich für ihn und Shayla wäre.

„Ich dachte, du liebst dein Haus in Eastman", werfe ich ein.

„Tue ich", sagt Nathan. „Ich habe beschlossen, es zu behalten, damit ich was habe, wo ich eine Auszeit von der City nehmen kann."

„Klar." Manchmal vergesse ich, dass er aus einer reichen Familie kommt. Er ist ein Einzelkind mit einem Treuhandfonds. Seine Familie hat vor Generationen ein großes Finanzdienstleistungsunternehmen gegründet. Dieses Unternehmen ist nicht unser Kunde, weil Nathans Dad, obwohl er die Unternehmung seines Sohnes toleriert, letztlich erwartet, dass er ins Familienunternehmen einsteigt. Mit anderen Worten, er macht es Nathan nicht leicht. Alle Verbindungen, die Nathan zum Finanzsektor hat, sind Söhne und Töchter der Freunde seines Vaters. Diese jüngere Generation ist offener für Tech-Sicherheit als Priorität.

Ich nicke. „Wir kommen mit dir über Videoanrufe, E-Mails und SMS zurecht."

„Super."

„Ich möchte Sutton in einer größeren Rolle einbringen",

sage ich. „Wenn sie mein Angebot annimmt, hätten wir sie hier ein paar Tage die Woche persönlich als Büroleiterin mit dem Potenzial, in eine Kundenmanager-Rolle für die Einrichtung neuer Kunden und die Betreuung bestehender Kunden zu wachsen. Sie ist schnell und präzise beim Recherchieren neuer Kunden und Branchen. Ein echter Gewinn für das Team."

„Du willst, dass sie hierherzieht?", fragt Owen. „Können wir uns das leisten? Lebenshaltungskostenerhöhung plus eine größere Rolle bedeutet mehr Geld."

„Und Sozialleistungen", sagt Nathan. „Sie wäre keine Freiberuflerin mehr."

„Da wir durch den Interessenkonflikt keinen Kunden verloren haben und mit Nathans neuem Kunden und ein paar Kostensparmaßnahmen denke ich, dass sie sich in sechs Monaten selbst finanziert."

„Was für Kostensparmaßnahmen?", fragt Nathan.

„Ich arbeite daran, die Miete hier für einen längeren Mietvertrag festzuschreiben und unsere Preise für neue Kunden zu erhöhen."

„Finanzkunden können sich das leisten", sagt Nathan. „Aber es gibt keine Garantie, dass ich sie reinbringe."

„Die Hälfte dieser Typen sind Freunde deines Vaters", sagt Owen. „Sie sind leicht zu erreichen, und ich weiß nicht, warum du überhaupt so dagegen warst, sie anzugehen."

„Weil ich auf eigenen Beinen stehen wollte, wie du", sagt Nathan. „Jetzt, nachdem wir etablierter sind, ist es sinnvoll, seine Fühler auszustrecken."

„Falls es mit den zusätzlichen Kosten für Sutton nicht klappt, bin ich mit einer Gehaltskürzung einverstanden", sage ich.

Owen und Nathan starren mich an, als wäre ich verrückt.

„Warum würdest du das tun?", fragt Nathan.

„Weil ich so sehr an Suttons Wert für die Firma glaube." Und ich habe Cal versprochen, mein Bestes zu tun, sie mit einem Jobangebot herzubringen. Das war unser Deal. Cal hat seinen Teil des Deals nicht gebrochen, und ich werde es auch nicht tun. Auch wenn es zwischen uns gerade komisch ist. Oder eher nicht existent.

Owen schlägt auf den Tisch. „Warum nicht? Lasst uns ein Risiko eingehen. Es ist nur Geld. Wir machen mehr."

„Das ist die richtige Einstellung", sage ich.

Nathan hebt seinen To-Go-Kaffeebecher. „Was hat es für einen Sinn, ein eigenes Unternehmen zu besitzen, wenn man nicht bereit ist, Risiken einzugehen? Hol Sutton her!"

Cal

Ich beende das Gespräch mit meinem Mandanten, fühle mich gut, jemand Neuen reingebracht zu haben. Perry will eine Gesellschaft für ein Hundepflegegeschäft gründen. Unternehmensgründung liegt in meinem Bereich, anders als meine bisherigen Fälle – ein Streit über die Platzierung von Mülltonnen, eine vermasselte Vermieter-Mieter-Situation und ein Frettchenbesitzer, dem vorgeworfen wird, das örtliche Leinenrecht nicht einzuhalten. Ich mag die Vielfalt in meinem neuen Job.

Ich schüttle Perry die Hand. „Viel Glück! Ich melde mich mit den nächsten Schritten."

Sie lächelt, ihr leuchtend orangefarbenes Haar lässt sie wie die Sonne aussehen. „Super! Bye, Cal. Danke, dass du mir mit dem Juristenkram geholfen hast."

„Dafür bin ich hier."

Sie geht zur Tür hinaus. Mein Telefon klingelt, und ich sehe auf den Bildschirm. Sutton. Adrenalin rast durch mich. Da stimmt was nicht. Wir schreiben eher, als dass wir telefonieren. Hat Dad einen seiner depressiven Anfälle? Manchmal kommt er nicht aus dem Bett und verpasst die Arbeit.

Ich melde mich. „Alles okay?"

„Ja, alles ist gut", sagt sie. „Mir geht's gut. Dad geht's gut."

Ich atme aus. „Okay, was gibt's?"

„Ich weiß nicht, was ich tun soll."

Ich setze mich auf die Kante meines Schreibtischs. „Okay", sage ich langsam und gebe ihr Zeit, es zu erzählen. Ich schwöre, wenn ihr beschissener Freund was gemacht hat, bin ich im nächsten Flieger, um ihm den Hintern zu versohlen.

„Mackenzie hat mir ein tolles Jobangebot gemacht, von Assistentin zu Büroleiterin mit dem Potenzial, in eine Rolle mit Kundenkontakt zu wachsen. Und ich würde Anteile bekommen!"

Mir bleibt der Mund offenstehen. Ich hätte nicht gedacht, dass Mackenzie das mit dem Jobangebot durchzieht, da ich das Fake-Dating-Ding nicht durchgezogen habe. Wie konnte ich das, wenn sie die Vorstellung, mit jemandem wie mir zusammen zu sein, nicht ertragen kann? Das waren ihre genauen Worte. *Mit jemandem wie ihm.* Offenbar denkt sie, ich bin nicht gut genug für sie, genau wie ihre Mom von Anfang an gesagt hat.

Aber dann hat sie mich am selben Abend mit so viel Wärme angeschaut, dass ich dachte, sie will mit mir zusammen sein. Ich hätte sie nie wieder geküsst, wenn ich gedacht hätte, sie sei fertig mit mir. Das ist alles so verwirrend. Ich wünschte, ich könnte aufhören, an sie zu denken.

„Cal?"

„Ja, äh, Glückwunsch zu deinem Job! Das ist toll!"

„Danke. Es ist eine schöne Gehaltserhöhung, und ich arbeite gern mit ihr, Nathan und Owen. Der Chef und die Kollegen können im Arbeitsumfeld eine Menge ausmachen. Ich bin mir nicht sicher, ob ich je eine bessere Arbeitssituation finde."

„M-hmm." Ich warte geduldig, dass sie das Problem ausspuckt, obwohl ich es schon weiß. Sie müsste ihren Loser-Freund zurücklassen.

Sie fährt fort, die Verantwortlichkeiten gemäß dem Angebot, das Mackenzie ihr geschickt hat, zu detaillieren.

„Das Problem ist, sie sagt, es ist eine hybride Position. Ich müsste zweimal pro Woche ins Büro kommen und kann den Rest der Woche im Homeoffice sein."

„Das ist heutzutage ziemlich üblich. Clover Park ist eine nette Stadt. Ich bin hier, und du kennst schon Mackenzie, Nathan und Owen. Bitte Mackenzie, dich ihrer Mom, Hailey, vorzustellen. Sie ist eine Meisterin im Netzwerken in der Stadt. Sie wird dich so vielen Leuten vorstellen, dass dir der Kopf schwirrt. Auf gute Weise. Du wirst dich im Nu wohlfühlen."

Es folgt eine Pause. Ich sage mir, cool zu bleiben bei dem, von dem ich weiß, dass es als Nächstes kommt.

Sie senkt die Stimme. „Ich habe auf Johns Antrag gewartet. Wenn ich wegziehe, wird er das definitiv nicht tun."

Ich massiere meine Nasenwurzel. „Du könntest Jahre dortbleiben, und er macht vielleicht nie einen Antrag. Wirst du dein Leben für einen hypothetischen Antrag auf Eis legen?"

„Ich muss den Job nicht annehmen. Ich bin völlig okay damit, virtuelle Assistentin zu sein. Und Dad –"

„Du hast gesagt, Dad geht's gut."

„Tut es, aber du weißt, wie er wird."

Es trifft mich, wie unfair es für Sutton war, zu Hause zu leben. Nach Moms Tod hat Sutton sich darauf konzentriert, sich um Dad in seiner Trauer zu kümmern, aber sie hat auch getrauert. Sie und Mom haben einander sehr nahegestanden. Ich war damals am College, also nicht da, um täglich zu helfen; dann habe ich Baseball gespielt, gefolgt vom Jurastudium. Ich hatte mein eigenes Leben, während Suttons Leben auf Eis lag.

„Dad ist ein erwachsener Mann", sage ich.

„Aber er wird ganz allein sein."

„Er kann einem Club beitreten oder so, oder endlich Hilfe suchen. Vielleicht ist es zu leicht für ihn, nichts zu tun, wenn du da bist. Vielleicht ist es für ihn am besten, wenn du dein Leben weiterlebst."

Dad weigert sich, Antidepressiva zu versuchen. Moms Tod war im Grunde das Ende seines Lebens. Ich habe auch viel verloren, aber ich bin nicht depressiv. Ich habe mir ein Leben aufgebaut.

Sutton spricht leise. „Ich weiß nicht, Cal. Ich glaube, er braucht mich.“

Ich atme tief durch. „Klar, der Status quo ist immer eine Option. Oder du könntest in einem Unternehmen ganz unten einsteigen und hättest das Potenzial zu wachsen. Vielleicht ein paar Kurse am Community College belegen.“

„College ist teuer“, sagt sie, wie immer. Es sind fünfzehn Jahre seit Moms Tod vergangen, und ich will nicht, dass Sutton ihr Leben dauerhaft auf Eis legt, um sich um Dad zu kümmern und zu hoffen, dass ihr Freund ihr eines Tages einen Antrag macht. Sie soll Optionen haben. Sie ist brillant. Sie könnte so viel mehr mit ihrem Leben machen.

„Dafür gibt es Stipendien und finanzielle Unterstützung.“

„Ich weiß nicht. Dieser Umzug scheint mir zu riskant.“

„Wenn es ein Fehler ist, kannst du ja immer noch nach Hause zurück. Richtig?“

„John und ich sind jetzt seit acht Jahren zusammen. Das ist eine lange Zeit. Wir sind seit der Highschool zusammen wie Mom und Dad.“

Aber ihr seid nicht wie Mom und Dad, weil John dich betrügt.

Ich atme langsam ein. Es kostet enorme Anstrengung, ruhig und vernünftig zu bleiben, wenn sie doch nur sehen soll, was für ein Dreckskerl er ist. „Warum redest du nicht mit ihm? Finde heraus, ob er auf derselben Seite ist bezüglich eurer gemeinsamen Zukunft. Besser, es jetzt zu wissen, ob er nach acht Jahren nicht an Heirat denkt.“

„Richtig. Als ob jeder Typ unter Druck heiraten will.“

„Schau, du hast mich doch angerufen, also musst du meinen Rat wollen. Tu, was für dich und deine Karriere am besten ist. Gelegenheiten wie diese ergeben sich nicht oft. Nimm den Job an, probier’ es aus. Wenn du nach sechs Monaten oder in einem Jahr feststellst, dass es nicht passt, kannst du immer noch nach Hause kommen.“

„Schätze schon.“

Mir kommt eine Idee. „Es gibt einen Liebesroman-Buchclub und eine Buchhandlung.“ Ich erwähne nicht, dass ich dem beigetreten bin. Das würde zu viele Fragen aufwerfen, und ich will nicht erklären, dass ich neuerdings neugierig darauf bin, wie die Emotionen von Frauen zu verstehen sind, dank Mackenzie und unserer komplizierten Beziehung.

Ich halte inne. Eine Beziehung. Ist dieses Locker-zu-Fake-Dating-Ding zu was Echtem geworden? Es hat sich angeschlichen. Und deshalb ist alles durcheinandergeraten. Weil ich bei dem Gefühlszeug scheiße bin.

„Eine Buchhandlung und ein Liebesroman-Buchclub! Wow. Ich wollte schon immer in einem Liebesroman-Buchclub sein. Jeder Buchclub, den ich hier gefunden habe, liest deprimierende Bücher. Ich kann nicht glauben, dass Mackenzie das nie erwähnt hat."

„Ich glaube nicht, dass sie Liebesromane liest, aber ihre Mom leitet den Club."

„Das muss so schön gewesen sein, mit einer Mom aufzuwachsen, die Liebesromane liebt."

„Sie ist eine tolle Frau. Du wirst sie mögen."

„Ich bin sicher, das werde ich. Ach! Mache ich das wirklich? Halb durchs Land ziehen für einen neuen Job?"

„Es ist eine tolle Gelegenheit, und du hast sie dir verdient."

„Ich werde sehen, ob John bereit ist, eine Weile eine Fernbeziehung zu haben. Das muss ja nicht für immer sein."

„Genau."

„Okay, danke, Cal! Hab' dich lieb!"

„Ich dich auch."

Sie legt auf.

Ich lächle über ihren fröhlichen Abschied. Ich bin froh, dass sie über den Job begeistert ist, weil ihre Beziehung eine Sackgasse ist. Im großen Ganzen wird sie viel glücklicher sein, wenn sie ihr Leben weiterlebt.

Mackenzie

Ich schlendere die Main Street entlang über den großen Clover Park Straßenverkauf, denn ich hoffe, ein wenig

Shoppen hebt meine Stimmung. Es ist Ende März, und der Straßenverkauf ist eine der Möglichkeiten, wie die lokalen Geschäfte versuchen, mehr Laufkundschaft zu bekommen. Die Leute shoppen, während sie die Musik der lokalen Band Reverb genießen, bestehend aus dem Musiklehrer der Highschool, seinen Freunden und ein paar Schülern, die Cover von Musik aus den Achtzigern spielen.

Ich sehe mir die Auswahl an Frühlingskleidern einer süßen Boutique an und spüre jemandes Blick auf mir. Cal ist gerade aus dem Happy Endings gekommen. Er winkt. Wenigstens bekomme ich ein Winken nach über einer Woche Ghosting. Ich winke kurz zurück, fühle mich unbehaglich und überhitzt, und mache mich wieder ans Shoppen. Ich hätte nicht erwartet, dass er für den samstäglichen Straßenverkauf rauskommt.

Ich blicke nochmal über die Straße, sehe ihn aber nicht. Schätze, ich muss mir keine Sorgen um peinliche Gespräche machen, obwohl ich mich gern für das entschuldigen würde, was er neulich zufällig mitbekommen hat. Ich war im Super-Verteidigungsmodus, weil Harper und Rowan mich mit Cal-Fragen bombardiert haben. Ich wende mich zum Gehen und laufe geradewegs in eine solide Brust.

Ich springe zurück. „Cal!"

„Du hast Sutton ein Angebot gemacht, obwohl ich meinen Teil der Abmachung nicht eingehalten habe."

Ich stecke die Hände in die Taschen. „Das hatte nichts mit unserer Abmachung zu tun. Sutton ist eine wertvolle Mitarbeiterin."

„Es ist ein großer Schritt vorwärts in ihrem Leben. Erzähl ihr nur nicht, dass es Teil unseres Deals war. Kann ich dich als Dankeschön auf ein Eis einladen? Habe gehört, es ist das Beste im ganzen Staat."

Er ghostet mich und tut jetzt so, als wäre nichts passiert. Das kann ich nicht durchgehen lassen.

„Hör zu, Cal, es tut mir leid, was ich neulich gesagt habe. Ich habe es nicht so gemeint, wie es klang, über eine Beziehung mit jemandem wie dir. Du bist toll, nur nicht … na ja, du hast gesagt, du bist nicht gut in Beziehungen, und du bist gerade erst aus einer raus, also –"

„Mach dir keine Sorgen."

„Du hast so aufgewühlt gewirkt. Du hast nicht auf meine SMS geantwortet."

„Ich habe ein wenig Abstand gebraucht, um die Dinge in meinem Kopf zu sortieren. Also, Eis mit einem Freund?"

Ich neige den Kopf. „Sind wir Freunde?"

„Warum nicht?"

Oh, aus so vielen Gründen. Lass uns mal sehen – Sex: eins bis zehn, ich finde dich unwiderstehlich sexy und charmant und klug.

Und ich bin wahnsinnig in dich verliebt.

Er lächelt. „Komm schon, eine Kugel. Geht auf mich."

„Klar."

Wir gehen in Richtung Shane's Scoops, vorbei an weiteren Straßenverkaufsständen und Tischen. Die Gehwege sind mit bunten Kreidezeichnungen dekoriert. Kinder helfen immer bei der Dekoration für lokale Veranstaltungen.

„Wie geht's dir?", fragt er.

„Gut. Sutton ist begeistert, hierherkommen und dem Happy End Buchclub beitreten zu können. Wenn ich gewusst hätte, dass das ein Verkaufsargument ist, hätte ich es früher erwähnt. Ich bin so froh, dass sie unser Angebot angenommen hat."

„Ihr Freund macht ihr Schwierigkeiten wegen des Umzugs. Er sagte, wenn sie geht, ist es ein Abschied für immer."

„Also, wie hat sie sich entschieden, es zu beenden? Sie waren doch lange zusammen, oder?"

„Er wollte nicht heiraten. Das war die einzige Antwort, die sie brauchte. Sie ist traurig, aber auch eifrig, weiterzumachen und einen Tapetenwechsel zu bekommen."

„Dann hat sich also alles gefügt."

Er öffnet die Tür zum Shane's Scoops, und wir stellen uns an. Auf der mit Kreide geschriebenen Tafel stehen die

Specials – Schokoladenbrownie, Erdnussbutter-Wirbel und Mokka – und dann die übliche Reihe fantastischer Sorten.

„Lass mich raten, du magst Schokolade", sagt er.

„Schokoladenbrownie. Doppelt Schokolade. Lass mich deine Sorte raten – Erdbeere."

„Nein."

„Minze?"

Er grinst. „Nein."

„Und da dachte ich, ich kenne dich so gut nach dem Fake-Dating."

Er kommt näher. „Vergiss nicht die Woche, in der wir –"

„Einander kennengelernt haben."

Er mustert meinen Ausdruck. Ich drehe mich nach vorn. *Geh da nicht hin.*

Cal späht auf das Schild in der Vitrine. „Oh gut, sie haben es."

„Butter-Pekannuss?"

„Vanille."

Ich starre ihn an. „Du hattest Sorge, sie hätten die einfachste aller Sorten nicht?"

„Einfach? Vanille ist die beste. Subtil, aber geschmackvoll. Sie verpasst einem keinen Schlag auf den Kopf, um Spaß zu haben. Schleicht sich irgendwie an und bleibt."

Er schenkt mir ein schiefes Lächeln. Meine Knie werden weich. Will er bleiben?

Ein Junge, etwa vier Jahre alt, dreht sich mit seinem Cookie-und-Sahne-Hörnchen vom Tresen weg, leckt einmal kräftig daran, und die Kugel rollt prompt vom Hörnchen und klatscht auf den Boden. „Ne-i-i-in!", schreit er.

Sein Dad ringt gerade damit, ein Kleinkind in einen Buggy zu verfrachten. „Heb sie einfach auf und leg sie wieder darauf", sagt sein Dad.

„Sie ist schmutzig!"

„Wir haben keine Zeit. Wir müssen zum Fußballspiel deiner Schwester."

„Ich will ein Neues!", jammert er.

„Ich übernehme das, kleiner Mann", sagt Cal, während sie

sein Vanillehörnchen machen. „Können Sie Cookie und Sahne obendrauf legen? Und auch einen kleinen, leeren Becher. Danke." Cal schnappt sich einen Löffel und eine Serviette.

Einen Moment später reicht er dem Jungen das Hörnchen. „Whoa! Eine Doppelkugel!"

„Danke", sagt der Dad.

„Ja, danke!", sagt der Junge.

„Kein Problem." Cal reicht dem Jungen den Löffel und die Serviette. „Bei einer Doppelkugel musst du Folgendes tun: Super-wenig lecken, und wenn sie anfängt, vom Hörnchen zu rollen, dann bamm! Fang sie mit dem Becher auf, und mach das Hörnchen zum Hut für deinen neuen Eisbecher." Er gestikuliert, um ihm zu zeigen, was er meint.

„Wie ein Clown-Eisbecher. Hatte ich schon mal im Olga's."

„Toll!"

Der Junge klopft Cal aufs Bein und hinterlässt einen klebrigen Handabdruck, bevor er weggeht. Cal nimmt es gelassen und bestellt Eis für uns beide.

Ein Held für ein kleines Kind? Das war's. Ich bin erledigt. Mein Herz bricht auf. Es mag zwischen uns nicht klappen, aber ich werde immer einen Platz in meinem Herzen für diesen Mann haben.

Natürlich muss er das nicht wissen. Noch nicht.

„Deine Jeans ist ruiniert", sage ich ihm.

„Kleiner Preis, dafür, den Tag gerettet zu haben."

Wir setzen uns auf die Hocker entlang der Seitentheke. Ich frage ihn nach seiner Arbeit. Er scheint seinen Platz mit seiner neuen Kleinstadt-Mandantenliste zu finden. Handhabt sogar einige Nachbarschaftsstreitigkeiten, von denen es hier viele gibt. Der lustigste ist der Fall einer umherstreifenden Katze, die von einem Nachbarn aufgenommen wurde und sich jetzt weigert, zu ihrem ursprünglichen Besitzer zurückzukehren.

„Dir gefällt es hier wirklich", sage ich.

Er lächelt. „Tut es."

Mein Handy vibriert mit einer SMS. Sutton: *Ich kann den Job nicht nehmen. Sorry.*

Ich runzle die Stirn und zeige es ihm.

„Scheiße!" Er zieht sein Handy heraus. „Ich rufe sie an." Ein paar Augenblicke später schreit er: „Du bist verlobt? Was ist passiert? Bist du schwanger?"

Ich bedeute ihm, leiser zu sprechen. Er schüttelt den Kopf, formt mit den Lippen „Später" und geht zur Tür hinaus.

Er marschiert den Gehweg hinunter, sieht wütend aus. Das ist nicht gut.

16

___

Cal

Das ist kompletter Müll! Sutton ist mit dem betrügerischen Loser verlobt, der behauptet hat, er wolle keine Ehe. Ich schwöre, er hat ihr den Antrag nur gemacht, um sie von einem Job abzuhalten, der eine großartige Gelegenheit für sie ist. Sie sagt, er habe endlich erkannt, wie viel sie ihm bedeutet. Klar.

Ich habe eine Nacht darüber geschlafen, in der Hoffnung, eine frische Perspektive zu bekommen, und jetzt weiß ich, was ich tun muss: einen Flug nach Hause buchen. Ich muss meine kleine Schwester persönlich sehen, um persönlich mit ihr zu reden und ihr ins Gewissen zu reden.

Nach einer schnellen Dusche und Kaffee setze ich mich mit meinem Handy auf die Couch und suche nach Direktflügen. Ich finde einen für nächstes Wochenende, buche ihn und schreibe Sutton, dass ich zu Besuch komme.

Ein paar Augenblicke später schreibt sie: *Du musst nicht herkommen. Du hast gerade erst deinen neuen Job angefangen.*

Ich: *Ich will aber. Eine Verlobung ist eine große Sache.*

Sutton: *Nächste Woche ist der Hochzeitstag von Mom und Dad. Es wäre gut, wenn du hier wärst.*

Ich reibe mir über das Gesicht. Das habe ich ganz vergessen. Die Tage vor dem Jahrestag sind schwer für Dad. Eigentlich reicht jede Erinnerung, um ihn in ein dunkles Loch zu stürzen. Ein Besuch ist längst überfällig, und hoffentlich wird es ihm guttun, beide Kinder zu Hause zu haben. Er ist mit dem Alter immer mehr zum Einsiedler geworden. Wenn Sutton sich nicht um ihn kümmern würde, bin ich mir nicht sicher, ob er es täte. Das ist allerdings ein ganz anderes Thema.

Also habe ich eine doppelte Wochenendmission: sicherstellen, dass Dad besser auf sich achtet (oder Pflege für ihn organisieren) und einen taktvollen Weg finden, Sutton davon zu überzeugen, John nicht zu heiraten. Sie ist zu gut für ihn.

Die Gegensprechanlage summt. Ich erwarte niemanden. Ich gehe hinüber. „Ja?"

„Ich bin's – Mackenzie."

Scheiße! Sie war seit unserer Filmnacht während unserer kurzen Fake-Dating-Beziehung nicht hier. Die Wohnung ist ein Chaos. Ich war mit Arbeit beschäftigt und nicht ganz ich selbst. Ich habe es nicht so gut weggesteckt, wie ich es normalerweise tue, nachdem die Dinge zwischen uns im Sande verlaufen sind.

Ich lasse sie rein. Dann räume ich schnell auf, schnappe mir Stapel von Post, Kleidung und übrig gebliebene Kaffeetassen aus dem Wohnzimmer. Tassen kommen in die Küche.

Sie klopft an die Tür.

„Moment!" Ich staple alles andere auf die Kommode im Schlafzimmer und schließe die Tür. Dann lasse ich mir Zeit, zur Eingangstür zu gehen, und fahre mir verspätet durch die Haare.

„Hi", sagt sie. „Ich hoffe, es stört dich nicht, dass ich unangemeldet vorbeikomme. Ich habe mich nur gefragt, ob es Sutton gut geht. Sie hat mir nicht viel darüber gesagt, warum sie den Job jetzt ablehnt, nachdem sie ihn erst angenommen hat."

„Sie heiratet diesen Loser, der entschlossen ist, sie jetzt zu behalten, wo sie gehen will. Ich fliege nächstes Wochenende hin, um sie zur Vernunft zu bringen."

„Ich komme mit."

Ich starre sie ausdruckslos an. „Warum?"

Sie kommt herein. „Ich würde sie gern persönlich treffen. Sie ist mehr als eine Assistentin. Wir haben uns angefreundet. Vielleicht könnte ich dich unterstützen, da wir jetzt ja auch Freunde sind." Sie reibt die Hände aneinander, ihre Augen leuchten. „Wie ist der Plan?"

„Das ist eine Familienangelegenheit. Wenn du da auftauchst, wird es nur kompliziert."

„Sutton und ich haben ein gutes Verhältnis. Ich denke nicht, dass es sie stören würde, mich zu treffen. Selbst wenn sie die Beförderung nicht annimmt, bleibt sie unsere virtuelle Assistentin."

„Aber dann würdest du auch meinen Dad treffen. Sutton lebt noch zu Hause."

Sie setzt sich auf die Couch, also geselle ich mich zu ihr. „Und deinen Dad zu treffen ist was Schlechtes?"

„Dad ist so eine Art Einsiedler. Er geht zur Arbeit, kommt nach Hause. Das war's. Er war früher geselliger, aber er hat sich nach Moms Tod irgendwie verschlossen."

„Er klingt depressiv."

„Ist er wahrscheinlich. Aber er ist nicht der Typ, der was dagegen unternimmt."

„Wäre er sauer, wenn ich da wäre?"

„Nein. Aber er könnte es falsch auffassen. Ich habe seit … langer Zeit keine Frau mehr mit nach Hause gebracht."

Ihre Brauen ziehen sich zusammen. Ich wappne mich für bohrende Fragen, aber alles, was sie sagt, ist: „Ich werde klarstellen, dass ich wegen Sutton da bin und du und ich nur Freunde sind."

Ich rutsche vor, stütze die Ellbogen auf die Knie und starre zu Boden. Ich bin mir nicht sicher, ob Mackenzie sich in mein Familienleben einmischen sollte. Es ist schon schlimm genug, dass Sutton sie ständig in den höchsten Tönen lobt. Ich will nicht, dass Dad mit einsteigt. Wie könnte ich unsere Beziehung erklären? „Es ist kompliziert" lässt so viel Raum für Fragen, von denen ich nicht weiß, wie ich sie beantworten soll.

„Wir sind Freunde, oder?", fragt sie und beugt sich herunter, um mir in die Augen zu sehen. „Wir haben gestern zusammen Eis gegessen. Jemand hat mir gesagt, dass Freunde sowas machen." Ihre Augen funkeln verspielt.

Ich kapituliere. Es ist unmöglich, ihr zu widerstehen. „Okay, gut. Du kannst unter der Freundschaftsklausel mitkommen."

„Ooh, eine Klausel! Wie juristisch. Also, wie lautet der Plan? Du hast doch einen Plan, oder?"

Ich lehne mich zurück und denke einen Moment lang nach. „Ich werde John beiseitenehmen und ihn überzeugen, dass es nicht das ist, was er wirklich will."

Sie verzieht das Gesicht. „Sutton wird es dir nie verzeihen, wenn du ihre Beziehung für sie beendest."

„Hast du eine bessere Idee?"

„Du kannst mit ihr über das großartige Potenzial für Wachstum in diesem Job reden, und dann kann ich ihr Aktienprognosen mit wirklich hübschen Diagrammen zeigen." Sie beschreibt eine aufsteigende Kurve mit dem Finger.

Ich muss unwillkürlich lächeln. Es gefällt mir, dass sie gerne Diagramme macht und mit Zahlen spielt. Als ich Hailey kennengelernt habe, hat sie mir erzählt, dass Mackenzie einen Abschluss in Buchhaltung mit Auszeichnung gemacht hat.

„Geld wird Sutton nicht von dem Typen abbringen, den sie für die Liebe ihres Lebens hält", sage ich.

Sie zeigt auf mich. „Genau, sie denkt, er ist es, aber wie kann er das sein, wenn er sie betrügt und ihr keinen Antrag gemacht hat, bis sie gehen wollte? Wenn es nur einen Weg gäbe, ihre Augen für die betrügerische Loser-Realität zu öffnen."

„Ich entscheide das je nach Situation. Du bist mein Backup."

„Abgemacht."

„Noch eine Sache: Es könnte eine schwierige Zeit für Dad sein. An diesem Wochenende wäre sein Hochzeitstag."

„Wie lang ist es her, seit sie gestorben ist?"

Ich schlucke an dem Kloß in meinem Hals vorbei. „Fünf-zehn Jahre."

„Besucht er an dem Tag ihr Grab?"

„Er besucht ihr Grab jeden Sonntag. Sie waren seit der Highschool zusammen. Er ist irgendwie verloren ohne sie." Meine Stimme klingt wie ein Krächzen. Verdammt! Warum ist es so schwer, das alles laut auszusprechen?

Sie umarmt mich. Ich versteife mich, aber sie hält ihre Arme fest um mich. Langsam entspanne ich mich, der Schmerz in meiner Kehle lässt nach. „Es tut mir leid", sagt sie leise. „Ich kann mir nur vorstellen, wie schwer das für alle sein muss. Wenn du denkst, es ist besser, wenn ich nicht mitkomme –"

„Du kannst mitkommen."

Sie hält meine Schultern und sieht mir in die Augen. „Sicher?"

„Ich bin sicher." Mackenzie an meiner Seite zu haben, erleichtert die Last. „Danke."

Ihr Blick fällt auf meinen Mund. Das Verlangen regt sich, aber bevor ich nach ihr greifen kann, steht sie auf und dreht sich zur Tür.

„Du musst nicht gehen", sage ich.

„Doch, muss ich." Sie schnappt sich ihren Mantel und ihre Handtasche. „Ich sehe dich dann nächstes Wochenende."

„Ja, okay."

Sie schlüpft zur Tür hinaus. Ich starre einen langen Moment leer vor mich hin und will die Distanz zwischen uns überwinden, ohne eine Ahnung, wie ich das anstellen soll.

Ich sollte sie fragen. Wenn dieser Liebesroman mich was gelehrt hat, dann, dass sie viele Gedanken und Gefühle in ihrem Kopf verborgen hält. Sie braucht einen kleinen Anstoß, um mir das Geheimnis zu verraten, wie ich die Dinge richtig machen kann. Wir haben Chemie; wir haben Freundschaft. Ist das nicht alles?

Mir wird klar, dass ich sie will, dass ich ihr nachgehen soll.

Ich stoße die Tür auf und renne die Treppe hinunter. Als

ich auf den Gehweg komme, ist sie weg. Sie muss gerannt
sein, und sagt mir das nicht eigentlich alles?

17

Mackenzie

Ich habe das Clover Park Frühlingsfest dieses Wochenende verpasst, um wegen Sutton nach Minnesota zu fliegen. Ist aber okay, ich habe meinen Teil zur Vorbereitung beigetragen, und die Personalplanung haben sie gut im Griff. Cal ist nach dem ersten Treffen aus dem Komitee ausgestiegen und hat stattdessen Geld für die Sache gespendet. Das ist auch eine Möglichkeit.

Cal und ich waren auf verschiedenen Flügen, also bin ich am frühen Freitagnachmittag hier bei Sutton, bevor ihr Dad von der Arbeit nach Hause kommt. Ihr Verlobter soll nach der Arbeit vorbeischauen, also schätze ich, dann feiern wir eine kleine Verlobungsparty. Sie backt Brownies für den Anlass.

Die Eieruhr piept. Sutton holt die Brownies aus dem Ofen und stellt sie auf die Herdplatte zum Abkühlen. Sie ähnelt Cal, hat dunkelbraunes Haar und braune Augen, aber sie ist ein echter Sonnenschein, während Cal ernster ist. „Bist du ein Rand oder eine Mitte?"

„Hm?"

„Was magst du lieber? Den knusprigen Rand des Brownies oder die weiche Mitte?"

„Ohhh. Beides."

„Ich mag die weiche Mitte. Cal mag den knusprigen Rand. Perfekte Kombi. Er hat geschrieben, dass er auf dem Weg ist."

Ich zupfe am Saum meines Shirts und glätte es dann. „Super." Die Situation mit Cal ist unbehaglich. Okay, ich gebe es zu. Ich stecke zu tief drin, und ich habe Angst. Ich hätte diese Reise fast nicht angetreten, aber mir liegt Sutton am Herzen, und ich will sowohl sie als auch Cal unterstützen. Ich mache mir Sorgen, dass Cals Missbilligung ihrer Verlobung sie aufregen wird.

Sie hat mir alles über ihren Verlobten John erzählt und ließ ihn praktisch wie einen Ritter in schimmernder Rüstung klingen. Es ist schwer zu glauben, dass jemand so Kluges wie Sutton von einem Serienbetrüger getäuscht werden kann. Aber was weiß ich über Langzeitbeziehungen? Sie sagte, sie seien seit der Highschool zusammen. Vielleicht macht es einen blind für die Fehler des anderen, wenn man ihn kennt, seit man ein Teenager war, der sich leicht beeindrucken lässt.

„Wasser oder Milch?", fragt Sutton.

„Wasser, danke."

Sie schenkt uns Wasser ein, und wir setzen uns mit unseren Brownies ins Wohnzimmer. Die Möbel und das Dekor des zweistöckigen Hauses sehen aus, als wären sie seit Cals Kindheit nicht erneuert worden. Es gibt ein verblasstes grünes Ecksofa und einen Couchtisch und Beistelltische aus Kirschholz. Es ist ordentlich und sauber.

Nachdem wir die Brownies schnell verputzt haben und Sutton mir über das Leben in Minnesota berichtet hat, setzt eine Stille ein.

„Es ist so schön, dich endlich persönlich zu treffen", sagt Sutton zum dritten Mal, seit ich hier bin.

„Finde ich auch."

„Ich hoffe, du hast nichts dagegen, wenn ich frage, aber bist du meinetwegen hierhergekommen oder wegen Cal?"

Ich werde rot. „Was? Das hat nichts mit Cal zu tun. Ich dachte nur, es ist längst überfällig, dass wir uns persönlich treffen."

„Ich weiß, dass er dich mag."

Ich trinke einen Schluck Wasser, unsicher, was ich sagen soll.

„Es ist die Art, wie er deinen Namen sagt. Er war seit dem College mit niemandem ernsthaft zusammen."

„Was meinst du? Er hat doch bis vor Kurzem mit jemandem zusammengelebt."

Sie schüttelt den Kopf. „Nach Brenda hat er sein Herz verschlossen. Sie war anderthalb Jahre lang seine College-Freundin. Es war ziemlich ernst. Sie ist etwa ein Jahr nach Moms Tod bei einem Autounfall ums Leben gekommen."

Armer Cal! „Ich hatte keine Ahnung."

Sie beugt sich vor, ihre Stimme ist leise, obwohl Cal nicht da ist. „Ich hätte wahrscheinlich nichts sagen sollen. Du solltest dich nicht abschrecken lassen, weil er nicht sehr ausdrucksstark ist. Er ist vorsichtig. Ich dachte immer, Rayna – das ist die Frau, mit der er zusammengelebt hat – wäre jemand, den er sich ausgesucht hat, weil sie seine Hingabe an die Arbeit verstand. Sie war das auch, was bedeutete, dass ihre gemeinsame Zeit begrenzt war."

Ich verstehe Vorsicht. Nachdem ich von dem Mann betrogen wurde, den ich für den Einen gehalten habe (was für eine alberne romantische Vorstellung), habe ich alle anderen Möglichkeiten ausgeschlossen. Aber der Kummer, den Cal durchgemacht hat, muss gewaltig gewesen sein. Von diesem Teil seines Lebens hat er mir nie erzählt. Schätze, ich habe auch nicht über meine Vergangenheit gesprochen. Fake-Dating führt nicht gerade zu Intimität. Wir haben die Gesellschaft des anderen für den Moment genossen.

Das ist nichts Schlechtes, oder? Außer dass ein Teil von mir sich danach sehnt, ihn besser kennenzulernen.

Ich bemerke, dass Sutton ihren Verlobungsring zurechtrückt, als wolle sie, dass ich ihn kommentiere. „Also, du bist verlobt. Glückwunsch!"

Sie strahlt und hält ihn mir hin, damit ich ihn bewundern kann. „Danke! Ich bin aufgeregt. Das war lange überfällig."

„Wow. Und du hast nie jemand anderen gedatet?"

„Nein. Nur einen Mann."

„Er muss was Besonderes sein."

Sie dreht ihren Ring im Licht, bewundert den kleinen Diamanten. „Ist er. Ich hoffe, du verstehst, warum ich die Beförderung nicht annehme. Ich baue mir hier mit John ein Leben auf."

Es klingelt an der Tür. Sie springt auf, um zu öffnen. Ich wische mir das Gesicht ab, falls da Krümel sind, und streiche mein Haar zurück.

„Cal!" Sie wirft ihre Arme um ihn. Er erwidert die Umarmung und zieht an ihrem Pferdeschwanz.

„Wie geht's dir, Bohnenstange?"

Sie strahlt. „Du bist die Bohnenstange."

Er tritt zurück und bemerkt mich zum ersten Mal. „Hi."

„Hi."

Die Spannung ist so dick, man hätte sie mit einem Messer schneiden können. Ich bin aus seiner Wohnung geflüchtet. Ich wusste nicht, was ich tun soll. Ich hätte ihn fast geküsst, und meine Bilanz, ihn zu küssen und dann nicht mit ihm zu schlafen, ist erbärmlich niedrig. Jetzt ist es komisch. Ich weiß nicht, was ich mit ihm und all diesen unerwiderten Gefühlen anfangen soll. Hat er tief verborgene Gefühle für mich?

Sutton schaut neugierig zwischen uns hin und her.

„Ich hole dir einen Brownie!", singt sie und verschwindet in die Küche.

Cal stellt eine Reisetasche mit seinem Mantel darüber neben das Sofa und setzt sich zu mir. „Hast du mit Sutton über den Job gesprochen?"

„Noch nicht, aber ich bin nicht hier, um irgendwen zu überzeugen. Ich will nur die Fakten benennen. Ihr Verlobter kommt nach der Arbeit vorbei, und ich denke, sie hofft auf eine kleine Verlobungsparty. Sie hat was davon gesagt, Essen in einem Restaurant zu bestellen, das sie und John mögen."

Sutton kehrt zurück und reicht ihm einen warmen Brownie auf einer Serviette.

„Danke", sagt er. Er beißt nicht hinein, sondern starrt seine kleine Schwester nur an.

Sutton streckt ihre Hand aus und präsentiert ihren Diamant-Verlobungsring. „Ich bin verlobt!"

Er nimmt ihre Hand und betrachtet den Ring. „Ziemlich klein."

Sie reißt ihre Hand zurück. „Es kommt auf den Gedanken an."

„Ist es das, was du wirklich willst?", fragt Cal. „Du hast nie jemand anderen außer John gedatet. Ist es nicht möglich, dass es da draußen einen anderen Typen gibt, der besser zu dir passen könnte? Jemanden, der will, dass du einen tollen Job hast, eine Ausbildung."

Sutton runzelt die Stirn. „An dem Leben, das ich will, ist nichts falsch."

Cal fährt sich durchs Haar. „Mackenzie bietet dir eine großartige Gelegenheit."

Ich springe mit meinem Angebot ein. „Ist es vielleicht möglich, eine lange Verlobungszeit zu haben? Wir würden dich liebend gern in einer größeren Rolle haben. Allein die Aktienoptionen. Lass mich meinen Laptop holen, und ich zeige dir die Prognosen."

Sutton schüttelt den Kopf. „Das musst du wirklich nicht."

„Das ist der Bonus, wenn man bei einem Start-up arbeitet", sagt Cal.

„Keine Garantie, aber definitiv eine Möglichkeit", sage ich und unterstütze ihn. *Team Cal!*

Sutton schaut zwischen uns hin und her. „Es klingt aufregend, aber –"

„Was, wenn du es ausprobierst?", fragt Cal. „Vielleicht kannst du nach sechs Monaten oder einem Jahr in Clover Park zurückziehen, heiraten und von zu Hause aus arbeiten."

„Homeoffice funktioniert für diese Rolle nicht", sage ich. „Aber ich könnte John helfen, einen Job in Connecticut zu bekommen. Meine Familie ist sehr gut vernetzt. Was macht er?" *Team Sutton!*

Sutton schüttelt den Kopf. „Er würde nie umziehen. Er arbeitet im Familienunternehmen. Eines Tages wird er die

Leitung übernehmen. Sie verkaufen und vertreiben Gummi-produkte."

„Oh, haben sie dir je einen Job dort angeboten?", frage ich.

„John sagt, es ist besser, wenn wir nicht zusammen-arbeiten."

Cal wirft mir einen flehenden Blick zu. Als wäre es meine Aufgabe, diese Situation zu lösen! Ich habe mein Angebot schon gemacht, und Sutton ist so versessen darauf, John zu heiraten – einen Typen, der sie betrügt –, dass sie die Realität nicht sieht. Das ist das Gefährliche an der Liebesfantasie. Sie kann dein ganzes Leben entgleisen lassen.

Andererseits, vielleicht ist er nicht so schlimm, wie Cal sagt. Vielleicht hat er sie in der Vergangenheit betrogen, als er jung und dumm war, und hat seine Fehler eingesehen. Immerhin ist Sutton eine vernünftige Frau. Sie würde sich nicht für immer an einen unwürdigen Typen binden. Richtig?

Sutton schaut zu mir. „Ich bin wirklich glücklich. Ich habe seit meiner Kindheit von meiner Hochzeit geträumt."

„Ich bin sicher, du wirst eine wunderschöne Braut sein."

„Danke! Cal, wirst du unser Trauzeuge sein? John spricht nicht mehr mit seinem Bruder."

„Nein."

Ihr bleibt der Mund offenstehen. „Nein? Aber John würde sich freuen, dich dort zu haben. Ich würde mich freuen, dich dort zu haben."

„Ich werde bei der Hochzeit sein. Aber bitte mich nicht, an seiner Seite zu stehen. Du weißt, wie ich darüber denke, wie er dich behandelt."

„Das war vor langer Zeit."

Cal presst den Mund zusammen. Er will nicht der Böse sein.

Sutton schnaubt. „Wenn du nicht glücklich für mich sein kannst –"

„Ich bin glücklich, wenn du glücklich bist", sagt Cal grimmig.

In der Küche sind Schritte zu hören. „Sutton, Liebling, du hast Brownies gemacht! Danke!"

„Kein Problem, Dad!", ruft Sutton. „Wir haben Besuch!"

Ein großer Mann mit grau-meliertem Haar kommt mit einem Brownie in der Hand herein. Er sieht aus wie in seinen Fünfzigern, aber nicht lebhaft wie meine Eltern. Er wirkt ausgelaugt, von seinen müden Augen zu seinen hängenden Schultern. „Cal, schön, dich zu sehen! Und wer ist das?"

Ich gehe hinüber, um ihm die Hand zu schütteln. „Hi, ich bin Mackenzie Campbell. Sutton arbeitet seit etwa einem Jahr für meine Firma."

„Bill Davis." Er schüttelt energisch meine Hand. Er trägt ein hellblaues Uniformhemd. Cal hat erwähnt, dass er in einem nahegelegenen Lager-Verteilerzentrum arbeitet. Seine Brauen ziehen sich verwirrt zusammen. „Bist du mit Cal zusammen?"

Ich suche in meinem Kopf nach einer höflichen Antwort. „Eigentlich bin ich hier, um Sutton persönlich zu treffen, und ich gebe zu, ich hatte gehofft, sie würde die Beförderung, die ich anbiete, nochmal überdenken."

„Ah, aber jetzt ist sie verlobt."

Cal kommt herüber und zieht seinen Dad in eine einarmige Umarmung. „Wie kommst du klar?"

„Gut." Er setzt sich mit einem erleichterten Seufzer in seinen Fernsehsessel.

„Ich hole dir was zu trinken", sagt Sutton.

„Wie wär's mit einem Bier?", fragt Bill. Er dreht sich zu uns. „Sie lässt mich nur freitags ein Bier haben. Ich habe Glück, dass sie mir heute auch Zucker erlaubt."

„Klingt, als kümmert sie sich gut um dich", sage ich.

„Niemand hat sie darum gebeten", grummelt Bill.

Sutton kehrt mit einem Bier für ihren Dad zurück. Er nimmt es mit einem dankbaren Lächeln. „Danke."

„Wie geht's dir wirklich?", fragt Cal seinen Dad.

Bill wirft mir einen Blick zu, und es scheint ihm unangenehm zu sein. „Bist du deshalb hier? Mir geht's dieses Jahr besser. Ich hatte ein nettes Gespräch mit deiner Mom."

Es ist traurig, aber ich verstehe, dass er die Verbindung zu seiner verstorbenen Frau halten will, auch wenn er ihre Seite des Gesprächs erfindet. Ich würde auch immer noch mit jemandem reden wollen, den ich liebe und verloren habe.

Cal nickt langsam. „Und was hat sie gesagt?"

Bill lächelt, sein Gesicht leuchtet auf. „Ich habe ihr ihre Lieblingsblumen gebracht, Tulpen. Sie hatte Tulpen in ihrem Brautstrauß, weißt du."

„Das wissen wir, Dad", sagt Cal sanft.

Bill fährt fort, einen in die Ferne gerichteten Blick in den Augen: „Sie wartet auf mich, aber sie will, dass wir zuerst Großeltern werden. Ich schätze, Sutton wird jetzt damit anfangen, wo sie heiratet."

„Ich hoffe es", sagt Sutton und tauscht einen strengen Blick mit Cal, der zu sagen scheint: *Siehst du? Ich kann ihn nicht verlassen.*

„Es ist okay, sie zu vermissen, Dad", sagt Cal. „Das tun wir alle." Er deutet auf ein Fotoalbum auf dem Couchtisch. „Hast du dir wieder dein Hochzeitsalbum angeschaut?"

Bill treten die Tränen in die Augen. „Es ist so unfair, dass jemand, der so unbedingt anderen helfen wollte, uns so früh genommen wurde."

Cal klärt mich auf. „Mom war Grundschullehrerin und hat auch ehrenamtlich in einem Hospiz gearbeitet."

„Ich hätte nie gedacht, dass sie im Hospiz liegen würde", sagt Bill. „Eierstockkrebs."

„Das tut mir so leid. Kann ich es sehen?" Ich deute auf das Fotoalbum.

Bill nickt.

Ich blättere durch das Album des glücklichen Paares als Braut und Bräutigam. Sie sehen aus, als wären sie kaum aus der Highschool heraus. Bill schaut seine Frau an, als hätte er im Lotto gewonnen. Cals Mom ist eine zierliche Brünette, ihre Augen leuchten vor Glück. „Wunderschöne Hochzeitsbilder. Sie sehen beide so jung aus."

Bill nimmt das Album und betrachtet seine Frau einen langen Moment, bevor er es schließt. „Waren wir. Haben ein paar Jahre nach der Highschool geheiratet. Ich habe im College Baseball gespielt, und sie hat als Lehrerassistentin gearbeitet, während sie Abendkurse belegte, um Lehrerin zu werden."

„Du könntest auch Abendkurse belegen", sagt Cal zu Sutton.

Sutton schüttelt den Kopf. „Ich war nicht gut in der Schule. Ich konnte es kaum erwarten, meinen Abschluss zu machen."

„Du hast getrauert", sagt Bill. „Kein Wunder, dass deine Noten nachgelassen haben. Jetzt wäre es anders."

Sutton lächelt, aber es erreicht ihre Augen nicht. „Ich heirate meinen Freund aus der Highschool. Wir haben beide gute Jobs, und wir werden hier ein schönes Leben haben. Unsere Kinder können bei ihrem Großvater aufwachsen, wie Mom es nach deinen Worten wollte."

„Mom will, dass du glücklich bist", sagt Bill.

Sutton runzelt die Stirn und beißt in einen Brownie.

„Erzählen Sie mir von sich, Mackenzie", sagt Bill. „Sutton spricht in hohen Tönen von Ihnen."

„Ich finde sie auch toll."

„Mackenzie leistet großartige Arbeit", sagt Cal.

Ich lächle, überrascht, ihn das sagen zu hören. „Danke. Ich wusste nicht, dass du viel über meine Arbeit weißt."

„Ich habe mit dir an diesem Fall mit dem Interessenkonflikt gearbeitet. Du bist klug, organisiert, effizient und weißt trotzdem, wann du die Arbeit an deine Teamkollegen weitergeben musst. Du bist eine Teamspielerin."

Bill hebt die Brauen. „Hohes Lob von Cal."

Es klingelt an der Tür.

Sutton springt von ihrem Sitz auf. „Mein Verlobter ist da!"

Ich blicke zur Tür. John ist ein schlanker Typ in seinen Zwanzigern, trägt ein verblasstes schwarzes T-Shirt und Jeans. Er sieht ungepflegt aus, sein hellbraunes Haar etwas lang, und er hat einen unordentlichen Bart. Seine Augen wandern wachsam durch den Raum. Wenn je ein Mann schuldig ausgesehen hat, dann dieser. Man sollte doch meinen, dass er sich nach acht Jahren vollkommen wohl in Suttons Familie fühlt.

„Was geht?", fragt er.

Sutton tritt an seine Seite. „Erinnerst du dich, ich habe dir doch erzählt, dass Cal zu Besuch kommt, und Mackenzie ist meine Chefin bei Brooks Campbell Security. Ich habe ihnen gesagt, wir sollten Essen bestellen und unsere Verlobung feiern. Oh! Mackenzie, das ist John, mein Verlobter."

„Nett, Sie kennenzulernen", sage ich.

Er hebt eine Hand. „Meinerseits. Cal."

„John", sagt Cal tonlos.

Bill nippt an seinem Bier und sagt nichts.

„Möchtest du einen Brownie?", fragt Sutton John fröhlich, um die Spannung zu lösen.

„Nee, ich hatte schon was, bevor ich hergekommen bin."

Sutton deutet aufs Sofa. „Komm und setz dich. Ich hole dir ein Bier."

John hockt sich auf die Armlehne des Sofas, wo Sutton gesessen hat. Sutton eilt in die Küche. Er hat sich nicht mal bei ihr bedankt, dass sie ihm ein Bier holt.

„Glückwunsch zu Ihrer Verlobung", sage ich zu John.

„Das ist, was sie wollte", sagt John. „Sonst wäre sie gegangen."

„Vielleicht hätte sie gehen sollen", sagt Cal leise.

Bill springt ein. „John, wie geht's deinem Dad?"

„Wie immer, wie immer."

Es klingelt erneut. Bill schaut hinüber. „Wer könnte das denn jetzt sein?"

Sutton kommt zurück und reicht John sein Bier. Er bedankt sich immer noch nicht. Öffnet nur den Verschluss und trinkt einen langen Schluck.

Cal öffnet die Tür für eine Frau mit braunen, lockigen Haaren in einem unordentlichen Pferdeschwanz. Ihr Gesicht ist mit Mascara tränenverschmiert, und sie trägt einen langen Pullover über ihrem hochschwangeren Bauch.

18

Mackenzie

John springt auf und verschüttet sein Bier. „Scheiße!"

„Du musst Sutton sein", sagt die schwangere Frau und richtet ihre Aufmerksamkeit auf sie. Sie schaut sich im Raum um. „Oder bist du das?" Sie zeigt mit dem Finger auf mich.

Ich schüttele den Kopf.

Sutton steht auf. „Ich bin Sutton. Wer bist du?"

„Olivia. Bitte heirate nicht den Daddy meines Babys. Er hat dir nur einen Antrag gemacht, weil du gehen wolltest, aber das Baby und ich brauchen ihn mehr."

Suttons Augen werden groß, ihr Mund steht offen.

„Sie ist verrückt!", sagt John. „Hör nicht auf sie."

„Wir sind seit zwei Jahren zusammen", sagt Olivia. „Und wir waren glücklich, bis zu dieser ganzen Antragssache."

„Antragssache", wiederholt Sutton leise, bevor sie auf ihren Füßen schwankt. Cal legt schützend einen Arm um sie, hält sie an seiner Seite fest.

„Olivia, du musst jetzt gehen", sagt Cal entschieden. „Du auch, John. Scheint, als hättet ihr zwei viel zu besprechen."

Als John nicht schnell genug reagiert, packt Bill ihn am Arm und bringt ihn zur Tür.

„Und komm nicht zurück!", sagt Bill und schiebt ihn hinaus. Er schließt die Tür hinter ihnen und verriegelt sie.

Suttons Unterlippe zittert. Cal will sie umarmen, aber sie schüttelt den Kopf und zieht ihren Verlobungsring ab.

Sie entriegelt die Tür und wirft ihn John hinterher. „Fick dich!"

Ich sehe durch das große Vorderfenster, wie John hastig den Ring vom Gras aufhebt und ihn Olivia anbietet. Erstaunlicherweise nimmt sie ihn an, und sie gehen Arm in Arm davon.

Sutton knallt die Tür zu und legt die Hände an die Schläfen. „Dumm, dumm, dumm!" Ihre Stimme schraubt sich in eine ohrenbetäubende Höhe.

„Er ist dumm, nicht du", sagt Cal.

Tränen laufen über Suttons Wangen, und sie wischt sie wütend weg.

„Das tut mir so leid", sage ich.

Bill verschränkt die Arme. „Ich mochte ihn nie."

„Dad!", ruft Sutton. „Warum hast du nichts gesagt?"

„Ich weiß, dass man sich bei einem Paar nicht einmischt. Warum, denkst du, hat deine Mom aufgehört, mit ihren Eltern zu reden?"

„Was meinst du?", fragt Cal.

„Sie meinte, sie seien weggezogen", sagt Sutton.

Bill setzt sich und bedeutet uns, es auch zu tun. Dann erzählt er uns eine Geschichte darüber, dass die Eltern seiner Frau nicht mit ihnen einverstanden waren und nichts, was er tat, ihre Meinung ändern konnte. Sie hatte einen Typen heiraten sollen, der ihre Molkerei übernommen hätte. Das war nicht er. „Ich war ein guter Architekt, bis ich mich nicht mehr konzentrieren konnte. Wenn man sein Herz verliert, ist es schwer, einem Job Sinn zu geben."

„Das nennt man Trauer", sagt Cal. „Du könntest wieder Architekt sein."

„Es ist fünfzehn Jahre her, seit ich das gemacht habe. So viel hat sich geändert. Nein, dieser Teil meines Lebens ist vorbei."

Cal atmet scharf aus und stützt die Ellbogen auf die Knie. Mir wird klar, dass Cal Angst vor der Liebe hat. Er hat nicht einmal, sondern zweimal jemanden verloren, der ihm nahe-stand, zu einer Zeit, als er wirklich jemanden in seinem Leben brauchte. Er war jung, achtzehn, neunzehn. Und sein Dad war sicher keine Hilfe gewesen. Selbst jetzt schafft es sein Dad nur gerade so zu überleben. Oh Gott – ich will helfen, aber ich weiß nicht, was ich tun soll.

Ich will Cal helfen, wieder zu lieben, mich zu lieben. Und ich will auch Bill und Sutton helfen. Aber ich kann diese Familie nicht reparieren, und es steht mir nicht zu, das zu tun. Was wird mit Bill passieren, wenn Sutton über tausend Meilen wegzieht? Andererseits – ist Sutton verpflichtet, sich für den Rest seines Lebens um ihren Vater zu kümmern? Er ist ein gesunder Mann in seinen Fünfzigern.

Wird Sutton mit einer so großen Veränderung in ihrem Leben klarkommen? Wird Cal die Liebe je wieder zulassen? In meinem Kopf dreht sich alles, mein Herz schmerzt. Das Einzige, was mir einfällt, ist, eine gute Chefin zu sein.

„Willst du dir ein wenig freinehmen, Sutton?", frage ich. „Angesichts der Umstände."

Sutton hebt das Kinn. „Ich habe sowieso schon zu viel Zeit mit John verschwendet. Ich werde den Job nehmen." Sie dreht sich zu ihrem Dad. „Wenn das für dich okay ist."

„Es ist okay für mich." Er schaut lange zur Decke, bevor er Sutton in die Augen sieht. „Mom ist auch einverstanden."

Sutton blinzelt Tränen zurück. „Danke."

Meine Kehle schnürt sich vor Emotion zu. Welch große Liebe muss er verloren haben! Er lebt immer noch mit einem Geist, um Trost zu finden. Es ist zugleich schön und herzzer-reißend.

„Du kannst eine Weile bei mir wohnen", sagt Cal zu Sutton. „Ich schlafe auf der Couch."

„Du könntest auch bei mir wohnen", biete ich an. „Wir haben ein paar freie Schlafzimmer. Ich teile mir ein Haus mit meiner Cousine Harper."

Sutton schenkt mir ein wässriges Lächeln. Cal springt auf, schnappt sich ein Taschentuch und reicht es ihr. „Ich ziehe zu Cal, aber danke."

Cal setzt sich auf die Kante des Sofas und legt einen Arm um seine Schwester. „Du kannst so lange bei mir bleiben, wie du willst. Ich helfe dir beim Packen. Wir machen jede Woche Videoanrufe mit Dad. Okay, Dad?"

Bill hält die Oberlippe steif und nickt einmal. Seine Augen sind rot.

Sutton legt ihren Kopf an Cals Seite und seufzt. Er küsst sie auf den Kopf und wirft mir einen erleichterten Blick zu. Ich wünschte, ich könnte sie alle umarmen.

Cal

Ich habe meinen Flug auf Montag verschoben, damit ich mit Sutton zurückfliegen kann. Mackenzie auch. Dadurch hatten wir ein ganzes Wochenende mit Dad. Mackenzie hat sich direkt in meine Familie eingefügt, war hilfsbereit und hat genau die richtige Menge an Mitgefühl für Sutton gezeigt. Sie hat sogar Dads Küche organisiert und das Essensplanen mit fertigen Einkaufslisten erleichtert. Aber das Beste – sie hat ihm einen Apfelkuchen gebacken. Ich hatte keine Ahnung, dass sie einfach so einen Kuchen machen kann. Er ist verliebt.

Während ich mein Stück Kuchen esse, gegenüber von Dad am Tisch, fange ich an zu denken, dass ich auch in sie verliebt bin. Bei dem Gedanken macht mein Herz einen Sprung, aber das übliche Panikgefühl folgt nicht. Das Geräusch von weiblichem Lachen erreicht uns aus dem Wohnzimmer. Mackenzie kann Wunder wirken. Sutton zum Lachen zu bekommen, am Tag nachdem ihre achtjährige Beziehung beendet wurde, ist nichts, was ich hinbekommen hätte.

Dad zeigt mit seiner Gabel auf mich. „Das ist der beste Kuchen, den ich je gegessen habe. Halt an der fest."

„Klar, das ist ein guter Grund, um mit jemandem zusammen zu sein. Kuchen."

„Ich habe gesehen, wie du sie ansiehst. Und ich kann mir nicht vorstellen, dass sie den ganzen Weg hierherkommt und sich um uns alle kümmert, wenn sie nicht genauso empfindet."

„Sie ist wegen Sutton hier."

„Komm schon, Cal."

„Es ist kompliziert." Das hat Mackenzie über uns gesagt, als wir zum Schein gedatet haben. Ich weiß nicht, was wir jetzt sind, aber kompliziert trifft es ziemlich gut.

Dad nimmt mir meinen Kuchen weg.

„Hey!"

„Du bekommst ihn zurück, wenn du wieder bei klarem Verstand bist."

„Was? Ich bin scheiße in Beziehungen."

„Oder vielleicht hast du Angst, verletzt zu werden, also sprengst du sie, bevor sie irgendwo hinführen können."

„Nein, das ist es nicht." *Oder doch?* Ich greife nach meinem Kuchen, und er nimmt einen Bissen davon. Verdammt!

„Du verdienst ihren Kuchen nicht."

Ich werfe die Hände in die Höhe. „Was soll ich tun, wie du sein? Eine Frau heiraten, sie zum Mittelpunkt meines Universums machen und dann alles verlieren?"

„Ich habe nicht alles verloren. Mom ist immer noch bei mir. Sie ist auch hier bei dir, sie sieht von oben zu."

Ich lasse den Kopf in die Hände sinken. Es freut mich, dass es ihm besser geht, wenn er das glaubt, aber ich kann es einfach nicht. Sie ist weg, und er muss den Rest seines Lebens ohne sie verbringen. Er konnte nie weitergehen oder loslassen. Er hat nicht mal ihre Kleidung gespendet. Sie sind alle in der Kommode und im Schrank, genau wie sie sie hinterlassen hat. Ihre schlammigen Schuhe stehen immer noch an der Hintertür.

Ich habe nichts mehr von Brenda. Ihre Eltern haben alles genommen. Ich musste die Bilder von meinem Handy löschen. Sie haben nur mehr Schmerz verursacht. Darum halte ich den Schmerz in einer Kiste, weil ich sonst wie Dad wäre, ohne jegliches Leben.

„Mom will, dass du glücklich bist."

Ich hebe den Kopf, plötzlich erschöpft. „Dad, du hast

deine Karriere verloren. Du verlässt das Haus nur für die Arbeit. Du machst nie was oder besuchst jemanden."

„Ich habe alles, was ich brauche, hier."

„Sutton geht. Dann wirst du hier allein sein. Was wirst du tun, wenn du in Rente gehst? Die ganze Zeit allein zu Hause sitzen?"

Sein Kinn schiebt sich vor. „Ich werde tun, was ich will. Wenn ich zu Hause bleiben will, ist das mein Recht."

Ich atme aus. „Ich will mich nicht streiten. Du lebst dein Leben, und ich lebe meins." Ich stehe auf und hole mir ein neues Stück Kuchen. Ich werde nicht mit ihm um meinen Kuchen streiten.

„Cal, Liebe ist es wert."

Ich stehe am Tresen und schaufele Kuchen in meinen Mund.

„Du kannst nicht zulassen, dass die Angst dich zurückhält", sagt er.

Ich schlucke den Kuchen, der plötzlich wie Beton in meinem Hals ist. „Dad, wenn ich dich ansehe und was du verloren hast, sehe ich nur eine abschreckende Geschichte."

„Eine warnende Geschichte!"

Ich lege meine Gabel ab. „Du bist seit fünfzehn Jahren depressiv."

„Aber ich war sechsundzwanzig Jahre glücklich. Das würde ich jederzeit wieder wählen. Ich will, dass du jemand Besonderen in deinem Leben hast."

Ich schüttle den Kopf. „Vielleicht kaufe ich mir einen Hund."

„Ein Hund ist kein Ersatz für eine Frau."

„O mein Gott", sagt Sutton hinter uns. „Ihr macht euch – und mich – lächerlich."

Mackenzie schenkt mir ein freches Lächeln. „Du bräuchtest eine Katze als Frauenersatz. Mach neun daraus. Du kannst der verrückte Katzenmann sein."

Dad lacht. Meine Ohren glühen heiß, obwohl sie nicht im Geringsten beleidigt wirkt. Vielleicht haben ihre Brüder sie immun gegen Beleidigungen gemacht.

„Ich mag diesen Kuchen wirklich, Mackenzie", sagt Dad, ein Hauch von Verehrung in den Augen.

Mackenzie zieht ihr Handy heraus. „Sag' mir deine Nummer. Ich schicke dir das Rezept. Dann kannst du ihn dir machen, wann immer du willst."

„Oh, ich wüsste nicht, wie man so was backt."

„Dafür gibt es ja Rezepte. Und weißt du was? Selbst die Backfehler sind lecker."

Sie zieht einen Stuhl heraus und schreibt ihm, während sie mit ihm über einfache Abendessenrezepte und ihre liebsten Kochshows spricht. Als sie fertig ist, hat Dad zugestimmt, für sich selbst zu kochen und am Wochenende ein Backrezept auszuprobieren.

Gibt es was, das diese Frau nicht kann?

Ich verbringe den Rest des Wochenendes damit, Mackenzies Leichtigkeit im Umgang mit Dad und Sutton, sogar mit mir, zu bewundern. Sie ist überraschend häuslich, während sie gleichzeitig gern das Kommando übernimmt und organisiert ist. Sie ist ein Wirbelwind aus Kraft und Liebe. Ich glaube nicht, dass ich je eine andere Frau wie sie getroffen habe. Sie ist wirklich der beste Mensch, den ich je getroffen habe. Vielleicht sollte ich ihr das mal sagen, wenn sie wach ist.

Auf dem Flug nach Hause schläft Mackenzie an meiner Schulter ein. Sutton ist an meiner anderen Seite und sieht sich einen Film an. Ich streiche Mackenzies Haar zurück, bin versucht, sie auf den Kopf zu küssen. Könnte ich mir auf lange Sicht vorstellen, mit ihr zusammen zu sein?

Ich spanne mich an. Was, wenn … Ich dränge die dunkle Angst zurück. Wenn ich nicht daran denke, existiert sie nicht. Angst hält mich zurück. Ich will das Gegenteil –

Hoffnung.

Doch nachdem wir landen und unser Gepäck holen, sagt Mackenzie: „Ich stehe im Langzeitparkhaus. Sutton, ich sehe dich morgen bei der Arbeit. Cal, dich sehe ich bei der Zeremonie nächstes Wochenende. Wenn es für dich okay ist, sage ich Mom nach der Zeremonie, dass unsere Fake-Beziehung vorbei ist. Ich will keine komischen Vibes an ihrem besonderen Tag."

Mein Hals schnürt sich zu, und ich räuspere mich. „Richtig." Warum dachte ich, dass da mehr zwischen uns ist? Ich fühle mich wie ein Narr. Dads Gerede hat mir alle möglichen verrückten Ideen in den Kopf gesetzt.

Sutton rümpft die Nase. „Fake-Beziehung?"

„Lange Geschichte", sage ich und halte Mackenzies Blick. Sie blinzelt nicht.

„Wird bald gelöst", sagt Mackenzie. Sie dreht sich zu Sutton. „Wenn du meine Mom triffst, wirst du es verstehen."

„Niemand würde glauben, dass das nicht echt war", sagt Sutton.

Ich mustere Mackenzie. Vielleicht hat sie nicht nur so getan?

„Gut!", sagt Mackenzie fröhlich. „Wir haben unseren Job gemacht." Sie umarmt Sutton und winkt mir kurz zu, bevor sie davongeht und ihren Rollkoffer hinter sich herzieht.

„Wer hat eine Zeremonie zur Erneuerung des Ehegelübdes?", fragt Sutton mich.

„Ihre Eltern."

„Klingt romantisch. Eine gute Gelegenheit für dich, deinen Zug zu machen."

„Lass uns dein Gepäck finden."

19

Cal

Die Zeremonie im Ludbury House sieht für mich wie eine Hochzeit aus. Im zweistöckigen Foyer des Herrenhauses versammeln sich Freunde und Familie, um Hailey die große Treppe zu ihrem Mann Josh herabkommen zu sehen. Ein kurzer Schleier sitzt auf ihrem Kopf, dazu trägt sie ein weißes Seidenkleid, das ihr bis zu den Knien reicht. Überall sind Blumen, klassische Musik erklingt, sogar ein Pfarrer führt die Zeremonie durch.

Es gibt ein paar Reihen Stühle mit weißen Satinbezügen. Der Rest sind Stehplätze. Ich stehe hinten. Mackenzie und ihre Brüder, Cooper und Finn, sind in der ersten Reihe, zusammen mit den Großeltern und Rowan.

Der Pfarrer fordert Hailey auf, ihr Gelübde zu sprechen. Sie macht das ohne Notizen, ihre Augen glänzen vor Tränen, ihre Stimme ist stark. „Josh, ich würde dich jederzeit wieder heiraten. Du bist mein Fels. Du hast mir gezeigt, was Liebe wirklich ist, und ich schwöre, den Rest meines Lebens damit zu verbringen, dich zu lieben, in guten wie in schlechten Zeiten, in Krankheit und Gesundheit. Du bist wahrhaftig mein Krieger-Biest."

Die Leute lachen, aber ich schaffe es nicht über den Kloß

in meinem Hals. Ich weiß nicht mal, was ein Krieger-Biest ist. Die Emotion in ihrer Stimme geht mir nahe.

Josh legt eine Hand an ihre Wange, wischt eine Träne mit dem Daumen weg. Sie tut dasselbe für ihn. Er küsst ihre Wange.

Er atmet scharf aus. „Schwer, das zu toppen. Ich nenne dich Kriegerprinzessin, weil du wild bist. Stark, zäh, aber auch liebevoll und so schön. Ich weiß nicht, wie ich so viel Glück haben kann." Seine Stimme bricht.

Mir treten Tränen in die Augen. Ich sehe, wie Mackenzie sich die Augen wischt.

Josh fährt fort: „Ich schwöre, dich für den Rest meines Lebens zu lieben und zu beschützen. Du bist mein Herz. Das ist alles. Du bist mein Herz."

Hailey berührt sein Gesicht, und er lehnt sich in ihre Hand. Die Liebe ist so real, so stark, dass ich sie bis hier hinten spüren kann. Ich kann nicht atmen. Ich brauche Luft, der Raum fühlt sich plötzlich zu heiß an. Der Pfarrer fährt mit der Zeremonie fort.

Ich flüchte durch die Eingangstür, in meinem Kopf dreht sich alles. Ich setze mich auf die Veranda und stecke den Kopf zwischen die Knie. Was ist los mit mir? Ich zwinge mich, langsam, tief zu atmen.

Nach ein paar Augenblicken richte ich mich auf und starre auf die Kirche gegenüber. Ich war schon auf Hochzeiten, habe Gelübde gesehen. Ich habe noch nie so viel Emotion gehört, so viel Liebe gesehen. Es muss beängstigend sein, jemanden so zu lieben. Wie ertragen sie das? Wissen sie nicht, dass sie alles verlieren könnten?

～

Mackenzie

Ich sehe mich im Ballsaal um, suche nach Cal. Der Empfang beginnt gerade mit Cocktails und Vorspeisen. Ich habe ihn vor der Zeremonie gesehen, und er ist verschwunden. Ist er mitten in der Zeremonie gegangen? Kommt er zurück? Ich schätze, ich kann eine Ausrede erfinden, dass es ihm nicht gutging. Für meine Familie sind Cal und ich immer noch ein Paar. Es ist definitiv Zeit, das Spiel zu beenden. Wäre es möglich, das echt zu versuchen?

Mein Atem stockt, als Cal hereinstürmt, direkt auf mich zu, und er sieht einschüchternd ernst aus. „Cal? Ist alles okay?"

„Nein."

Mom taucht an meiner Seite auf. „War das nicht eine wunderschöne Zeremonie? Ich bin so froh, sie hier zu haben. Unsere Hochzeit war auf Villroy, und ein Teil von mir hat sich immer gewünscht, nochmal hier zu heiraten, und jetzt habe ich das."

„Es war wunderschön, Mom."

„Sehr schön", sagt Cal. Seine Stimme klingt heiser.

Mom strahlt. „Vielleicht planen wir bald auch was für euch zwei in Ludbury House."

Ich runzle die Stirn. „Lass uns das nicht tun, Mom."

„Also ist es nicht ernst zwischen euch?", fragt Mom und blinzelt unschuldig.

Ich sehe über ihre Schulter. „Oh schau, Tante Charlotte winkt dir. Ich wette, deine Freundinnen haben ein besonderes Geschenk für dich."

„Das würde ihnen ähnlichsehen!", zwitschert Mom und eilt davon, um sich mit ihren Freundinnen zu treffen. Wahrscheinlich haben sie tatsächlich ein besonderes Geschenk für sie. Das ist sozusagen ihr Ding bei großen Anlässen.

„Können wir draußen reden?", fragt Cal.

Meine Brauen ziehen sich zusammen, die Nervosität flattert durch mich. Cal hat noch nie darum gebeten, mit mir zu reden. Nicht ein einziges Mal. „Klar." Ich gehe voraus durch die Eingangshalle zur Tür.

Sobald wir auf die Veranda treten, bellt Cal: „Diese Fake-Beziehung war ein riesiger Fehler! Deine Mom lässt Andeutungen über eine Hochzeitsplanung fallen. Es ist nicht richtig, sie zu täuschen."

Ich lege meine Hände ineinander. Er kann nicht mal an die

Idee denken, langfristig mit mir zusammen zu sein, ohne in Panik zu geraten. „Sie hat nur eine Andeutung gemacht, weil das ihr Job ist. Leuten zu sagen, dass sie ihre Hochzeiten plant. Kein Grund zur Panik."

Er fängt an, auf- und abzugehen. „Ich weiß bei dir nicht, ob ich komme oder gehe. Es ist, als wären wir zusammen, tun so, als wären wir zusammen, dann sind wir nur Freunde, dann verstehst du dich so gut mit meiner Familie. Was ist das? Was machen wir?" Er bleibt stehen und sieht mich erwartungsvoll an.

Ich verschränke die Arme, umarme mich selbst. „Ich-ich weiß nicht. Ich wollte dir und Sutton nur helfen, wie ich konnte, und … ich weiß nicht."

Er schiebt sich eine Hand durchs Haar, zerzaust es. „Ich weiß auch nicht."

„Okay."

Wir starren einander lange an. Meine Beine fühlen sich wackelig an, der schreckliche Punkt ohne Wiederkehr nähert sich. Ich spüre es. Ich weiß nicht, wohin wir von hier aus gehen. Mein Herz rast, während die Zeit stehenzubleiben scheint.

Er atmet tief durch. „Wir dürfen uns nicht mehr sehen. Fake, Freunde oder sonst was."

Mein Magen zieht sich zusammen. Es tut mehr weh, als erwartet, ihn das sagen zu hören.

Ich hebe das Kinn, entschlossen, nicht vor ihm zu weinen. „Okay, dann. Ich denke, du solltest jetzt gehen."

„Ich sollte mich von deinen Eltern verabschieden."

Ich schüttle den Kopf. „Ich richte es ihnen aus."

Er steht da und mustert mich, als wolle er mich durchschauen. Was erwartet er, dass ich sage, nachdem er die Sache beendet hat?

„Tschüss, Mackenzie." Er dreht sich um und schreitet die Stufen hinunter.

„Bye", schaffe ich am Kloß in meinem Hals vorbei.

Ich schleiche zurück ins Haus und eile ins Badezimmer, um ordentlich zu weinen. Verdammt sei er dafür, dass er von mir erwartet, unsere Beziehung zu erklären. Es ist ja nicht so, als hätte ich geplant, mich in ihn zu verlieben, und hoffe, er würde dasselbe tun, was er nicht hat. Ich lasse den Kopf in die Hände sinken. Das Ganze ist so *anstrengend*.

Nach ein paar beruhigenden Atemzügen spritze ich mir kaltes Wasser ins Gesicht. Ich setze einen Schritt aus dem Badezimmer und stehe Mom gegenüber. Sie bemerkt mein verweintes Gesicht, legt einen Arm um meine Schultern, führt mich in ihr Büro und schließt die Tür hinter uns.

Ich setze mich in ihren bequemen Schreibtischstuhl, und sie zieht ihren anderen Stuhl neben mich. „Ist es Cal?", fragt sie.

„Wir haben Schluss gemacht."

„Oh, Liebling, das tut mir so leid. Ich weiß, dass das wehtut."

Ein Funke Wut flammt auf. Ich wäre nicht in diesem Chaos, wenn sie mich nicht mein ganzes Erwachsenenleben lang hätte verkuppeln wollen. „Es war nicht gerade hilfreich, dass du Andeutungen über die Planung unserer Hochzeit gemacht hast."

Sie reicht mir ein Taschentuch. „Es kann keine starke Beziehung gewesen sein, wenn eine Andeutung sie zerstören kann. Dann bist du so besser dran."

Ich tupfe die Tränen mit dem Taschentuch ab, hin- und hergerissen zwischen Wut und Trauer. „Alles ist nach hinten losgegangen." Meine Stimme erstickt. „Ich hatte all diese unpassenden Gefühle, und dann habe ich es vermasselt, und er hat sich komisch verhalten, und jetzt werde ich abserviert, wo ich doch diejenige hätte sein sollen, die geht."

„Mackenzie, Liebling, du hast unpassende Gefühle? Das ist wunderbar!"

„Das ist alles, was du dem entnimmst?"

„Es ist das erste Mal, dass du tiefe Gefühle hattest. Das *ist* wunderbar."

Ich starre sie so böse an, wie ich mit geschwollenen verweinten Augen kann. „Nein, es ist nicht wunderbar, weil diese Gefühle nicht erwidert werden, und ich bin die Idiotin, die sich immer tiefer reingeritten hat."

Sie reibt meinen Rücken.

„Das Ganze sollte fake sein!", rufe ich verzweifelt. „Und ich sagte kein Sex wegen Grenzen, aber dann gab es Küsse, und oh, das ist alles deine Schuld! Ich dachte, du willst uns heimlich verkuppeln, als du mir sagtest, ich solle mich von ihm fernhalten, also habe ich so getan, als wären wir ein Paar, um dich auf frischer Tat zu ertappen."

Ich blicke auf und komme mir dumm vor.

Mom schenkt mir ein kleines Lächeln. „Hm. Nun, ich war zwiegespalten, was Cal betraf. Ich mag ihn wirklich als Person, aber ich war vorsichtig wegen der Situation mit der Freundin, mit der er zusammengewohnt hat. Sie dachte offensichtlich, die Ehe stünde kurz bevor. Das sagt mir, dass es unterschiedliche Erwartungen gab, was auf die Kommunikation zurückzuführen sein könnte, oder es könnte bedeuten, dass er gegen die Ehe ist."

Ich schniefe. „Also hast du nicht umgekehrte Psychologie benutzt, um mich mit ihm zusammenzubringen?"

„Habe ich je umgekehrte Psychologie bei dir benutzt?"

Ich denke darüber nach. Abgesehen vom Kuppeln war sie immer direkt zu mir. Na ja, nicht ganz. „Du hast immer gesagt, die Tür stehe mir offen, als Partnerin in dein Geschäft einzusteigen, und dann hast du Rowan als Partnerin gewählt."

Ihre hellblauen Augen weiten sich. „Aber du wolltest das doch nie. Du hast dein eigenes Geschäft."

„Da kommt die umgekehrte Psychologie ins Spiel. Jetzt, wo ich ausgeschlossen bin, will ich die Option. Vielleicht war das dein Plan."

Sie schnaubt. „Ich bin mir nicht sicher, wie du auf die Idee kommst, dass ich manipulativ bin. Alles, was ich je wollte, ist dein Glück. Ich liebe dich bedingungslos. Ich bin so stolz auf die Frau, die du geworden bist, und wie du dir deinen eigenen Weg in der Welt gebahnt hast. Wenn du wirklich in mein Geschäft einsteigen willst, ist diese Tür immer noch offen. Vielleicht könnt ihr, du und Rowan, es eines Tages gemeinsam führen."

Das ist genau, was Cal gesagt hat. Ich breche in Tränen aus.

Sie zieht mich an sich, streicht mir die Haare glatt, wie sie es getan hat, als ich klein war. „Oh, Liebling."

Ich schluchze in ihr perfektes weißes Kleid. „Ich konnte nie deinen Schönheitskönigin-Standards gerecht werden. Ich konnte nie in deine hohen Absätze treten."

Sie lehnt sich zurück, nimmt mein Gesicht in ihre Hände. „Meine liebste Tochter, das solltest du auch nie. Dad und ich wollten, dass du eine Anführerin bist, keine Nachfolgerin. Wir wollten, dass du stark und selbstbewusst bist, und das bist du."

Ich schnappe mir ein Taschentuch und versuche, ihr Kleid zu trocknen. Sie winkt mich weg. „Mach dir keine Sorgen. Du bist wichtiger."

Meine Unterlippe zittert. „Eine starke Frau mit einem schwarzen Gürtel zu sein, ist nicht dasselbe wie du zu sein."

„Was ist an mir, das du sein willst?"

Meine Kehle schnürt sich vor Emotionen zu, mein inneres kleines Mädchen findet endlich seine Stimme. „Ich will schön und erfolgreich sein wie du."

Sie streicht mir das Haar aus dem Gesicht. „Das bist du."

„Ich will gut im Geschäft sein wie du, eine Meisterin im Netzwerken."

Sie seufzt. „Das ist nicht über Nacht passiert. Du bist auf dem besten Weg. Jetzt hast du vier Vollzeitmitarbeiter. Das ist mehr, als ich je hatte. Und du musst am Wochenende nicht arbeiten. Kluger Zug."

Ich lache ein wenig, aber es wird zu einem Schluchzen. „Ich glaube nicht, dass ich je den Einen finde."

„Du hast immer gesagt, du glaubst nicht an den Einen."

„Das liegt daran, dass ich dachte, es sei verschwindend selten. Nicht etwas, das ich je erwarten könnte, und dann hat Cal mich hoffen lassen." Meine Stimme bricht.

„Manchmal ist der Eine direkt vor unserer Nase, aber wir sehen ihn eine Weile nicht.“

„Das galt für dich und Dad. Nicht für mich und Cal.“

„Okay“, sagt sie nachgiebig.

Ich starre sie hart an. „Schwörst du, dass du mich und Cal nicht verkuppeln wolltest?“

Sie neigt den Kopf. „Oh, was war das? Ich glaube, Rowan sagt, es ist Zeit für den Kuchen. Wir gehen besser hinüber.“

„Ich wusste es!“ Ich blicke zur Decke, Erleichterung durchflutet mich. Ich bin nicht verrückt oder paranoid. Sie hat absolut versucht, uns zu verkuppeln! Kein Wunder, dass ich auf das Fake-Dating zurückgegriffen habe. „All das Netzwerken, um Cal zu helfen, war, um zu sehen, wie er in unsere Familie passt.“

„Und um ihm zu helfen. Es ist nicht leicht, eine Mandantenliste aufzubauen. Wenn er nicht genug Arbeit hätte, wäre er vielleicht nicht geblieben.“

Ich hebe einen Finger. „Versprich mir, dich bei Finn nicht einzumischen.“ Mein jüngerer Bruder hat es verdient, dieses Drama zu überspringen.

Sie lächelt. „Das muss ich nicht. Er ist ganz von selbst mit Olivia in Kontakt geblieben. Sie ist die Eine für ihn.“

„Das bezweifle ich. Sie leben an gegenüberliegenden Küsten, sie ist vier Jahre älter als er, und sie sind auf völlig unterschiedlichen Karrierewegen.“

„Die Zeit wird es zeigen. Komm, lass uns Kuchen essen.“

Ich gehe mit ihr und sehe zu, wie meine Eltern den Kuchen anschneiden und sich gegenseitig verspielt füttern. Bittersüß. Ich bin so glücklich für sie und so traurig für mich. Warum habe ich bei Cal nicht auf mein Bauchgefühl gehört? Ich habe es frühzeitig beendet, bevor schwere Emotionen einziehen konnten, um sich in meinem Herzen festzusetzen. Das war der richtige Zug. Der Rest war ein Fehler.

Am nächsten Morgen quäle ich mich aus dem Bett und zwinge mich zum Laufen. Nach einer Nacht mit zu viel Weinen könnte ich die Endorphine gebrauchen.

Gerade, als ich mich nach Hause schleppe, sehe ich Sutton auf mich zujoggen. „Ich wusste nicht, dass du auch eine Läuferin bist."

Sie lächelt. „Ist auch neu. Ich habe eine Menge Wut. Verschwendete Jahre, Verrat, Bedauern, das ganze Sandwich."

„Du meinst die ganze Enchilada?"

„Genau. Habt ihr, du und Cal, euch gestritten? Er ist verstimmt, und du siehst aus, als hättest du deinen besten Freund verloren. Und ich verstehe das. Ich fühle mich auch, als hätte ich meinen besten Freund verloren, obwohl er sich als Wiesel herausgestellt hat."

„Willst du reinkommen? Ich wohne dort oben." Ich zeige auf mein Haus.

„Ich hätte gern ein bisschen Mädelszeit."

„Ich auch. Meine Cousine Harper sollte auch bald zu Hause sein. Du wirst sie mögen. Sie sagt, wie es ist, obwohl ich dich warnen muss: Sie hält sich für lustig. Ist sie nicht wirklich."

Sie lacht ein wenig. „Okay."

Kurze Zeit später setzen wir uns mit Tee und Schokoladenkeksen an den Küchentisch. Ja, ich habe unter Stress gebacken. „Harper wird in etwa einer Stunde zu Hause sein."

Sutton wärmt ihre Hände an der Tasse. „Ich kann es kaum erwarten, am Montag mit der Arbeit loszulegen. Ich könnte die Ablenkung gebrauchen."

„Wenn du willst, kannst du dich mit dieser Organisationssoftware vertraut machen, die ich gerade ausprobiere. Es ist eine Arbeitsplanungs-App, von der ich hoffe, dass sie dem Team hilft, auf dem gleichen Stand zu bleiben. Ich zeige es dir."

„Klar."

Wir verbringen die nächste Stunde damit, über das

Programm zu reden, während wir Kekse verschlingen. Ich bin auf einem Zuckerhoch, als Harper nach Hause kommt.

„Mmm, Kekse." Sie lächelt und geht zu Sutton. „Hi! Ich bin Harper."

„Ich bin Sutton, die neue Büroleiterin von Brooks Campbell Security."

Harper sieht mit zusammengekniffenen Augen auf den Laptop. „Sag' mir nicht, Mackenzie lässt dich am Wochenende arbeiten."

„Ich habe sie darum gebeten. Ich muss gerade über eine Trennung hinwegkommen und kann die Ablenkung gebrauchen."

„Gleiches hier", sage ich. „Meine Fake-Beziehung ist vorbei."

Harper nimmt einen Keks. „Habt ihr zum Schein Schluss gemacht?"

Mir kommen die Tränen.

Sie zieht einen Stuhl heraus. „Oh nein, was ist passiert? Wurde es zu echt?" Ich schätze, ich habe Harper nicht die ganze Geschichte erzählt. All diese Gefühle, die ich niemandem eingestehen wollte. Und aus gutem Grund. Jetzt haben sie ein Loch in meinem Herzen hinterlassen.

Ich nicke. „Ich bin eine Idiotin. Ich wusste von Anfang an, ich hätte es locker halten sollen. Er ist zu mir gekommen und hat Antworten darauf verlangt, wie kompliziert die Dinge geworden sind, und als ich sagte, ich weiß die Antwort nicht, hat er es beendet. Fake, Freunde oder sonst was, seine genauen Worte. Es braucht zwei, um eine Komplikation zu machen, richtig?"

„Richtig", sagt Harper um einen Bissen Keks herum. „Was für ein Idiot."

„Hey! Er ist mein Bruder", sagt Sutton. „Und er scheint auch unglücklich zu sein."

„Sorry", sagt Harper. „Normalerweise folgen wir solidarisch der Alle-Männer-sind-Schweine-Regel."

Sutton lacht. „Lass mich dir von meinem Schwein erzählen." Sie bringt Harper über die John-Situation auf den neuesten Stand, inklusive schwangerer Freundin.

„Verdammt", sagt Harper. „Du gewinnst die Loser-Olympiade. Nicht du, er. Du hast dir alle Kekse und auch den Wein verdient."

„Es ist noch nicht mal Mittag", sage ich.

„Gib ihr wenigstens Milch. Sutton, du kannst so viel tunken, wie du willst, und wir machen keine Kommentare über eklige Krümel."

Sutton lacht. „Du hast ja schon gesagt, dass sie lustig ist."

Harper lehnt sich zurück und schmunzelt. „Siehst du, Sutton findet mich lustig."

Ich verdrehe die Augen. „Ich habe gesagt ,sie hält sich für lustig', was bedeutet, dass du das denkst. Nicht, dass du lustig bist."

„Hmph. Milch?"

„Ja, bitte", sagt Sutton.

Harper holt die Milch heraus und schüttet Sutton ein Glas ein. „Hat Cal gesagt, warum er die Fake-Dating-Sache beenden wollte? Vielleicht will er das Echte?"

„Oh!", ruft Sutton. „Das könnte stimmen. Als wir bei Dad zu Hause waren, hat Cal dich immer mit diesem anbetenden Welpenblick angeschaut, wenn er dachte, du siehst es nicht."

„Das bezweifle ich", sage ich. „Ich muss weiter. Mein Herz kann dieses Hin und Her nicht mehr ertragen. Sutton, wenn du eine Laufpartnerin willst: Ich laufe jeden Morgen um sechs. Außer, ich hatte eine lange Nacht. Schlaf ist genauso wichtig wie Sport, und es hilft wirklich bei Stress von gewissen Leuten, die hier nicht erwähnt werden sollen."

Sutton tunkt ihren Keks in die Milch und nimmt einen Bissen, ihr Ausdruck selig. Frisch gebackene Kekse können einen dazu bringen. „Klar. Geht auch sieben?"

„Geht auch." Ich seufze und wünsche mir, ich könnte so zurückspringen, wie Sutton es zu tun scheint. Sie ist einer dieser von Natur aus fröhlichen Menschen. Cal sagte, sie sei ein Sonnenschein. Cal mit den dunklen, seelenvollen Augen, dem schrecklichen Geschmack in Baseballfilmen, dem sexy

Alles, der Toleranz für meine Familie. Diese Kombination findet man nicht bei jedem. Das ist scheiße. Ich wünschte –

„Okay, ich sage das nur einmal", verkündet Harper und reißt mich aus meiner Abwärtsspirale. „Ich habe dich gesehen, nachdem du das erste Mal mit Cal geschlafen hast, und du warst hin und weg."

„Hin und weg?", wiederhole ich, schockiert, dass sie so einen Ausdruck benutzen würde. Dann erinnere ich mich, dass sie auf die dunkle Seite gewechselt ist. Sie ist eine Leserin von Liebesromanen, und sie *glaubt* daran.

„Aww", sagt Sutton. „Das konnte ich total sehen, als ich euch beide das erste Mal zusammen bei unserem Videoanruf erlebt habe."

Ich presse die Lippen zusammen. „Ich war nicht hin und weg. Ich war noch nie in meinem Leben hin und weg."

Harper fährt fort: „Du konntest dich nicht von ihm fernhalten, und selbst, nachdem du es beendet hattest, hast du einen Weg gefunden, Zeit mit ihm zu verbringen mit deinem ganzen Fake-Beziehungs-Ding."

Sutton schüttelt den Kopf. „Bei meinem Dad zu Hause habt ihr beide nicht ausgesehen, als wäre das nur ein Fake."

„Da waren wir ja auch Freunde", sage ich.

Sutton neigt den Kopf. „Das Gefühl hatte ich überhaupt nicht."

„Niemand hatte das", sagt Harper. „Also, lasst uns rekapitulieren. Du hast dich ihm als jemand vorgestellt, der nichts Ernsthaftes sucht. Du warst von Anfang an deutlich und hast starke Grenzen gezogen."

„Ja!" Endlich verstehen sie, warum das alles Cals Schuld ist.

„Jetzt ist es Zeit, ihn wissen zu lassen, dass du es ernst mit ihm meinst", sagt Harper. „Die Dinge haben sich geändert. Gefühle sind passiert."

Ich öffne den Mund und schließe ihn prompt wieder.

„Auf beiden Seiten", sagt Sutton. „Ich konnte das total sehen. Er ist nicht gut darin, es zu zeigen, aber er empfindet tief. Ich spreche von Liebesgebiet."

Mein Herz pocht.

Harper trinkt einen Schluck von meinem Tee und verzieht das Gesicht. Wahrscheinlich, weil er kalt ist. „Sei genauso direkt, was deine Gefühle angeht, wie du es bei deinen Grenzen warst, und es wird alles gutgehen."

„Aber ich bin mir nicht sicher, ob er diese Gefühle erwidert." Er war in Panik nach der Zeremonie und Moms Andeutung über unsere zukünftige Hochzeit. Das schreit nicht gerade nach *Ich habe verletzliche Gefühle für dich*. Sind sie vielleicht tief verborgen? Hat er genauso Angst, es mit mir zu wagen, wie ich mit ihm?

„Ich bin mir sicher", sagt Sutton. „Ich sage dir, wenn du nicht hingeschaut hast, hatte er diesen Welpenblick, mit dem er dich anhimmelt. Das ist die Cal-Version von Liebe."

Meine Lippen zucken zur Seite. Sutton liest zu viele Liebesromane.

Harper reicht mir einen Keks. „Ich denke, er fühlt auch was Tiefes. Kein Typ schickt Blumen nach einem One-Night-Stand, den er nicht wiedersehen will."

„Er hat Blumen geschickt?", fragt Sutton mit einem Seufzer. „Blumen sind so nett! John sagte, Blumen seien Geldverschwendung."

Harper schüttelt den Kopf. „Mädchen, was hast du dir bei dem gedacht?"

Sutton zieht einen Kreis auf dem Tisch nach. „Ich war seit der Highschool mit ihm zusammen. Ich dachte, wir würden uns ein Leben lang lieben, wie meine Eltern. Na ja, bevor Mom starb."

„Es scheint, als würde ihre Liebe immer noch weitergehen", sage ich sanft.

Sutton nickt. „Ja. Ich schätze, das ist doch nicht mein Weg."

„Jeder Weg ist anders. Richtig?", sagt Harper. „Meine Eltern haben sich durch Zufall kennengelernt, als mein Dad und Mackenzies Dad auf einem Date die Plätze getauscht haben. Unsere Väter sind eineiige Zwillinge."

Sutton strahlt. „Ooh! Diese Geschichte würde ich liebend gern hören. Ein Zwillingstausch!“

Ich stehe abrupt auf und stolpere fast über Felix. Mein Kater schafft es immer, unter meinen Füßen zu sein, wenn ich es am wenigsten erwarte. „Ich muss los, Blumen kaufen.“

„Hol ihn dir!“, jubelt Harper.

Sutton gibt mir einen Daumen hoch.

Ich stürze aus dem Raum, bevor ich den Mut verlieren kann.

Cal

Ich komme von einem langen Spaziergang nach Hause und finde Mackenzie auf meiner Veranda sitzend, einen Strauß weißer Rosen in der Hand. „Was machst du hier?“ Meine Stimme klingt härter, als ich es meine, weil ich so überrascht bin. Ich habe sie so sehr weggestoßen, und sie ist mit Blumen hier. Niemand hat mir je Blumen geschenkt.

„Um dir die hier zu geben“, sagt sie und reicht mir die Rosen. „Weiße Rosen stehen für Neuanfänge.“

Ich nehme sie von ihr entgegen, unsicher, was sie meint.

Sie schenkt mir ein unsicheres Lächeln. „Da ist auch eine Karte.“

Ich ziehe die Karte aus dem kleinen Umschlag und lese: *Können wir neu anfangen?*

Sprachlos starre ich sie an. Ein Funke Hoffnung flammt auf und drängt mich, mit ihr zu reden. Zu sehen, wohin das führt. „Komm rein.“

Ich gehe voraus in meine Wohnung. Ein paar Augenblicke später sitzen wir auf der Couch. Sie schiebt ein Bein unter sich. Da fällt mir auf, dass ich immer noch die Rosen halte, und ich lege sie auf den Couchtisch. Ich habe keine Vase. Habe nie eine gebraucht.

„Sutton meint, du bist in mich verliebt“, sagt sie.

Ich schnappe nach Luft. Verdammt! Das habe ich nie gesagt.

Bin ich in sie verliebt?

Sie schaut mich an, Verletzlichkeit in ihren blauen Augen. Es war mutig von ihr, das zu sagen. Trotzdem zögere ich, auf der Hut davor, dass sie was Großes erwartet, wie mein ganzes Leben. Der Preis, den man für Liebe zahlt.

Sie redet schnell weiter. „Ich möchte einen Neuanfang. Ich habe mich dir als jemand vorgestellt, der nur was Lockeres will, aber das war, bevor ich dich getroffen habe." Sie blinzelt schnell, als wäre sie kurz davor zu weinen. Instinktiv greife ich nach ihrer Hand, um sie zu trösten.

Sie zieht sich zurück. „Es ist einfacher, wenn wir einander nicht berühren. Es verwirrt mich irgendwie."

„Okay."

„Wegen unserer Chemie."

„Oh." *Das ist gut.* „Es tut mir leid, wie ich die Dinge beendet habe. Ich schätze, ich war überwältigt von all der –" ich huste „– Emotion, die bei der Zeremonie in der Luft lag. Ich weiß, das klingt komisch."

„Überhaupt nicht! Ich habe auch Emotionen. Ich meine, für dich." Sie vergräbt ihr Gesicht in den Händen und murmelt: „Warum ist das so schwer?" Sie hebt den Kopf und sieht mir direkt in die Augen. „Ich habe Gefühle für dich. Tiefe Gefühle. Ich habe Angst, aber es ist so."

Ich trete näher. „Du hast Angst? Ich kann mir nicht vorstellen, dass du vor irgendwas Angst hast."

„Ha! Ich bin in Panik! Ich wollte mich nicht in dich verlieben. Es ist chaotisch und schmerzhaft, und ich habe panische Angst, dass es nicht klappt und ich *schrecklich* leiden werde."

Meine Schultern entspannen sich. Niemand hat je das Leiden, das mit dem Lieben verbunden ist, zugegeben. „Ich verstehe das. Ich habe nie an das Sprichwort geglaubt, dass es besser ist, geliebt und verloren zu haben, als niemals geliebt zu haben. Trauer kann einem das Leben rauben."

„Sutton hat mir von Brenda erzählt. Warst du je bei einer Trauerberatung?"

Ich schließe die Augen. Sutton hatte kein Recht, ihr das zu erzählen. Ich hasse es, darüber zu reden.

„Würdest du eine Beratung in Betracht ziehen?", fragt sie. „Ich spüre deinen Schmerz. Ich verstehe, wie schwer es ist, jemanden hereinzulassen, nach dem, was du durchgemacht hast."

Ich starre geradeaus, halte meine Stimme ruhig. „Wenn ich diese Kiste öffne, die, in die ich den Schmerz schiebe, bin ich nicht mehr ich. Ich werde nicht funktionieren."

Sie schiebt ihre Hand in meinen Nacken und presst ihre Stirn an meine. „Oh, Cal. Du wirst funktionieren, ich verspreche es. Den Schmerz zu verdrängen, lässt ihn nie ganz verschwinden. Dann hast du nur den Schmerz und nicht die guten Erinnerungen."

Ich grabe meine Hand in ihr Haar und atme mit ihr, Ruhe kehrt zurück. „Ich will nicht wie er enden." Ich trete zurück, um sie anzusehen. „Ich will den guten Teil, aber nicht den Rest."

Sie blinzelt Tränen zurück. „Ich glaube nicht, dass Liebe so funktioniert. Das Leben funktioniert nicht so, das weiß ich genau." Sie löst sich von mir. „Das heißt, wenn du genauso für mich empfindest."

Mir wird klar, dass ich in dem Moment gefallen bin, als ich sie am ersten Tag, an dem wir uns kennenlernten, auf der Tanzfläche in die Arme nahm. Warum habe ich so lange dagegen gekämpft? Jedes Mal, wenn es zu intensiv wurde, habe ich eine Mauer hochgezogen. „Ich habe nie an Liebe auf den ersten Blick geglaubt."

„Ich auch nicht. Das ist albern."

„Bis zu dir."

„Oh, Cal." Sie schlingt ihre Arme um meinen Hals. Ich küsse sie, lege all die Liebe und Sehnsucht, die ich zurückzuhalten versucht habe, in diesen einen Moment.

Ich nehme ihr Gesicht in meine Hände und dränge an jeder Mauer vorbei, um zu sagen, was in meinem Herzen ist. „Ich liebe dich, Mackenzie."

Sie gibt einen kleinen Schrei von sich, lächelt mit Tränen in den Augen. „Ich liebe dich auch. Lass uns dieses Spiel zwischen uns beenden. Kein Hin und Her mehr, kein angsterfülltes Weglaufen. Ich bin ganz dabei." Sie lacht und hält eine zitternde Hand hoch. „Ich setze mein Herz aufs Spiel."

Ich nehme ihre zitternde Hand in meine und küsse sie. Irgendwie macht ihre Verletzlichkeit es leichter, meine zu ertragen. Es ist schwer, um den Kloß der Emotionen in meinem Hals zu sprechen. „Ich werde gut auf dich aufpassen."

Sie lächelt. „Wir werden aufeinander aufpassen."

Ich schlucke schwer. „Du bist doch ziemlich gesund, oder? Deine Familie scheint gesund."

„Wir sind ein zäher Haufen. Und du auch."

Mein Mund wird trocken, meine Stimme ist nicht ganz ruhig. „Okay." Es ist schwerer, als ich dachte, sich den Todesängsten zu stellen. Für mich ist das mit der Liebe verknüpft. Kein Wunder, dass ich dem so lange aus dem Weg gegangen bin.

Sie klettert auf meinen Schoß, ihre Augen fest auf meine gerichtet. „Du wirst mich nie, niemals verlieren. Und selbst wenn ich zuerst sterbe, wirst du mich immer noch hier haben." Sie berührt meinen Kopf. „Und hier." Sie berührt mein Herz. „Wir lieben einander, und das ist was Gutes. Wir können zusammen sehr glücklich sein, ich weiß es. Alles, worum ich bitte, ist, dass du dein Herz öffnest und mich hereinlässt."

Meine Augen brennen. „Du bist schon da."

Sie küsst mich, und ich erwidere es, verliere mich in der Empfindung. Nichts hat sich je so richtig angefühlt. Sie hebt den Kopf. „Ich bin bereit für Versöhnungssex. Bring mich ins Schlafzimmer."

Ich stehe auf, hebe sie in meine Arme. Ich kann nicht Nein zu dieser Frau sagen. Konnte ich nie, von Anfang an nicht. Und ich bin besser dran dadurch. „So herrisch."

Sie küsst meinen Kiefer. „Das bist du auch, genauso, wie ich es mag – im Schlafzimmer."

„Ich liebe dich." Die Worte kommen jetzt etwas leichter.

„Ich liebe dich auch."

Meine Kehle schnürt sich zu. Dieses Liebeszeug verlangt einem viel ab.

Ich setze sie vorsichtig aufs Bett und senke mich über sie, blicke in ihre strahlenden Augen.

Und die Liebe gibt mir alles zurück.

EPILOG

Sechs Monate später …

Mackenzie

Unsere Einweihungsparty! Dabei wohne ich schon hier. Cal ist in mein Haus gezogen und hat Harper ihren Anteil am Haus ausgezahlt. Mein Mann ist ein echter Sparfuchs. Die Buchhalterin in mir findet das so sexy. Ha!

Meine Eltern sind da, zusammen mit meinen Brüdern, Cooper und Finn, Coopers Frau, Rowan, und natürlich Harper. Mein Cousin Owen ist mit Shayla für einen Monat in L.A., arbeitet daran, mehr Kunden zu finden, während sie ein paar Nachproduktionsszenen für einen Film dreht. Nathan ist hier, Sutton und die frisch verheirateten Mason und May mit ihrer Tochter Sophie. Wir erwarten noch mehr Leute.

Ich lege meine Hausparty-Playlist auf und starte mit Flo Ridas „My House". Harper fängt meinen Blick, und wir bewegen uns sofort synchron, um die Wände zum Wackeln zu bringen – die Hände in der Luft. Wir gehen zu ein paar Sprungbewegungen über und drehen uns dann bei einem bestimmten Beat. Ja, wir haben eine Küchentanzroutine, nur sind wir jetzt im Wohnzimmer.

Felix, mein sonst kontaktallergischer Kater, schmiegt sich an Suttons Bein. Früher hat er sich nur an mich gebunden, dann an Rowan und jetzt an Sutton. Ich glaube, er spürt, wenn jemand ihn braucht, obwohl Sutton nach ihrer schrecklichen Trennung vor sechs Monaten viel besser dran zu sein scheint. Sie wird sogar mit mir, Harper, Rowan und Shayla eine Sologamie-Zeremonie machen. Wir warten darauf, dass Shayla die Dinge in L.A. abschließt.

Cal gesellt sich zum Wände-wackeln-lassen zu mir und Harper. Er sieht lächerlich aus, was mir sagt, dass ich wahrscheinlich auch so aussehe. Ich ziehe seine Hände herunter und fange an, mit ihm zu tanzen. Harper macht die Routine allein weiter.

„Ganz schöner Andrang für eine Einweihungsparty", sagt er laut über die Musik.

„Ja, oder?"

„Vor allem, wenn man bedenkt, dass du hier schon wohnst."

Ich schmunzele. „Meine Familie nutzt jeden Vorwand, um sich zu treffen und zu feiern."

„Schade, dass ich Dad nicht herbekommen konnte."

„Vielleicht kann er mit Henry zu den Feiertagen herfahren." Sein Dad hat kürzlich einen schwarzen Standardpudel namens Henry adoptiert. Der Hund war solch ein Segen für ihn, der perfekte emotionale Begleiter. Bill hat angefangen, mehr Leute zu treffen, macht mit Henry Spaziergänge und geht in den Hundepark. Er lässt den Hund nicht länger als einen Tag allein, obwohl er jetzt, da Cal und Sutton beide in Clover Park leben, über einen Umzug spricht.

Sutton gesellt sich mit Felix im Arm zu uns. Er legt den Kopf an ihren Hals und schließt die Augen. „Alles Gute zur Einweihung!"

„Danke. Du scheinst genauso glücklich zu sein wie wir", sage ich.

„Sie ist froh, endlich meine Wohnung für sich allein zu haben", sagt Cal. Er ist letzten Monat bei mir eingezogen. Es war ihm wichtig, vor dem nächsten Schritt mit mir ein wenig Zeit bei der Trauerberatung zu verbringen. Ich habe ihn dabei hundertprozentig unterstützt. Sogar Sutton hat ihn für ein paar Sitzungen begleitet. Er wirkt jetzt unbeschwerter, nicht mehr so ernst. Als hätte sich das Gewicht, das er über ein Jahrzehnt mit sich herumgeschleppt hat, endlich gehoben.

Sutton neigt den Kopf. „Er ist ein Chaot. Du wirst schon sehen."

„Bin ich nicht", sagt Cal.

„Hast du gesehen, wie er die Topflappen auf dem Tresen lässt? Und er hängt nie das Geschirrtuch auf." Sie schüttelt den Kopf. „Die haben einen Platz, Cal."

Sutton ist, wie sich herausstellt, ein Ordnungsfanatiker. Ich finde Cal tatsächlich ziemlich organisiert. Seine Kleidung landet im Wäschekorb, er macht das Waschbecken sauber, nachdem er seinen Bart getrimmt hat, und – am wichtigsten – Der Toilettensitz ist immer unten.

Ich verteidige Cals Ehre. „Ich finde, er ist ein rücksichts-voller und ordentlicher Mitbewohner."

„Ich bin ein bisschen mehr als das." Cal packt mich und knabbert an meinem Hals.

Ich quietsche und schlage ihm auf die Schulter. „Weiche von mir, Vampir!"

Er grinst. Sutton schüttelt lächelnd den Kopf.

Cal und ich mischen uns unter die Leute, als mehr Familie und Freunde auftauchen. Sogar mein Cousin Rafael ist aus der Stadt hier. Er ist Owens und Harpers jüngerer Bruder. Er hat seine Digitalkamera bereit, macht Schnappschüsse. So nett von ihm, das für uns zu machen. Er ist professioneller Fotograf, macht hauptsächlich Model-Shootings.

Ich umarme Rafael. Wie ich hat er braune Haare und blaue Augen und ist groß mit einer Mischung aus dem Aussehen seiner Eltern. Das markante Kinn seines Dads, die vollen Lippen seiner Mom. Sein leichtes Lächeln bringt ihm Freunde und viele Bewunderer ein. „Danke, dass du gekommen bist, Rafael! Es ist so toll, dich zu sehen."

„Ich freue mich auch." Er schüttelt Cal die Hand. „Glückwunsch!"

„Zum Zusammenleben, danke", sagt Cal, was irgendwie

komisch ist. Ich dachte, Rafael gratuliert uns, weil wir ein Paar sind.

Ich lege eine Hand an Rafaels Arm. „Du musst nicht die ganze Zeit Fotos machen. Entspann dich einfach."

„Macht mir nichts." Sein Kopf schießt herum, als er Sutton entdeckt. „Wer ist das?"

„Meine kleine Schwester", sagt Cal mit einem Hauch von Knurren.

Rafael kann die Augen nicht von ihr lassen. „Sie ist wunderschön. Ob es sie wohl stören würde, wenn ich sie fotografiere?"

„Gibt nur einen Weg, das herauszufinden", sage ich.

Rafael geht zu ihr hinüber. Und damit ziehe ich Cal weg. Sutton ist eine erwachsene Frau, die eine Einmischung ihres großen Bruders nicht braucht. „Lass uns den Champagner holen."

Cal folgt mir in die Küche. „Können wir ihm trauen? Sutton ist gerade erst aus einer festen Beziehung raus."

„Das war vor sechs Monaten. Du bist am selben Tag aus einer ernsten Beziehung rausgewesen, an dem ich dich mir geschnappt habe." Ich grinse.

Er lächelt nicht. „Im Ernst."

„Natürlich kannst du ihm trauen! Er ist mein Cousin. Außerdem ist er ein Model-Fotograf, umgeben von schönen Frauen bei der Arbeit, und sie finden ihn auch in freier Wildbahn. Er war wahrscheinlich künstlerisch inspiriert."

Er grunzt. „Jetzt fühle ich mich nicht viel wohler."

Ich küsse ihn und verweile dabei etwas länger, als es bei einer Party schicklich ist. Er schenkt mir ein zärtliches Lächeln und verflicht seine Finger mit meinen. Ich setze unsere Reise in die Küche fort, zufrieden damit, wie leicht es ist, ihn abzulenken. Es dauert eine Weile, bis wir in die Küche kommen, weil immer mehr Leute ankommen und uns zum Plaudern anhalten.

Als wir endlich allein in der Küche sind, drängt er mich gegen den Tresen und küsst mich, lang und tief. Als er sich zurückzieht, ist mir schwindelig vor Lust. Er blickt mit so viel

Liebe in meine Augen, dass ich kurz sprachlos bin. Ich liebe ihn so sehr.

Er legt seine Hände um mein Gesicht, seine Stimme ist heiser. „In dem Moment, als ich dich beim Valentinstagstanz gesehen habe, wusste ich, dass meine Welt nie wieder dieselbe sein würde."

Meine Kehle schnürt sich zu. „Oh, Cal. Du bist so süß."

„Ich weiß, alles, was du gesehen hast, war ein sexy Typ, den du haben musstest."

Ich lache. Es ist seine Lieblingsgeschichte, wie ich bei seinem bindungsphobischen Ich grüne Flaggen gesehen habe und einen fabelhaften Weg, meine Durststrecke zu beenden. „Und ich habe so viel mehr bekommen."

Er streicht mit seinem Daumen über meine Wange. „Ich liebe dich."

„Ich liebe dich auch."

„Ich weiß, wir wohnen erst seit einem Monat zusammen, aber es fühlt sich richtig an. Hast du je darüber nachgedacht, vielleicht irgendwann in naher Zukunft zu heiraten?"

Ich rümpfe verwirrt die Nase. *War das ein Heiratsantrag?* „Du musst nicht um das Thema herumtanzen. Ich war immer offen für eine Ehe für mein zukünftiges Ich. So in meinen Dreißigern."

Er lässt die Hände sinken. „Okay, ich kann warten."

Ich lächle. „Aber das war, bevor ich dich getroffen habe."

Er lächelt breit und zieht eine Ringschachtel von einem hohen Regal im Schrank. Der Vorteil seiner Größe – er kann Sachen vor mir auf hohen Regalen verstecken. Mein Herz rast.

Mom taucht aus dem Nichts in der Küche auf. „Warte! Wir wollen Fotos vom Antrag."

Dad steckt auch den Kopf in die Küche und schmunzelt.

Zwei Dinge treffen mich gleichzeitig: Cal hat das vorher mit meinen Eltern geklärt, und ich heirate die Liebe meines Lebens!

Wir verlegen die Sache ins Wohnzimmer. Dad schaltet die

Musik aus und bellt: „Ruhe! Großer Moment für Mackenzie und Cal." Der Raum wird sofort still.

Alle ziehen ihre Handys heraus für Fotos und wahrscheinlich auch Videos. Das macht mir nichts. Sie sind alle Familie.

Cal nimmt beide meine Hände und geht auf ein Knie. „Mackenzie Campbell, ich werde dich mein ganzes Leben lang lieben und alles in meiner Macht Stehende tun, um dein Partner zu sein – in allem, deine Träume zu unterstützen, deine Freude und deine Sorgen zu teilen. Ich wusste nie, wie sehr ich jemanden lieben kann, bis ich dich getroffen habe." Seine Augen werden feucht von ungeweinten Tränen. „Ich werde dich für immer lieben, immer in meinem Herzen."

Oh Gott, ich muss gleich weinen. Er spricht jetzt darüber, Liebe im Herzen zu bewahren nach Verlust, und es hilft ihm, mit der Angst davor, mich zu verlieren, umzugehen. „Immer in meinem Herzen, Cal." Tränen laufen frei über meine Wangen.

Auch seine Augen lassen jetzt die Tränen durch. „Willst du mich heiraten?"

Ich nicke, kaum in der Lage, über den Kloß in meinem Hals zu sprechen. „Ja." Er schiebt den Diamantring auf meinen Finger, steht auf und nimmt mich fest in die Arme.

„Herzlichen Glückwunsch!", ruft Mom und wischt sich die Tränen weg.

„Champagner!", krächzt Dad.

Nachdem wir uns von unserem tränenreichen emotionalen Moment erholt haben, stoßen Mom und Dad an.

Mom hält ihr Champagnerglas hoch. „Ich wusste, dass ich bald eure Hochzeit plane!", kräht sie triumphierend.

Cal lächelt und nimmt meine Hand. Ich schüttle den Kopf über sie.

Mom lächelt. „Und ja, ich wollte euch ein klitzekleines bisschen verkuppeln, als ich dir sagte, du sollst dich von Cal fernhalten. Und es tut mir nicht leid."

„Du hast mich keinen Moment getäuscht", erkläre ich. „Okay, vielleicht einen."

„Umgekehrtes Kuppeln ist immer noch Kuppeln", sagt

Dad streng zu Mom. „Ich wäre sauer, wenn Mackenzie nicht so glücklich wäre." Er dreht sich zu uns. „Ich hoffe, ihr werdet beide sehr glücklich und habt ein langes gemeinsames Leben. Auf Cal und Mackenzie!"

Alle trinken darauf. Nach vielen Glückwünschen von allen startet die Musik wieder. Mom dirigiert das Wegräumen einiger Möbel, damit das Tanzen beginnen kann.

Harper zieht mich beiseite. „Gibt's eine Chance, dass ich eine Weile in der Garage wohnen kann?"

„Warum?" Sie wohnt bei ihren Eltern, bis sie ein eigenes Haus findet. Unsere freistehende Garage ist vorher für Harper in einen Büroraum umgewandelt worden, voll verkabelt und mit Heizung und Klimaanlage. Allerdings weder Küche noch Bad. Es ist jetzt mehr ein Lagerraum.

Nathan gesellt sich zu uns. „Du willst in einer Garage wohnen?"

Harper ignoriert ihn und sieht Cal an. „Wenn das für euch okay ist. Ich weiß, ihr seid frisch verlobt und so. Ihr würdet nicht mal merken, dass ich da bin."

„Mir recht", sagt Cal.

„Warum willst du da wohnen, wenn du das riesige Haus deiner Eltern hast?", frage ich.

Harper seufzt. „Weil Dad so froh ist, eines seiner Kinder zu Hause zu haben, dass er *tägliche* Familienessen und Wochenend-Filmabende wieder eingeführt hat. Er will die besten und schlechtesten Teile meines Tages wissen, jeden Tag, wie unsere Familienunterhaltungen, als ich zehn Jahre alt war. Es erstickt mich."

Ich lächle. Onkel Jake ist sentimental geworden, nachdem er und Tante Claire jetzt seit ein paar Jahren ein leeres Nest haben. „Aww, ich finde das süß."

Harper verzieht das Gesicht. „Jedes Mal, wenn wir an den Tisch kommen, singt er ,We're a Family'. Das ist ein *Sesamstraßen*-Lied, Mac!"

Wir alle lachen – außer Harper. „Nicht lustig", murmelt sie.

„Vielleicht ist es Zeit, auf Haussuche zu gehen", sage ich.

„Nein. Ich will noch mehr sparen, bevor ich auf Haussuche gehe. Vielleicht nächstes Jahr."

Ich will gerade sagen, dass es okay ist, als Nathan sich meldet: „Du kannst bei mir wohnen."

Harpers Augen weiten sich. „Du willst, dass ich in deine Wohnung ziehe?"

„Ich habe eine Wohnung über der Garage", sagt er. „Der Typ, der dort gewohnt hat, ist vor ein paar Monaten ausgezogen. Ich lasse dich mietfrei wohnen, dann kannst du weiter für dein Traumhaus sparen."

„Was ist überhaupt dein Traumhaus?", frage ich.

Harper antwortet nicht. Sie und Nathan sind zu sehr damit beschäftigt, einander anzustarren. „Warum?"

Er zuckt die Schultern. „Ich helfe einer alten Freundin aus. Ich halte die Dinge in gutem Zustand, und ich bin nur einen Anruf entfernt, wenn was repariert werden muss." Nathan hat im Sommer während des Colleges auf dem Bau gearbeitet und kann Handwerkerarbeiten übernehmen. Richtig, der Treuhandfonds-Junge arbeitet gern mit den Händen.

Sie neigt den Kopf und mustert ihn, als wolle sie seinen Hintergedanken herausfinden.

Nathan deutet auf sie. „Ich fühle mich besser, wenn jemand da ist, der ein Auge auf das Haus hat, da ich oft für Jobs unterwegs bin, und du könntest, äh, die Post reinholen und die Pflanzen gießen."

Er ist gar nicht so oft für Jobs unterwegs, meist lokale Sachen. Normalerweise übernimmt Owen die Jobs in L.A., und seine Frau Shayla begleitet ihn, um Meetings abzuhalten. Nathan hält die Friedenspfeife zwischen ihnen hoch, aber Harper fokussiert sich auf das völlig Falsche.

„Du hältst Pflanzen am Leben?", fragt Harper.

Er wirft ihr einen säuerlichen Blick zu. „Ist das ein Ja?"

„Lass mich darüber nachdenken."

Er neigt den Kopf. „Du hast bis Mitternacht."

„Warum?"

„Weil ich das Mietobjekt dann wieder auf den Markt bringe."

Sie verschränkt die Arme. „Also hast du diese Wohnung, die die ganze Zeit wartet, und plötzlich muss sie sofort vermietet werden?"

„Ja." Er verschränkt die Arme und spiegelt ihre Haltung. „Und vielleicht versuche ich, was Nettes für dich zu tun, weil ich es leid bin, dass du mich für den Tod jeder Party hältst. Was auch immer in der Vergangenheit war, ist Schnee von gestern."

Sie hebt das Kinn. „Die Vergangenheit hat mich nie gestört."

„Gut."

„Fein. Ich hole die Schlüssel morgen bei dir ab."

Sie starren einander an. Ich schleiche auf Zehenspitzen davon, und Cal folgt.

Sobald wir außer Hörweite sind, fragt Cal: „War das ihre Version von Flirten?"

„Das war ein Waffenstillstand. Es ist gut. Diese Entfremdung zwischen ihnen hat lange genug gedauert."

Er schmunzelt. „Ist das wie in dem Film, wo sie sagt, sie hasst ihn, aber sie liebt ihn insgeheim?"

Ich lächle breit. „Schau mal einer an – du machst Anspielungen auf Rom-Com-Filme. Und ich dachte, du bist bei dem eingeschlafen." Ich schlinge meine Arme um seinen Hals und küsse ihn. Ich habe erst angefangen, Liebesgeschichten zu mögen, als ich sie selbst erlebt habe. Tatsächlich bin ich die neueste Liebesromanleserin im Happy End Buchclub. Was für eine lustige Gruppe! Es gibt nichts Schöneres, als gemeinsam über wahre Liebe zu schwärmen.

Er legt seine Arme um meine Taille. „Ich interessiere mich für alles, was dir gefällt, weil ich dich so sehr liebe, dass ich deswegen platze." Er tut so, als würde sein Herz explodieren.

Mein Herz schmilzt. Trotzdem ziehe ich Cal gern mit seinem neu erblühenden Sinn für Romantik auf.

„Als Nächstes schreibst du mir noch Liebesgedichte", sage ich.

„Jetzt wirst du albern. Du bist diejenige, die mir Liebessonette schreiben und mir Blumen schicken wird."

Wir lächeln einander an. Er ist immer noch erstaunt, dass ich ihm Blumen geschenkt habe. Es gefällt mir, dass ich die erste Person war, die das für ihn getan hat.

Und dann beginnt unser Lied, das langsame Lied, zu dem wir getanzt haben, als wir uns das erste Mal getroffen haben, Etta James' „At Last". So passend! Endlich haben wir einander gefunden.

Wir gesellen uns zur Party, wo schon mehrere Paare tanzen. Ich blicke in seine seelenvollen Augen mit all der Liebe in meinem Herzen, umgeben von Familie und Freunden. Jetzt beginnt wirklich Der lustige Teil.

Verpassen Sie nicht das nächste Buch der Reihe, *Der verführerische Teil*, in dem Harper Nathans Angebot annimmt, kostenlos in seiner Wohnung zu wohnen – natürlich ganz ohne Verpflichtungen.

Doch kann sie der Versuchung widerstehen, wenn ihr geschworener Lieblingsfeind ihr so *persönliche* Handwerkerdienste anbietet …

Melden Sie sich für meinen Newsletter an, um per Mail informiert zu werden, wenn *Der verführerische Teil* erscheint. https://www.kyliegilmore.com/DEnewsletter

P.S. Sehen Sie sich an, wie Haileys und Joshs Geschichte begann – in meinem Buch *Hollywood Inkognito*.

WEITERE BÜCHER VON KYLIE GILMORE

Die Happy End in Clover Park Serie <<Die zweite Generation der Happy End Buchclub-Liebe!

Der Teil mit dem Küssen (Buch 1)

Der sexy Teil (Buch 2)

Der süße Teil (Buch 3)

Der lustige Teil (Buch 4)

Der verführerische Teil (Buch 5)*

die neuen Titel erscheinen bald!

Liebe von der Leine gelassen Serie << Heiße romantische Komödien mit Hunden!

Fetching – Deutsche Ausgabe (Buch 1)

Dashing – Deutsche Ausgabe (Buch 2)

Sporting – Deutsche Ausgabe (Buch 3)

Toying – Deutsche Ausgabe (Buch 4)

Blazing – Deutsche Ausgabe (Buch 5)

Chasing – Deutsche Ausgabe (Buch 6)

Daring – Deutsche Ausgabe (Buch 7)

Leading – Deutsche Ausgabe (Buch 8)

Racing – Deutsche Ausgabe (Buch 9)

Loving – Deutsche Ausgabe (Buch 10)

Die Clover Park Serie << Brüder, für die die Familie an erster Stelle steht!

Clover Park: Die O'Hare-Familie

Das Gegenteil von wild (Buch 1)

Daisy schafft alles (Buch 2)

In den Falschen verguckt (Buch 3)

Ein Weihnachtsmann zum Küssen (Buch 4)

Raus aus der Tretmühle (Die O'Hare-Familie – Wie alles begann)

Clover Park: Die Reynolds-Marino-Familie

Vermieter küsst man nicht (Buch 1)

Nicht mein Romeo (Buch 2)

Bring mich auf Touren (Buch 3)

Clover Park Braut (Buch 4)

Gewagte Verlobung (Buch 5)

Retter in der Not (Buch 6)

Eine verführerische Freundschaft (Buch 7)

Ein Geschenk zum Valentinstag (Buch 8)

Die Happy End Buchclub Serie << Die Campbell Familie und ein Liebesromanbuchclub prallen aufeinander!

Hollywood Inkognito (Buch 1)

Ärger im Anzug (Buch 2)

Gewagtes Spiel (Buch 3)

Förmliche Vereinbarung (Buch 4)

Wenn der Bad Boy keiner ist (Buch 5)

Ein Störenfried zum Verlieben (Buch 6)

Schicksalsbegegnungen (Buch 7)

Eine Romantische Chance (Buch 8)

Ein sündhafter Flirt (Buch 9)

Ein unbequemer Plan (Buch 10)

Eine Happy End Hochzeit (Buch 11)

Die Rourkes aus Villroy << Prinzen, bei denen man ins Schwärmen gerät, und ebenso fantastische Prinzessinnen

Königlicher Fang (Buch 1)

Königlicher Hottie (Buch 2)

Königlicher Darling (Buch 3)

Königlicher Charmeur (Buch 4)

Königlicher Playboy (Buch 5)

Königlicher Spieler (Buch 6)

Die Rourkes aus New York

Abtrünniger Prinz (Buch 1)

Abtrünniger Gentleman (Buch 2)

Abtrünniges Schlitzohr (Buch 3)

Abtrünniger Engel (Buch 4)

Abtrünniger Fratz (Buch 5)

Abtrünniger Beschützer (Buch 6)

Die Clover Park Charmeure Serie << süße und sexy Charmeure!

Beinahe drüber weg (Buch 1)

Beinahe zusammen (Buch 2)

Beinahe Schicksal (Buch 3)

Beinahe verliebt (Buch 4)

Beinahe romantisch (Buch 5)

Beinahe frisch verheiratet (Buch 6)

Sehen Sie sich auf meiner Website die aktuelle Liste meiner Bücher an: https://www.kyliegilmore.com/deutsch/

ÜBER DIE AUTORIN

Kylie Gilmore ist die *USA Today Bestsellerautorin* von über fünfzig humorvollen zeitgenössischen Liebesromanen. Zu ihren Serien gehören *Liebe von der Leine gelassen*, *Die Rourkes*, der *Happy End Buchclub*, *Clover Park* und *Clover Park Charmeure*. Mit mehr als drei Millionen Downloads ihrer Bücher lieben es Leser auf der ganzen Welt, sich in ihre urkomischen Wohlfühlromanzen zu flüchten, die sich durch starke Bindungen zwischen Familie, Freunden und der Gemeinschaft auszeichnen.

Kylie lebt mit ihrer Familie in New York. Wenn sie nicht schreibt, heiße Liebesromane liest oder sich bei Konferenzen pflichtbewusst Notizen macht, findet man sie sicher dabei, wie sie gerade mit Freuden etwas kreiert, das sicherlich ein zukünftiges Familienerbstück sein wird.

Melden Sie sich für Kylies Newsletter an, damit Sie keine ihrer Neuerscheinungen verpassen. https://www.kyliegilmore.com/DEnewsletter

Mehr finden Sie auf Kylies Website https://www.kyliegilmore.com/deutsch/